老愛小説

古屋健三

論創社

目次

虹の記憶 1
老愛小説 101
仮の宿 195
あとがき 312

虹の記憶

日本に帰ったら、真先に浄瑠璃寺を訪ねようと思った。いや、もっと正確に言うと、浄瑠璃寺に行きたいなと思ったとき、日本へ帰る気になった。

グルノーブルに来てから四年がたっていた。来る日も来る日も、図書館の窓から山をみて過ごしていた。大学図書館の閲覧室はビルの五階にあって、その壁一杯に開いた嵌めこみ窓からは市街が一望でき、その先にフランス・アルプスのベルドンヌの壮麗な山脈、右手に第二次大戦時のレジスタンスで名高いヴェルコール山塊、左手に岩肌をむき出しにしたバスチーユの丘を望むことができた。閲覧室に入るたびに眼を洗われるパノラマで、これでは落ちついて活字を追うことなどむりな話だった。グルノーブル大学学生は、他大学学生にくらべて読書量が圧倒的に少ないと嘆いていた先生がいたが、図書室が展望台なんだから必然の結果だなと同情する気も起こらなかった。

図書室中央の窓際の席に、朝九時の開館から夜七時の閉館まで、昼食の休憩時間二時間は別にして、坐りつづけて、ぼんやり外を眺めていてもめったに退屈しなかった。窓の景色は四季を通じてたえず変化し、一刻も同じ絵にとどまることはなかった。もっとも天気が安定しているはずの初夏の五月や初冬の十月でも、風景はきっちりと定まることはなかった。たえず風が行きかい、光はとめどなく瞬いてみえた。バスチーユ岩塊の麓には別荘が散在していたが、それら家家は、その時の光の具合によって、こんもりと茂った樹木のかげに隠れてみえないこともあり、逆に、木木の緑を押しのけて、赤や黄の壁が目に迫ってくることもあった。ガラスを眩しく反射させて、直視できない光体と化することもあり、光をすべて吸いこんで庭に立つ人の姿を明確に浮きあがらせることもあった。風景全体の輪郭は変わるわけではないのだが、とるに足らないディテールがどこかで刻一刻と変化していて、ある一時の風景がそっくりそのまま再現されることは二度となかった。ここでは、風景と対峙することが、時を超えた永遠と向き合うのではなく、まさに時の移ろいとしての人生と顔つき合わせることになった。

季節の変わりめになると、当然ながら、この変化は、劇的と言うよりほかにないほど、メリハリが鮮明になった。朝、一点の雲もなく晴れあがった空にやがて墨を流したような黒い筋が一筋、二筋描きこまれると、たちまちそれが黒雲に固まって渦を巻き、驟雨と溶けて街にふりそそいできた。街全体が真暗闇に塗りこめられることもあり、黒雲の間からところどころ驚くほど透明な青空が抜け、そこから陽光が天国の矢のようにおちてくることもあった。雲の黒幕が引き払われると、色濃い虹が現れ、その七色の濃淡は一定ではなく、たえず変化した。虹が現れてから消えるまで、虹という実体が姿を変えるというより、変化のシンボルとしての華麗な役を演じているようにみえた。虹のつきることのない変幻に我を忘れて引きこまれるより、虹の華麗なショウを見物している感じがした。宇宙の神秘に触れた感動よりも、趣向を凝らした手品をみせられた驚嘆の念が先に立った。日本ではこんなに鮮やかな原色の虹をみたことはないなと思ったとき、あの、いかにも淡く、儚い日本の虹を懐かしく思い出していた。

夕立ちにふりこめられた浄瑠璃寺の堂内から外に出たとき、池を距てた三重塔の背後の山の上に微かな虹がかかっていた。ふと空を仰いだとき、虹は鮮明にみえたのだが、じっとみつめていると、空の青に溶けこんでしまって、かかっているのかいないのかはっきりと確認できないほど頼りなかった。いったん眼を他に転じて、虹のあるべき空にふたたび眼を戻すと、その刹那だけ虹は間違いなく浮かびあがっていた。そして、しばらくみつめていると、また消えた。一緒にいた父も空を仰ぎながら、あるかなきかの虹の幻に魅入られていた。

「美という奴は恥ずかしがり屋なんだな。正体をまざまざと曝すことはないんだ。われわれが心して祈っていると、祈願の果てにちらりと拝めるものなんだ。みえるようでみえない、みえないようでみえるこの虹は美の象徴だな。こんなかすかなものがみえるのも、お堂の薄闇に眼が慣れるまで我慢したおかげだ。闇で眼が洗われたのだ」

父と浄瑠璃寺を訪ねたのは、小学校二年生、七歳の春の終わりだが、終始虚脱して、寂しそうな父の様子、とても七歳の子どもに語り聞かせているとは思えない、しみじみとした感想など、ふしぎとよく覚えている。このときの父はどうみても普通ではなかった。父になにが起こったのか、子どもには窺い知れなかったが、父が異様に緊張している危うさだけははっきりと感じとることができた。その常ならざる放心に応じるようにして、闇が立ちこめ、虹がかかった奇蹟だけは子どもにも信じられた。

グルノーブルの極彩色の虹に圧倒されればされるほど、浄瑠璃寺で眼にした絶え入りそうな虹がとてつもなく懐かしく思い出されてきた。浄瑠璃寺のあの微妙な土地にふたたび立ちたいと思ったとき、日本に帰ろうという気が強く動いた。

もちろん、こうした感情的な理由だけで帰国に踏みきったわけではない。大学の恩師が定年退職して、その後のポストに任命されたのが直接的な帰国の動機だが、ただ、フランスの空気がこれほど息苦しく感じられなければ、ふたつ返事で帰国はしなかったはずである。大学という現実に帰ってきたというより、浄瑠璃寺という幻想に帰ってきたつもりだった。

しかし実際には、三月に帰国してすぐ浄瑠璃寺まで足を延ばすわけにはいかなかった。住む部屋を探したり、就職に必要な書類をそろえたりしているうちに、講義が始まり、新しい生活のテンポにやっと慣れたときにはすでに六月の中旬になっていた。絶え間なく雨が降り、フランスで乾燥しきった細胞がとめどなく水をふくみはじめ、大儀なほど身体が重くなった。暇さえあれば、どこでも居眠りをし、さまざまな夢をみた。あるとき金色の仏像が闇のなかを光り輝きながら歩み寄ってくる夢をみた。どんどん近寄ってきて、踏みつぶされそうになり、恐怖感から目が覚めた。浄瑠璃寺の仏が招(よ)んでいるなと即座に思った。

父とふたりきりで堂内に閉じこめられたときも恐怖感は同じように強かった。激しい雷雨のなか、仏たちの姿は稲妻に照らされて闇のなかから浮きあがった。浮きあがっては倒れかかってきて、また闇に消えた。父の身体にぴったりと貼りついて、恐怖に耐えた。

「夕立ちだ。すぐにやむ」

と、父は励ましの言葉を口にしたが、それが口先だけの慰めに過ぎないのは、つないだ父の手が冷たく、かすかに震えているので、明らかだった。父は、七歳の子どもとは違って、単純に雷をおそれているのではないだろうが、雷雨によって色濃く充ちた堂内の闇に戦(おのの)いているのは間違いなかった。

いま浄瑠璃寺を再訪しても、夕立ちに降りこめられるとは限らないし、稲妻に照らされるとも思えなかった。ましてや虹を仰げるとはとても望めなかった。しかし、すくなくとも、浄瑠璃寺の闇には再会できるはずだし、その闇のなかで金色に輝く仏たちを拝めば、体内に溜まった正体不明の重い疲れも明確な形をとるはずだった。

虹の記憶

浄瑠璃寺に着いたのは、早朝と言っていい十時を過ぎた頃だった。前夜、友人の結婚式の会場だった大阪のホテルにそのまま泊まり、翌朝八時にホテルを出て、近鉄難波から近鉄奈良まで直行し、近鉄奈良駅からタクシーで寺まで駈けつけたのだった。心が前のめりになった、息つく暇もない、慌ただしい旅だった。

二十五年まえ父と旅したときは、逆に、うんざりするほど長いバス旅だった。なんの変哲もない田舎道をいつ果てるともなく走りつづけた。乗客が少なく、閑散とした車内には西日が思いきり射しこんでいて、車窓の風景をみているつもりが、いつの間にか夢をみていた。ときどきバスが道に張り出した小枝を引っかけてばさばさはじく音で目が覚めた。起伏の激しい、それもところどころ舗装されていない山道を行くらしく、バスは大きく揺れ、小刻みに振動した。そのたびに座席から転がり落ちそうになって、父の大きな手で支えられた。乗り合わせた老婆がそんな正体のない子どもをおとなしいと誉めてくれて、おせんべいを褒美にくれたが、そのやたらに硬いおせんべいをいくら噛んでも、意識はいまひとつはっきりしなかった。そのうち軽い吐気が胸のなかに生まれ、抑えても抑えてもげっぷがこみあげてきた。バスからおりても車酔いは晴れず、朦朧とした意識のままバス停から浄瑠璃寺までの細い坂道を登り、雷鳴にひとつ背中を押されて暗い堂内に入ったのだった。

しかし、二十五年たった今は、車に酔っている暇もなく、瞬く間に浄瑠璃寺の門前に着いてしまった。路地を入った奥にある浄瑠璃寺の門は、ここを訪れた和辻哲郎も堀辰雄も、小さな門と形容しているように、これだけの古刹にしては目立たない、粗末な入口だった。運転手にここだと言われなければ、見過ごしてしまいそうなほどどこにでもある路地であり木戸だった。浄瑠璃寺にやって来る人は地上の浄土を目にする期待感で胸をいっぱいにふくらませながら長い道を辿りつく。その過剰な期待にくらべて門の構えがあまりにさり気ないので、つい違和感を覚えてしまうのだろう。金ぴかの門を求めているわけではないが、ここからは非日常の聖域と心が改まる特別な印ぐらいはひそかに待ち望んでいた。

なんとなくはぐらかされた気分で、玄関までのぬかるんだ道を、滑らないように気をつけながら、辿っていくと、庫裡に出た。人の気配はなく、梅雨のしめりをたっぷり含んだ樹木が重く静まりかえり、雨は降っていないのに、大気はねっとりと肌にからんできた。拝観料を払って、本堂に入ろうとすると、入口に設置された火災報知器が鳴り出した。奥から野良着姿の娘さんが飛び出してきて、煙草を喫(す)っていないか、と問いつめてきた。念入りに点検しても火の気がまったくないとわかると、お身体が火のように熱いのかしら、と冗談ともなく呟いてにやりと笑い、報知器をとめた。

浄瑠璃寺は女性によって守られている寺なのだろうか。和辻哲郎も堀辰雄も、女気のない他の寺とは違って、ここでは女性の歓待を受けている。和辻は、「庫裏にいた妻君」に、「欠け茶碗に色の黒い飯を盛った昼飯」をふるまわれるし、堀は、「寺僧ではなく、その娘らしい、十六七の、ジャケット姿の少女」に阿弥陀堂に案内されている。堀が浄瑠璃寺を訪ねたのは昭和十八年だから、いま飛び出してきた少女は堀を案内した少女の孫にでもあたるのだろうか。こんな想像を廻らしていると、たしかに身体はかっかと熱くなってきた。

阿弥陀堂に入ったとき、一瞬、火事ではないかと胸が騒いだ。雲間から陽が射したのだろうか、薄暗いはずの堂内が、ライトアップされたように、明るく燃えていた。この露出過度の照明のなかでは、九体の金色の仏像も裸にされた味気なさで、墨で描かれた口髭まではっきりとみてとれた。闇のなかでは尊く輝いていた金色が、あられもない光のなかでは安っぽい、みてくれだけのこけおどかしにみえた。索然とした思いだった。ここに来れば、グルノーブルで見失った奥行きの感覚をとり戻せると思ったのに、堂内からは不可解な闇はまったく消え、仏たちは美術館に陳列された美術品さながらのっぺりと影がなかった。九体の阿弥陀如来像の前を二度三度往き来し、さまざまな角度から拝んでみたが、どの阿弥陀さまも無感動に凝固したままだった。一号像から四号像まで目をかっと見開いた仏たちも、五号像から八号像までの半眼の仏たちもなんの変化も、なんの表情の崩れもみせなかった。これら脇仏よりも倍の背丈で、定印を結んで穏やかに収まる八体の仏たちと違って、来迎印ですっくといまにも立ちあがりそうな中尊像もそのまま張りついてしまって、風を起こしそうになかった。堂内は隅隅まできっちりと見極められて、掃除が行き届いて埃ひとつなく、空調でも作動しているのか、梅雨だというのに空気はかさかさに乾いていた。ここに長くいると、心がミイラになりそうだった。

去り際に、中尊像の左手前に扉の閉じた厨子が安置されているのに気づいた。竹に雀を描いた墨漆塗りの平凡な春日厨子だったので、とりたてて眼を惹かれなかったのである。金色の阿弥陀仏にばかり気をとられて、ひっそりと閉じられた箱には関心が向かなかったのである。しかし、いまその存在に気がついてみると、この密閉された箱が堂内の闇をすべて吸いこみ、抱えこんでいるような気がしてならなかった。なに気ない顔をしているが、この箱は魔法の箱のように思われた。たしかに、二十五年まえ父とふたりで御堂にいたとき、この箱の扉は開いていた。開いた箱のなかから闇があふれ出し、妖気をはらんで、稲妻を走らせたに違いなかった。父は中尊像の横に立ちつくしたままほとんど動かずにいたが、今思い出してみると、その位置はちょうど厨子の真前だった。これまで父は金色の仏たちに魅入られていたとばかり思っていたが、じつは厨子の闇のなかで一年のほとんどをひっそりと隠れて過ごす吉祥天女像と対面していたのである。あのとき父はわが子の手をしっかりと握ったまま、いつまでも厨子の前に立ちつくしていた。子どもがすっかり退屈して、もじもじ身体を動かしても、まったく意に介さず、呪縛されたように動かなかった。前をじっとみつめたまま、放心して立ちつくしていた。いくら訴えても、父に思いが通じないので、いったい父がなにをそんなにみつめているのか、その視線の先をたどってみると、吉祥天女の白い顔があった。豊饒の女神にふさわしく、頬がふっくらとふくよかで、鼻もまん丸の団子鼻で愛敬があったが、色鮮やかな朱色の唇が妙に毒毒しくて、悪意で濡れているようにみえた。長く拝んでいると、厨子の闇のなかに引きずりこまれそうだった。そういえば、あの唇の鮮やかに赤いのは引きずりこんだ子どもを貪り喰った血の跡ではないだろうか。こんなおそろしい女の人を父がいつまでも直視していられるのが理解できなかった。

「この女の人、なんだかこわいね」

「お前もそう感じるか。みんなありがたがって拝みにくる女神さまなんだけれどな。頬がふくよかで、唇がぽってりと厚く、腕がむっちりと肉厚で、まるで生身の女のようだ。血が熱くたぎっているのが目に見えて、息苦しいくらいだ。あんまり生生し過ぎてこわいんじゃないのか」

父が思い描いているのが出奔した母の肉体なのはそれとなくわかったが、子どもが思い浮かべていたのはおそらくその出奔する直前に部屋の戸を薄目に開けて子の寝姿をじっとみていた母の思いつめた顔である。母は子が目を開けて母の方をみているのを知っていながら言葉をかけようともせず、近寄ってこようともしなかった。ただ、わが子を穴が開くほど見つめていた。放心しているようにみえたが、眼には強い光がこもっていた。それは慈愛の光には違いなかったが、優しさはなく、憐愍が殺意にまで煮凝(にこご)っていた。

厨子の闇のなかにひっそりと佇む吉祥天女はこの女の業を体して、ふっくらと根づいていた。マリアのような昇華された愛の象徴ではなく、女性の汚れまで聖化した情の権化だった。浄瑠璃寺の吉祥天が母を彷彿とさせるとすれば、それは個個の肉体の相似というより、あり余る思いを抱えて立ちすくんでいるその張りつめた姿勢にあった。とりわけ、なにかみえないものをじっとみすえて、暗く輝く眼は、最後にみた母の表情そのままだった。

浄瑠璃寺の闇への執着は、じつは家をみすてて雲隠れした母への思慕だと呑みこめたとき、堂内はしらじらと朝の光に充たされて、どこにも曖昧な影はなかった。日を決めて年に三回公開される秘仏の吉祥天を拝めなくて残念とも思わなかった。憑きものがおちた具合で、時差ボケから覚め、日本の空気がぴったりと肌になじんできた。和辻哲郎は、浄瑠璃寺は子どもの領分で、その桃源郷は童心によってしか感得できないと述べているが、七歳で父に連れられて参拝したときとは違って、いまは大人の固くしこった感性が吉祥天の厨子の扉をしっかりと閉ざす結果となったように思われた。母のことはずっと考えずにきたが、その罰で吉祥天から拒まれた気がした。日本に帰った理由が消え失せたのだが、喪失感はなく、肩の荷をおろした安堵感がじわりと拡がった。もはや浄瑠璃寺に用はなかった。池の向こうに廻りこんで華麗な三重塔を仰ぐ気もなく、池に映える本堂の幻想的なシルエットを賞でる気もなかった。すぐに奈良にとって返すつもりで、タクシーに戻ると、運転手はここまで来て岩船寺に寄っていかない法はない、この季節あじさいが満開で、浄瑠璃寺より人が出盛っている、花と人との賑わいが緑に映えて、まさにこの世の浄土だ、となかなかの勧め上手だった。

なるほど岩船寺の門前は、人影まばらでひっそりとした浄瑠璃寺とは違って、車が立ち並んで、市でも立った雑踏だった。交通不便な山寺とは思えないほど、埃っぽい眺めが展けていた。

門を入ると、たしかに、眩いばかりの色彩の饗宴が繰り拡げられていた。樹樹の緑を基調に白、藍、朱の大輪のあじさいの花が躍っていた。門を入って右手の本堂に至る道は三脚をすえたカメラマンでごった返し、なかなか本堂に辿りつけなかった。自分たちが邪魔をしているのに、しびれを切らしてカメラの前を横切った老婆を口汚く罵ったりした。咲き誇ったあじさいをだれよりも美しく撮りたくて、まるで女を争うような、殺気をはらんでいた。芸術もこうなるとまるで戦争だな、と辟易しながら、やっと本堂に辿りついた。

本堂には堂堂たるご尊顔の阿弥陀如来が安置されていたが、勝手にあがりこんで随意に拝むのではなく、入れ替え講釈つきなので、次の番まで待つのが億劫になり、縁(えん)から一礼すると、またカメラマンの群れのところまで戻った。本堂下の簀の子で、ふたりのカメラマンが三脚を立てる位置を争っていた。坐って靴をはきながら、ふと顔をあげるとカメラの目線で、梅雨空からもれ出た強烈な光線にやかれた岩船寺の庭全体が見渡された。前景にあじさいの艶かな叢が拡がり、背景右と左に重厚な三重塔と軽ろやかな十三重石塔とが画面を区切っていた。作庭法に則って造られた庭なのだから庭全体を結ぶ焦点があって当然なのだが、ふたりのカメラマンが三脚をたてるのにわずか数センチの距離を争っているのは、石塔から少し下った斜面にひとりの女が立っていて、風景の均衡を壊していたからである。美しい女といえば、美しい女だった。白ずくめで、白のパラソルをさし、白のワンピースを着て、色白の細身なので、まるで裸体で立っているようだった。あじさいの精とみれば、そのまま絵となった。

「あの女、さっきから、なぜ動かないんだ。だれがモデルに頼んだんだ」三脚を思う場所に立てられなかったカメラマンが苛苛した声を出した。

もちろん、庭はだれでも自由に歩き廻れて、三重塔から石塔のあたりも多くの人が逍遥していたが、一カ所に立ちどまる人はなく、どこかカメラの放列を気にして、遠慮がちにそそくさと通っていった。女はそうした人の慌ただしい流れを乱す杙になっていたが、気にもならないとみえて、超然と立ちつくしていた。女は間近のあじさいに魅入られているわけではなく、かといって遠景の山容にみとれているわけでもなかった。強いていえば、そこまで歩いてきて、ふいに呪縛されて、動けなくなった様子だった。そのとき生身の人間から画中の人物に変身させられたといった風だった。スーラの絵にはなにをみているのか茫然と前をみつめて立ちつくす女がよく描かれているが、あじさいの女はこのまま放っておけばフィクションの世界に溶けてしまいそうだった。このまま行かせるわけにはいかない、という強い思いが働いた。この女を生のなかに引き戻すのが日本に帰ってきた自分の使命だとまで考えた。多くの眼が集まるなかで、女に近寄るのはいかにも照れ臭かったが、同時に晴れがましいときめきがないでもなかった。昨夕の結婚式で、得意そうな、照れ臭そうな、なんともいえずぎくしゃくしていた友人の顔が思い浮かんだ。女の間近まで来たとき、朝だというのに酒気をおびて荒くれた中年男に傘が邪魔だと払われて、女はよろけた。

「大丈夫ですか。お宅までお送りしましょう」

気がついたら、女の手を握って引きたてていた。女は抵抗するでもなく、こうなるのが筋書きどおりといった自然さでついてきた。驚いたのは客がひとりふえたタクシー運転手の方だった。車を運転している間も客の動静を気にしてうるさいほどバックミラーに眼をやっていた。女の正体を訊かれて、浄瑠璃寺から逃げ出した吉祥天女を摑まえたんだと真顔で答えたのがいけなかったのかもしれない。行先を訊かれて、いまからすぐチェックインできる奈良のホテルならどこでもいいとその先の男女の営みを露骨に匂わせたのも運転手を刺激したのかもしれない。それよりもなによりも、女が車に乗るためにパラソルを畳んだ一瞬を除いて、女の手を必死に握って放さない男の切迫した態度がいかにも異様に映ったのかもしれない。女の手はとても血が通っているとは思えないほど冷えきっていた。幽霊の手を握ったようだった。ぞっとしたが、温めてやりたい思いが勝って、かえって愛しさがました。それに、この手でしっかりと摑まえておかなければ、すぐにでも消え失せてしまいそうだった。別に嫌で逃げ出そうというそぶりはないのだが、かといってこちらに関心があるわけではなく、なにを訊かれても答えなかった。眼を合わせようとはせず、あい変わらず前をみつめたまま無表情で自分の思念のなかに閉じこもっていた。気の触れた女を背負いこんだかなと思ったが、後悔も恐怖もなかった。あれこれ迷うこともなく飛んで行って手をとった、その直情の名残りがまだ火照っていた。それにしても、遠目でみたときはシルエットの美しい女だと思ったのに、いま間近でみると肌に張りがなく、白い肌といっても、内側から輝く白さではなく、粉をまぶした白さだった。四十は越えていそうで、とんだ姥桜にだまされた恥ずかしさはあった。

運転手が車をつけたのは奈良市内から出はずれた連れこみ風のホテルだった。薄暗い玄関を入るのに女を気づかったが、女はあい変わらず放心したまま顔色ひとつ変えずについて来た。室に案内してきたボーイがことさららしく、あれ、奥さまのお荷物はございませんでしたっけ、と頓狂な声をあげたときも、ボーイの方を振り向こうともしなかった。

裸になって、身体を重ね合わせても、女のなかに動くものはなかった。手に負けないくらい身体もひんやりと冷たく、まるで蛇を抱いているぶきみさがあった。ただ、身体の中心部は、肌と反比例して、異様に熱く、そこに生命が立てこもっているのがわかって、愛しく、尊かった。その生命の熱を女の身体全体に漲らせたくて、いきおい行為に力が入り、祈りに似た必死な様相をおびた。ほどなく思いは通じて、女は身体の奥底からつきあげてきた嘆息をひとつ大きくもらすと、眼を見開いて顔をじっとみつめ、肩に手をかけて爪を喰いこませ、切れ切れに二声、三声叫ぶと、みるみる身体を上気させ、信じられないほどの汗をかいた。

それから、女は、解凍されたように、生き生きと蘇った。一緒にシャワーを浴びながら、身体が触れ合うと、くすぐったいと逃げ廻り、お腹が空いたと、ホテルの食堂でスパゲッティを二皿平らげた。そして、さっさとベッドに戻ると、男の腕のなかに丸まって、すやすやと安らかな寝息をたてて寝入ってしまった。

午後五時頃、目を覚ますと、またお腹が空いたというので、今度は市内まで食事に出かけた。ホテルを出たときから湿気は濃かったが、近鉄奈良駅前のアーケード街にたどり着いたとき、一陣の冷風がさっと吹き抜けたと思うと、たちまち稲光りがかなり低空を走り、ほとんど同時にどんと雷鳴が炸裂して、アーケード街の電気が一瞬消えた。女はしゃにむにしがみついてくると胸に顔を埋めてわなわなと身体を震わせ、嫌だ、やめて、許して、と鋭く叫んで失神した。正気に戻っても、顔面蒼白で泣きじゃくる女を、アーケードのど真中で、しっかりと抱きとめ、背中をこすりながら、こうなれば、この女を東京に連れて帰るよりほかないなと腹を決めた。グルノーブルから帰国したとき女を振りすててきたのに、矛盾しているとは思わなかった。あるいは、女をすててきた後ろめたさから正体不明の女を背負いこむ気になったのかもしれない。

グルノーブル大学図書館が昼十二時に閉まると、学生食堂に食事に行くのが日課だったが、図書館から食堂へ行く道もそのうち自ずと決まってきた。別に近道ではないのだが、大通りを避けて、人通りの少ない裏道をとぼとぼ行った。その途中に、この裏通りの淋しさを象徴するような、高い塀に囲まれた、ほとんど窓のない、陰気な建物があった。その鉄門にいつも十人ばかりの女が群がっていた。いずれも労働者階級の貧しい女たちだったが、お喋りなフランス女にしてはめずらしく、彼女たちが互いに話し合っていることはなかった。それぞれ地面をみたり、空を仰いだり、互いに眼を合わせないようにして立っていた。なんの工場なのか、孤独な労働者だな、と思いながら、いつもその群れのそばを通っていた。

その閉ざされた、孤独な建物が刑務所だと知ったのはたまたまグルノーブル市内地図をみたからだった。女たちは働きに来ているのではなく、囚人との面会時間を待っているのだった。彼女たちが一様に共通した暗さをもっているのは、ドラマを演じた烙印を等しく押されているからだろう。しかし、それでいて孤影なのは、それぞれが各自のドラマに向き合っていて、他人に関心をもつ余裕がないからだろう。似ていながら、濃淡くっきりと違う黙りこんだ女たちのそばをもはや胸をときめかせずに通り過ぎることはできなかった。女たちのなんでもないしぐさがひとつひとつ深い不幸の表現とみえ、まるでパントマイムの舞台に行き逢ったように、目を惹きつけられ、歩みは自ずとそこで遅くなった。

その女はいつも群れのはずれにひっそりと控えていた。小柄な女の多いフランス女のなかでもひときわ小柄なのと、着ている衣服がくすんだ地味な色で刑務所の灰色の壁に溶けこんでいるのと、顔をみられたくないのか道に背を向けて立っているのとで、他の女の蔭にかくれて、一見すると目立たなかった。しかし、群れになんども接しているうちに、いつしかこの女に吸い寄せられていった。というのも、女が発する暗さのルックスが他の女とは格段に違って、強烈だったからである。彼女は群れの原点で、彼女こそ蔭で女たちに暗さを分ち与えているようにみえた。

正確にいえば、女は小柄というより貧相だった。胸にも腕にも女らしい優しい丸みがなく、小柄な女が発散する可愛らしさもなかった。不幸に洗われたように骨格がむき出しで、痛痛しかった。しかし、それにもかかわらず同情を誘わなかったのは、女が貧しさに徹していなかったからである。一点豊かなところがあって、それがアンバランスだったからである。細い身体に似ず、とくに小さな顔に不似あいなほど褐色の髪がふさふさと多かった。彼女の生命はすべて髪に集まったと言うよりほかないほどみごとに繁った茨だった。彼女は身に余る兜をかぶった出立ちだった。これでは殴られても殴られてもへこたれないなと思うとふいに苛めてやりたい気がむらむらと起こってきた。一見すると、おとなしそうだが、じつは意固地で、情熱的で、邪悪にみえた。女は自分の生命が髪にあることを意識してか、空いた手でいつも髪をいじっていた。自己愛にあふれた嫌らしい動作なのだが、見慣れるといじらしくもみえ、そんなときは女の身の頼りなさに限りなく引きこまれた。女たちの群れのなかでいちばん目立たない存在でありながら、ひとたび目についてしまうと、頭から離れないいびつな姿だった。

女と初めて口をきいたのは大学図書館の入口でだった。その日閉館時間の七時までねばって、追い出されて外に出ると雨が降っていた。傘の用意がなかったので、どうしようかと戸口にもたれかかってぼんやりしていると、わきの職員用口が開いて、女が出てきた。顔を見合わせて、思わず互いに挨拶してしまった。それで、刑務所の前でこちらが注ぐ好奇の眼ざしを女がそれとなく受けとめていたのがわかった。女の差し出す傘に入って歩き出すと、女は笑いを含んだ声で突っかかってきた。

「あなたって、なんであんなに不遠慮に私のことをじろじろみるの。それでいて、いったん通り過ぎると、なんで振りかえって、私をみようとしないの。一度抱いたら用のない娼婦相手みたいね。私はあなたの背中をじっとみて、なんとか振りかえらせたいと思ったんだけど、あの頑なに丸まった背中はなに。エゴイスム、侮辱、気おくれ、絶望？」

答えようとしたとき、急に空気がふるえ、電気が走って、耳もとでどかんと爆弾が破裂した。夏を告げる山国の雷だった。女は短い叫び声をあげてすがりつき、脇腹に顔を埋めたが、雷が一度鳴っただけで収まってしまうと、顔をそろそろとあげて、心から残念そうに言った。

「死ねなかったのね。相合傘でいるところを雷にうたれて死ねれば最高の死に方だったのにね」
言葉で答えずに、女のふさふさした髪に手を突っこんで梳いていると、この女の下腹部の繁みも同じように豊かなんだろうなと連想が働いた。女の虜となったのをはっきりと意識した。

翌朝十時、奈良のホテルで目を覚ましたときには、死んだように身が軽かった。夜ふけまでに、女と立てつづけに三度交歓すると、身体が溶け出して、澄明になった快さだけが残った。女と全力で火を灯した灼熱の記憶があまりにも鮮明で、いまの自分が燃えかすだというさばさばした断念が心地よく意識された。

女と連れ立ってホテルを出るとき、これから一緒に死にに行くような、異様な親しさがふたりの間には結ばれていた。しかし、近鉄奈良駅から京都駅までの電車のなか、京都から新横浜までの新幹線のなかと、さまざまな人の眼に曝されていくにつれ、至福は破れて、居心地の悪さがしだいに頭をもたげてきた。女の白い衣裳は皺が目立ち、汗と埃で薄汚れてみえた。京都駅で新幹線に乗りこむとき、髪を金髪に染め、白のアイシャドウをさしたガングロ少女が似たような風体の連れに、ひえっ、フリン・カップルと同じ車両だよ、臭えな、と聞こえよがしに言った。周囲の眼がきびしいのをいまさらながら思い知った。

しかし、座席に沈みこむと、すぐに眠りこんでしまって、車掌の検札も夢現の応対で、車内の反応など気にしている余裕はなかった。どれくらい眠ったのだろうか、女が短く叫んで、しがみついてきたので、目が覚めた。女と同じ白のワンピースを着た十歳ぐらいの女の子がしげしげと覗きこんでいた。閉じそうな目をこらして見返していると、くるりと背を向けて、スキップしながら車両前部に駆け去っていった。家に残してきた子どものことでも思い出したのかと思ったら、少女時代の自分が現れ出たかと驚いて、思わず女は声をあげたという。この女には母性本能はないのかなと怪しみながら、その徹底した自己中心主義がきっぱりと行方知れずの母を思わせ、他人ではない親しみを覚えさせられた。

岩船寺のあじさいの精を、後先の考えもなく、東京に連れかえったおかげで、当然のことながら、いろいろな困難が生じた。まず、住んでいる家がふたりで暮らすには狭過ぎた。下が八畳の居間と四畳半のダイニングキッチン、上が八畳の居室だから、単純計算の上ではふたり暮らしに不足はないはずだが、なにしろ一階の八畳にはグランドピアノがおかれ、二階の八畳は書物の山で、足の踏み場もなかった。書物はこちらが持ちこんだのだが、ピアノは大家さんが置いていった預りものだった。ピアノつきなので格安の家賃だった。しかし、使い勝手が悪いのを承知でわざわざ借りたのは家賃の安さだけに引かれたのではない。家が建っている場所もまた理想的といってよかった。三浦半島のど真中にあって、最寄りの駅から山道を二十分ほど歩いて、道がいよいよ山頂に向かって急勾配の登りにかかる、そのとば口にぽつんと一軒建っていた。昼間でもごくまれにハイカーが通るだけだった。夜になると音という音は途絶え、庭の片隅にわく泉が溢れる音だけが耳についた。

大学に通うには電車を乗り継いで二時間かかったが、この長い通勤時間があまりなじみたくない大学のぴりぴりと鋭い空気から身を守ってくれそうでかえってありがたかった。朝、大学に出かけるときには傷つかないように身にも心にも入念に鎧を着せ、夕方、帰路には突き刺さった矢をひとつひとつ抜きながら静寂のなかに帰ってきた。

グルノーブルでも、もっと大きな周期でだが、この個と衆との往還をくりかえして過ごしてきた。夏になると、高度二千メートルの山中にあるシスチナ修道院に逃げるようにしてこもった。修道院にこもるといっても、内部に入れてもらうのではなく、訪問客用なのか、門前に棟割長屋のように並んだ小屋のひとつに泊まるのである。ベッドと机と椅子とが設えられた六畳ほどの広さの一間と調理台と洗面台とを収めた二畳ほどの空間があるだけの造りだったが、夏の二カ月を過ごすのになんの不便もなかった。ここでは、人の顔をみることはほとんどなかった。小屋には他に宿泊客がいたことはなく、登山者が入りこんでくることもなかった。週に一度わずかばかりの賃貸料を係の修道僧に支払うときと、一週間分の食料調達のため三十分ほど下にある村の食料品店に買物に行くときだけ人の顔をみた。修道僧は、毎週会うたびに、それが初対面のように、おどおどと応対し、食料品店の女主人は、得体の知れない東洋人に、なんど顔を出しても、警戒の眼をやわらげなかった。物と金とがやりとりされるだけで、言葉が通うことはなかった。

夏だというのに空気は冷たく、よく霧が出た。戸と窓とを開け放っておくと、霧は部屋のなかに流れこんできて、机の上の本が読めなくなることがあった。鳥が鳴くこともなく、音といっては、ときたま風が起こって、大木の枝が揺れる震えが伝わってくるだけだった。なんの生物なのか、ごくまれに深い歎息のような声をもらす時があった。日本ならさしずめほととぎすが鋭い叫び声をあげる場合だが、こらえきれなくなってふいにわきあがる溜め息は張りつめた沈黙がガス洩れを起こした具合で聞くたびに失笑した。ある日、めずらしくコツコツと床を叩く音がした。だれが来たのかとふり向くと、かもしかが部屋を覗きこんでいた。老齢なのか、口のまわりに涎をいっぱいたらし、眼の端には黒い目脂をびっしりはりつけていた。悲しく、もの問いたげな目つきだったので、声をかけると、びっくりして立ち去っていった。

かもしかの訪問が事件なほど孤独だったが、淋しくはなかった。心はたえずざわつき、波立っていた。机に向かっていると、よく居眠りをし、きまって妙な夢をみた。ステレオになった夢だった。身体のなかで軽快なジャズがボリュームいっぱい鳴っていた。始めは楽しかったが、そのうち皮膚がビートでびんびん震えて、苦しくなってきた。ボリュームのあげ過ぎで最後にステレオが破裂したところで目が覚めた。厚い雷雲が発生していて、首から下が雲に呑まれていた。時計やボタンやチャックなどの金属が電気に触れてぴりぴりと震えていた。驚いて立ちあがると、ズボンベルトのバックルがライターを点火したようにぼっと炎をあげた。

また、あるときは闘牛になった夢をみた。いよいよ闘牛場に引き出される晴れの日となった。飼育係のおじさんが冷たいビールを桶一杯用意して出陣を祝ってくれた。きれいな水で身体を念入りに洗いあげ、とくに角と鼻面とを丁寧に磨きあげてくれた。悔いのない闘いをしてこい、化粧があがると、おじさんは尻をぽんとひとつ叩いて、言った。身も心も引きしまって、存分に暴れ廻れそうだった。果たして、闘牛場に出ると、風がさわやかで、身が軽かった。ひらひら翻る赤布をめざしてひたすら走った。槍を二本左右の首筋に突き立てられたが、それで挫けることはなく、翼が生えたように、かえって力が漲った。なんどめかに赤布をかわされたとき、観客席の最前列に真赤な衣裳を着た、毒毒しいほど唇の赤い女の姿をみた。その赤に向かって突進した。場内がどよめいた。女の白い首筋に角が突き刺さり、真紅の血がほとばしり出た。母を殺めたな、とはっと気がついて、目が覚めた。首に冷たい刃があてられている。刑務所の女が追いかけてきたなと即座に理解し、これを待っていたんだと同時に納得した。私から逃げようたって、むだだよ。世界の果てまで逃げたって、摑まえてみせるよ。私から逃れたかったら、私を殺すしかないんだよ。女は山刀を机の上におくと、それで私を殺して、いますぐここで殺して、と武者ぶりついてきた。

あじさいの女を山小屋に迎え入れてからは、山小屋の平安は当然のことながら完全に失われた。それまではピアノの下にもぐりこんで身体を横たえていたのだが、ふたり並んで横になるスペースはそこにはなかった。かといって、他に寝る場所もないので、女と折り重なって寝た。女の身体は軽くて気にならなかったが、右胸で受ける頭は、小さいわりに、硬くて重かった。その重みで胸苦しくなって、夜中に目を覚ますことがあった。日中、身体を動かすと、胸がきりきり痛んだりした。梅雨の湿気で、身体を重ね合わせていると、互いの汗が混じり合い、ねばついた。眠りは途切れ途切れで、浅かった。女は目覚めているときはひっそりとおとなしかったが、眠りこむとたえずどこか身体を動かしていた。いちど、なにに怯えたのか、激しく一声叫んで身体をのけぞらせ、ピアノの脚に強く頭をぶつけた。それから、ピアノの脚にクッションをのせ、それを枕に女は寝るようになった。しかし、身体のどこかが触れ合っていないと不安だとみえ、手をのばしてきたり、足をからませてきたりした。夜の静寂に溶けこんだ深い眠りはもはや望んでも得られなくなった。

女の方はそれなりに寝足りているらしかった。折り重なって寝ても、ピアノの脚を枕に寝ても、すぐに寝息をたてた。夢はよくみるらしかったが、覚めてから後をひくことはなかった。夢の話はいっさいしなかったし、ひとりで考えこんでいる様子もなかった。

「これまでどんな所で寝ていたの。窮屈じゃない」

問いかけても、女はなんの反応もみせなかった。どうでもいいと投げやりになっている風ではなく、過去を思い出したくない風でもなかった。さしあたっては、快適とはいえないまでも、横になれるだけで自足していた。女がこんな具合に落ちつきはらっているのをみると、かえって落ちつかなくなった。

女の存在は家の空気を乱したばかりでなく、外の秩序も綻ばせた。ある晩、土砂崩れが襲ってきて、家の壁をつき破った岩塊がどんどん枕もとに飛びこんできた。驚いて、明かりをつけてみると、二階の八畳に入りきらずに階段に積みあげておいた書物の山が崩れたのだった。猫が一匹書物に足をはさまれて、暴れ廻っていた。開いた窓から忍びこんで、二階にあがろうとして、書物の山に引っかけたらしい。女はこの騒動にも動じなかった。崩れた書物の山にも囚われた猫にも関心を示さなかった。騒ぎの正体を知り、被害状況を見極めると、さっさと寝入ってしまった。その徹底したエゴイスムは、情の迷いがみじんもないので、限りなくぶきみだった。

また、ある晩、ばさっばさっと台所の扉に布をはたきつける音がした。音はいつまでもしつこく繰りかえされた。起き出して扉を開けると、大きな狸がのこのこ入ってきた。電気釜に残っていた米飯を皿に盛って出すと、後脚で立って、両前脚で器用にすくって口に一口一口運んで残らず平らげた。食べ終わってからふしぎそうに家のなかを見廻し、女と目が合うと、ぎょっとして逃げていった。

「狸が君をみて、びっくりしていたけど、君の正体は狸なのか」

女はこんな冗談にも表情を崩さなかった。逆に、悲しげな眼をして、しんみりと語り出した。

「私、狸に負いめがあるの。狸が一匹私のドジで命落としているのよ。真夜中に散歩していたの。道の真中で、子狸が二匹ミュウミュウ鳴きながら戯れていた。可愛らしいので、しゃがんでみていたの。そこに車が全速力で走ってきた。子狸たちは気がつかないのか、あい変わらず遊びに夢中だった。いま私が立ちあがって、子狸たちを蹴散らせば、二匹は助かる。そう思ったけど、腰があがらないの。そのとき、私のそばを猛スピードで親狸が走り抜け、子狸たちを向端に追いやった。でも、自分は抜け切れなくて、はねられたの。私が一瞬早く行動を起こしていれば、死なさずにすんだのにと思うと、可哀想でね。私って狸より劣る女なの」

初めて聞く女のまとまった言葉は深く、陰影に富んでいた。女が一見鈍重にみえるのは、繊細さが極まって、動きがとれなくなったからのようだった。女の削いだような細身の身体が輝いてみえた。

女によって誘い出されたのは動物ばかりではなかった。人の往来もまた頻繁になってきた。以前はハイカーしか入りこんでこなかったこの道に、工事関係者とおぼしい男たちが五、六人、図面を片手に登ってきた。なにを建てるのか、急勾配の登山口で綿密な打ち合わせをくりかえしていた。かれらは例外なくわれわれの家に好奇の眼を向けた。打ち合わせ最中からすでにちらちら視線を走らせていた。やがて打ち合わせが一段落すると、正面切って家の品定めに入った。なかのひとりが意を決してチャイムを押し、水を一杯所望しておいて、女の値踏みをしていった。男の報告を聞いて、わっと奇声があがり、それが野卑な笑いに崩れた。女とふたりで、人里離れて籠っているつもりが、いつの間にか雑踏のなかに引きずり出された恥ずかしさだった。

好奇心は坂下の町の住人にも灯った。ある日、ひとりの老婆が訪ねてきて、ほんらいならお宅に回覧板を廻さなくてはならないのだが、ここまで登ってくるのは大儀だから、電話で知らせるので、番号を教えて欲しいと言い出した。親切そうな口調とは裏腹に、眼は鋭く女をとらえていた。

果たして、翌朝、ごみを出しにいくと、待ち構えていたように近づいてきた。

「いえねえ、お兄さんのところに女が住みついたと聞いたから、魔ものじゃないかと気になってね。やはり、あの女、言っちゃ悪いけど、ただものじゃないね。眼がすわっていて、なにをみているんだかはっきりしなくて、ぞっとするよ。ひょっとすると、あれは自殺した田山のお嬢さんの亡霊じゃないのかね」

老婆から聞かされて初めて知ったのだが、この山小屋はもともと地主の田山が令嬢のピアノ練習場に建てたのだった。そこでお嬢さんは近所に気がねなく毎日ピアノの稽古に励んでいたが、いよいよ目指すコンクールの前日になってどうしたのか階段の手すりにひもをかけて自殺してしまったというのである。もともと、田山さんの山だからあまり立ち入る人もいなかったが、その事件いらいぱったりだれも足を踏み入れなくなった。とくに、禁を犯してたけのこ掘りに行った老人が足を滑らせて大怪我をしてからは、不吉な山とみんなは避けて通るようになった。そこに都会からなにも知らない若者が移り住んできたので、なにか起こらなければいいがと気をもんでいると、案の定、風変わりな女の登場となった。いよいよ事件だと町の住人は息をひそめて見守っているという話だった。やはりそうだったのか、人目の届かない仙境に住んでいると歓んでいたのはいい気な思いあがりで、女との一挙手一投足はことごとく監視されていた。

帰宅して、女に老婆の話をし、せめて名前ぐらい明らかにしておかないと、ほんものの幽霊と間違えられて、いまに石を投げられるぞと脅してみた。女は別に動じた風もなく、面倒臭そうにしごくまともな返事をした。

「私の名前とか、出生とか、学歴とか、これまでしてきたこととか、そんなことを話せば、私という存在が明らかになるというのなら、いくらでも話すわよ。でも、いまの私って、ここにこうしているだけの肉体という気がするの。確かなのはこの身ひとつだけ。自分は何者なのと気になり出したとき、なにもかもすてて、裸になりたくなったの。ホームレス志向ね。でも、途中で、あなたに摑まって、いまは宙ぶらりん、立ちすくんでいるの。『野ざらし』って落語あるでしょ。女って、ひとりきりでいるとだれでもされこうべで、男に供養のお酒をかけてもらって、初めて美しい自分という幽霊に生まれ変わるのかもしれないわね」

先日の狸の話といいこの釈明といい、話させてみればあじさいの女は感性の柔らかい、言語の明解な、頭の切れる女だった。ただ、これほど知的な女に常識と現実感覚とがすっぽり欠落しているのがふしぎだったが、なにかのトラウマで日常の殻をつき破って、あちら側の迷路にさ迷いこんでしまったのだろうと想像できた。想像はできたが、好奇心も同情も覚えなかった。非日常の闇のなかに囚われている女をなんとかして平凡な日常生活に引き戻したいとは思わなかった。かといって、女の住む世界に飛びこみたいとも思わなかった。しかし、異質なふたりが異質なまま肌を接していれば、なにが生まれるか、冷ややかといえば冷ややかな、実験と観察の興味はあった。

縊死した令嬢のことは、夜、横になってから話題になった。寝てみると、ちょうどわれわれの頭上にぶらさがった形になった。前から気になっていたんだけど、階段の手すりに二カ所白ペンキのはげた所がある。あそこがひもをかけた跡だな、と女に語るともなく呟いた。すると、女はいきなりけたたましく笑い出した。まるで激しい喘息の発作に襲われたように、細い身体を揺する、苦しそうな笑いだった。

「なにがおかしいんだ」

「だって、あなたは首つりをちっとも気味悪がらないで、逆にむかし関係した女を偲ぶみたいに懐かしそうな口調で話すんだもの」

「首つりとか、幽霊とか、みたことないので、懐かしいというより憧れてるのかな」

そう答えたものの、確かに記憶の底からゆっくりと立ちあがってくる光景があった。父が死んで、家を処分することになったとき、土蔵のなかを整理していると、四枚つづきの女の絵が出てきた。江戸の浮世絵師の筆なのだろうが、玄人の女なのか、派手に着飾っていかにも婀娜っぽく、きらきらと輝いた最盛期の像と、病に倒れてやつれた姿と、淋しい死顔と、それから凄絶なまでに美しい幽霊像との四枚だった。自室に持ちかえって、一晩一枚ずつ、順ぐりに壁にかけて、みながら寝た。それで、どれがいちばんこわかったと思う、と女に訊くと、女は迷うことなく答えた。

「それは絶対に得意満面、驕りの春の絵でしょ。美人画って、モナ・リザをはじめとして、どれをとってもこわいもの、なぜだろうね。人間でいながら、人間を超えているからかな」

江戸の肉筆画の女が、眦を決して夫と子どもを見すてて家出した母に似ていたとは女には言わなかった。似ていたといっても、母が肉筆画の美人ほど顔形が整っていたというのではなく、人を人とも思わない冷酷な表情が共通していたのである。自分の思いはすべて正しく、他人は自分に額ずき、自分を喝采するためにのみ存在する、この思いあがりが女を妖しく眩く光らせていた。女は、混乱でも秩序でも、どちらも思いのままに生じさせる力を秘めているようにみえた。この無限の可能性が美しく、美しい以上におそろしく迫ってきた。それにくらべて、病魔にとりつかれた後の女は歩くべき道を決められてしまって、もはや未知の謎ではなかった。行先がみえていて、いまさらおそれるには及ばない、ただ美しいだけの死骸だった。

どうせあじさいの女も家庭をすてた母と同類の女なのだろうが、ふしぎなことに冷酷さは感じられなかった。むしろ逆に、放心した覚束なさが色濃く出ていて、迷路のなかにさ迷いこんでしまった当惑が顔の表情から消えなかった。自ら過去を切りすてた加害者の顔ではなく、いつの間にかタイムスリップしてしまった被害者の顔だった。

「それで、あんたがその江戸の女と対面したのはいくつのときなの」と女の方からめずらしく訊いてきた。

「高校一年のときかな」

「あんたって、ドラマチックだね。嵐を呼ぶ男だね。心のなかが真暗闇で、ガランドウで、なにか事件を起こしそうな、胸騒ぎがするね。あたしも吸い寄せられて、一役演じてるんだけど」と女はここにいるのが自分の意志でも責任でもないとはっきりさせておきたい口ぶりだった。

女を背負いこんで、早速に困ったのが、これも理の当然ながら、金銭問題だった。女は散歩にでも出ていたのか身ひとつでやって来たので、身のまわりの品からそろえなければならなかった。世帯道具も、鍋、釜、皿、茶碗から買いそろえなければならなかった。出費は意外な額にふくらんだ。とても七月分の給料を待ってはいられなかった。大学の給与課に給料の前借りを頼みにいくと、職員が頓狂な声をあげた。

「だめですよ、先生、四月にご着任なさったばかりで。給料の前借りは退職金が担保なんですよ。先生は勤められてからまだ三カ月ですから、退職金など計算するほどありません」

しかし、そうは言われても、他に借りるあてもないので、粘っていると、職員はしばらく考えてから、「それでは主任の降里先生に保証人を頼んでください」と妥協案を出した。

降里主任教授はできれば接触したくない、苦手な上司だった。どんなつてがあったのか、なにをしていたのか、日本人が外国旅行を制限されていた一九六〇年代の初めから、二十年間パリに居坐りつづけた男だった。おかげで日本人離れした、崩れたフランス語を操った。日本のフランス文学者は生きたフランス語を解さないから、フランス文学の急所が摑めないと、ことあるごとに主張していた。文学作品を理解する早道は心のひだに通じることであるといった、味気ないフランス文は書けても、ぼくはママが好きです、ママはぼくが大好きですねとニュアンスこめて言えないから、生きたフランス文学はわからないのだ、と酔うとよく毒づいた。大学院生のとき、つい酔ったはずみで、それで、先生、ママが好き、ぼくが大好きって、実際フランス語でどう言うんですか、と訊いてしまった。先生は酔いがさめた、興ざめな顔をして、バカモン、なんでおれにそんなこと訊くんだ、知りたきゃフランスに行って、子どもとつき合って覚えてこい、とどなり出した。おもしろい先生という評判だったが、決して誠実な教師ではなかった。「お台場でフランス語」をキャッチにフランス語教室を開き、子育てを終えた有閑マダムの人気を集めていたが、そこでもフランス語の授業に身を入れるよりは、フランス仕こみの猥談でマダムたちの浮気心をくすぐっていた。骨のない、いかがわしい文化人だった。小心なのに磊落(らいらく)を装い、見栄っぱりで他人の評判が気になるのに、バンカラを通していた。

　降里主任教授は研究室で所在なげにお茶を飲んでいた。恰好のカモが来たと大喜びだったが、用件をきいて渋い顔になった。

「お前、なんでそんなに金が要るんだ。大丈夫か。踏み倒すんじゃないだろうな。顔色も悪いし、すこしやつれたようだが、性悪女に引っかかっているんじゃないのか」

　さすがにいきなり図星なのだが、その後がいかにもひとりよがりな性格丸出しで、言葉を重ねれば重ねるほど、問題の核心から遠くそれていった。話をじっくり聴かずに、よくない女に摑まっているらしいと察しをつけると、あとはしつこい女ときれいに切れるにはどうしたらいいか、文学作品や実話など、さまざまな例を引きながら、おもしろおかしく仕方話で説いてくれた。絶妙な話術だと感心はしたが、関心の外で展開される話で、まったく心に触れてこなかった。ひとり勝手に二十分ほど喋りまくると、聴いてくれた駄ちんとばかりに、保証人の判をぽんとついてくれた。

給与課で必要な金銭を受けとって、外に出たところで、今度は国文科教授善解女史と鉢合わせをした。女史もできれば出会いたくない苦手教授のひとりだった。科が違うのにふしぎと縁があって、この四月いらい、さまざまな場所で切り結んできた。あまり会議に出たがらず、なにかといっては雑務を滞らせてしまうので、なんとずぼらなと真先に雷を落としたのは文学部長ではなく、仏文科主任隆里教授でもなく、じつはこのお門違いの善解女史だった。文学部春のシンポジュウム、文学の声をめぐってだった。パネラーに内諾をとっただけで、正式の依頼を出していないのは司会者の立場として困るという苦言だった。まことにもっともな指摘で、反論の余地はないのだが、ただ、仕事の上で注意を受けた明朗さはなく、こうるさい母親から余計な小言をもらった、不快さだけが残った。女史の専門が児童文学で、女史のもの言いに母親の口調がにじみ出ているのか、なんでもない女史の発言がひとつひとつ神経を逆なでした。

軽く会釈をして通り過ぎようとしたら、悪い予感が的中して、女史が立ちはだかった。

「いいところで会ったわ、旧宮先生。ちょっと困ったことが起こってね、ご相談しようと思ってたの。うちの科の四年女子学生我毛とおたくの科の四年男子学生振垣が同棲しちゃったらしいのよ。我毛の親から抗議があってね。娘が振垣に脅されて一緒になっているというの。内情調べてもらえないかしら」

「でも、それは警察の仕事で、大学の管轄外でしょ」

「先生は冷血ね。もしこれで切った張ったの騒ぎになったら、大学も責任問われるのよ。私がこの夏日本にいれば、私が動くんだけれど、七月中旬パリで国際児童文学会があって、その後フランスを廻る予定組んじゃったの。だから、先生にお願いするの。若いのはなにするかわからないから目をはなさないでね。頼んだわよ」一方的に自分の方の事情ばかり述べたてると、相手の都合は聞かないで、さっさと立ち去っていった。手前勝手な、押しつけがましい女だな、とまた反感だけが募った。よけいなお節介だと思ったのと、自分自身が得体の知れない女との同棲に足をとられているのとで、善解女史の頼みごとは大学の門を出るとすぐ忘れてしまった。

降里教授が伝授してくれた女と別れる法とはどうやら女の鏡になれということらしい。うるさくつきまとってくる女に対しては逆にこちらからうるさくつきまとえば、自分のおぞましい正体を鏡でみせつけられたメドゥーサと同じで、辟易して退散するというのである。この戦法にしたがえば、あじさいの女と別れるには、女が消えても気がつかないほど女に無関心になればいいということになる。そう思ったとき、女はふくらんだ欲望が生み出した幻かもしれないと気がついた。ぶきみになったが、いよいよ離れられなくなった。じっさい、洗い髪、Tシャツ、短パンで急に世帯じみた女にくっついて細ごましとした世帯道具をそろえて歩くのはふしぎと楽しかった。女が選んだ茶碗や皿はたんなる食事の道具ではなく、女の温もりを伝える魔法の器とさえ思えた。七歳のとき母に去られてから家が寒ざむと凍りついて、夏でもひやひやと冷気がたちこめていたが、いま女が手にとって台所道具をひとつひとつ選ぶ手つきで、母が持ち去った灯りがふたたび点火した歓びがあった。新世帯をもつときめきより、長い不在のあと母が戻ってきて失われた幼時の生活のリズムを回復した安堵があった。気がつくと、子どものように女にもたれかかっていた。甘えた愛撫をしつこくくりかえして、無頓着な女にもさすがにうるさがられたりした。そういえば、母もべたべた甘えられるのを嫌がった。子どものくせに、いまから腰巾着じゃ、先が思いやられるね、と軽蔑を隠さなかった。わが子に対してというよりは、情人に口をきいているようだった。思いは他にあって、身体がここに置きざりにされていた。つかみどころのない点で、母はあじさいの女によく似ていた。この女もまた母と同じように自分をすてて出て行くのではないか。そんな不安で切なくなって、女にいきなり抱きつき、ひやかされたりした。

女の身につける衣服の型や色にいちいちこだわっては、またうるさがられた。とくに、暑苦しいと嫌がる女に無理強いして下着を黒にするように求めたときには、変態ね、と皮肉られた。家出した母はおびただしい衣服を家に残していった。学校から帰ると、部屋にこもって、母が残した衣服で遊ぶのが日課となった。下着はほとんどが黒だった。まだ母の匂いが残っていそうなパンティを頭からかぶって、部屋のなかをごろごろ転がったり、大きな熊の縫いぐるみにシュミーズをきせて、ナイフで少しずつ切り裂いたりした。息苦しく、身体中の血が騒ぐ、一心な遊びだった。女が黒のパンティをはくと、この幼時の重苦しい気が立ちこめ、母を抱いているような、痛い甘さを覚えた。

女は料理がうまかった。あり合わせの材料で手早くつくった。和洋中なんでもつくった。すべて彼女の味だったので、とくべつ美味な皿もない代わりに、絶対に喉を通らないまずい一品もなかった。女と一緒に食事をするのもまた新鮮だった。女はとりつく島もないほど無口だったから会話の楽しさはなかったが、その代わり、自分がつくった料理を、じっくり吟味するように、黙黙と食べるので、つられて一心に食事をするようになった。食物の味を解きほぐすように、一口一口生真面目に咀嚼する女の姿は宗教的といってよかった。ほうれん草が産地によっては土臭いとか、メキシコ産のかぼちゃはすぐ煮くずれて、ふっくらとしあがらないとか、女は手ずからつくった料理にかんしてはコメントを惜しみなく口にした。女は料理という一点で外界と幸福につながっていた。どの料理も毎食食べても飽きない、あの平凡なおふくろの味だった。ただ、女は後片づけを一切しなかった。昼食に使ったご飯茶碗を夕食のまえにさっと水をかけただけでまた使い、炊飯器も昼の残りのご飯をかき出し、洗いもしないでそのまま夕食の米を炊いた。なんで皿洗わないんだ、とあるときたまりかねて言うと、どうせ人生なんて片づかないんだから、いいじゃない、と面倒臭そうに答えた。いきおい、皿洗い、掃除、洗濯は逃れられない役わりになったが、朝、ゴミを出しにいきながら、ふと女を切り刻んだ死体をすてに行く錯覚にとらえられたりした。女の意にそまない、淫靡で、恥ずかしい行為をしている後ろめたさが残った。

刑務所の女は癇が強く、潔癖だった。グルノーブルの新市街に、労働者用に建てられた二間のアパートに住んでいたが、家のなかは埃ひとつなく、ぴかぴかに磨きあげられていた。玄関まえにマットがおかれ、まずそこで靴の泥を落とすように求められた。しかも、玄関を入ると、靴を脱がされて、スリッパにはき替えさせられた。日本でなら当りまえの習慣だが、浴室とベッドでしか靴をぬがないフランス生活に慣れた身体には裸にされた頼りなさを覚えた。部屋によけいな飾りがなにひとつないのがうそ寒い感じをさらに強めた。簡素な僧房でも十字架ぐらい壁にかかっているものだが、女の家は引越し前夜のようにがらんとして、とりとめなかった。台所も油汚れひとつなく、システムキッチンの展示場のように冷たく光っていた。

女は料理をいっさいしなかった。昼食に招んでおきながら、ハムとソーセージとできあいのサラダとを皿に盛っただけだった。フランスパンを千切って無造作に口に入れていると、女は、椅子をもっと前に出して、テーブルと密着して坐り、パン屑を床にばらまかないで欲しいと注意した。テーブルはクロスもかけない、ガラスの一枚板だった。テーブルの上にパンかすがおちると、女はすかさず指につばをつけてひろいあげた。それこそ箸の上げ下ろしにもうるさく、ハムの切れはしをうっかり床にとり落としたときには、大仰に悲鳴をあげ、食事を中断して、ごしごし床を雑巾でこすった。喉でとろりと溶けるマコンの赤ワインと、女が食事のあとでいれた熱く、こくのあるコーヒーとがなければ、躾にうるさいタイプの母親にがみがみ言われながら食べる子どものときの食事を思わず想像してしまうほど、味気なかった。

　ベッドでも、女はテーブルと変わらず口やかましかった。腰のあたる部分にタオルを二枚敷いてベッドが汚れないようにし、コンドームを口でふくらまして点検してからサイズに合っているか自分の眼で確かめ、萎えたらすぐに指でおさえて外さないようにと指示をした。キスは、入念に歯磨きをしてから、許された。なんの情緒もない、ただ性欲を処理するだけの、機械的な性交だった。しかし、女の性器はすばらしく、女のテクニックは抜群だった。変わっているのは陰毛が硬いブラシのように整えられていたことで、それが下腹をちくちくと刺激して、たまらない快感を誘った。聞けば、性のゲームにしか興味のない以前の男に仕こまれたそうで、徹底的に剃りこんで、髭のように硬くしてから生えそろわせるとの説明だった。これでなかなか手間がかかるのよ、と女はまるで銃の手入れでもするようにぼそりと言った。

　じじつ、女の身体は凶器だった。女は性の快楽を求めているのではなく、男に快楽を与えようとしているのでもなかった。明らかに女は男の殺意をかきたてようとしていた。男のなかに殺意をかきたて、その殺意を自分に向けるようにしむけていた。最高の性の高まりに触れさせながら、それを心ゆくまで味わわさせず、自身は快楽の波にさらわれないようにたえず身構え、それでも大きな波にさらわれそうになると、なんとか泳ぎ切ろうと必死だった。そのあがきに触発されて、女を沈めようとすると、ナイトテーブルの上で光る山刀を手にとって、これで刺して、これでひと思いに殺して、それ以外に私をいかせる方法はないわよ、と凄んだ。

あじさいの女と身体を重ねていると、ふとしたしぐさから刑務所の女に連想が動いていくことがあった。しかし、それはふたりの女が重なるからではなく、逆にあまりにかけ離れ過ぎていて、とても同じ行為を営んでいるとは思えなかったからである。刑務所の女とはなにをしていても距離があった。頂点に昇りつめて、急降下していくときでも、目を見開いてひたすら女の反応を窺っていた。女に変化が現れると、それに応じて感情も昂ぶってきた。女の隠れた部分を少しでも掘り起こそうと、女の身体に全力で働きかけた。凶器のように硬くしこった女の身体を、軟い普通の女の生身になんとか解凍させたいと願いつづけていた。そんな心の動きを勝手に愛と解釈していたが、じつは、挑発してきた女をねじ伏せたいという単純な征服欲に過ぎなかったのかもしれない。しかし、それでも、それは快楽を求めての関係ではなく、あくまで女を変えたいと願っての働きかけだった。対象と目的とは外にあって、なんとか効果をあげようと戦略を練るときに、快楽といえば快楽らしい感覚がかすかにあった。

それに対し、あじさいの女はぐにゃりと骨なしで、交わっていると、底のない闇のなかにぐんぐん引きずりこまれていく戦きがあった。もう戻れないと観念したとき、闇の底から水が噴きあげてきて、灯りのなかにふんわりと押し戻された。女の耳に耳をぴったりと押しあてて、じっとしていると、深い井戸のような女の身体の奥底から滾滾(こんこん)と水が湧き出る音が聞こえてきた。女は体内に豊かな地下水を堪えた底なしの井戸にふさわしく、ひっそりと、ほとんど動かずにいた。朝、大学に出かけて、夕方帰ってみると、朝と同じ姿勢で、机に頬づえをついていたりした。退屈じゃないの、とたずねたら、死ぬのを待っているだけだもの、とすまして答えた。大学に出講しない日に、朝から女と顔をつき合わせているのは、それでも気づまりだった。本を読んでいるそのそばでじっと動かずにいるのだが、となりにいられるだけで本の世界になかなか集中できなかった。これが猫ならば、ときたま撫でるだけで互いの関係は落ちつくのだが、相手が人間となると、やはり言葉を交わさないと、互いの位置が定まらなかった。ところが、女は挨拶程度の簡単な日常言語を奪われた深みにいた。

いきおい、午後になると、女と連れ立って外へ出ることが多くなった。女の買ものにつき合ってスーパーに行ったりした。女の買ものは驚くほど長かった。スーパーの棚のまえにひとつひとつ立ちどまり、全商品と睨めっこをして、その後ではじめて献立てを決め、今度は納豆なら納豆で、丹波黒豆の大粒にするか北海道産極小粒にするか、他のメニューとのかね合いも計って、なかなか決断できなかった。贅沢とか完璧志向とかいうのではなく、単純な選択でも、簡単に決断できかねるらしかった。衣料や台所用品を選んだときのように、口出しをすれば、意外にすなおに聞くのだが、彼女の主体性に任せきりにすると、迷いが表面に出た。

気が向くと、三浦半島先端の観音崎まで海を見に行くことがあった。女は海も船も好きだった。浦賀水道を出入する大小の船を飽きずにいつまでも眺めていた。小さな漁船やヨットが大きなタンカーを追い越して先を行くと、拍手を送って声援したりした。しかし、豪華客船が通りかかって、大きな波を足もとまで運んでくると、とたんに海が怖くなり、いまにも海面から正体不明の怪物が立ちあがってきそうだ、ととめどもなく震え出した。そんなときの神経質な女は、放心して無感動な女と別人のようだったが、いずれにしても女の正体からはほど遠い両極端に思われて、女こそ畏れられているその海の怪物ではないかと危ぶまれたりした。

女は三度三度まめに食事をつくる他は、一点空をみつめていつまでも動かずにいた。迷いこんだ他人の家にそのまま居ついてしまった猫のように、どこから来たのか、いつまでいるつもりなのか、女の考えはまるで摑めなかった。手紙を書くわけでもなく、電話をかけるわけでもなく、自分の今にとぐろを巻いて、じっと動かずにいた。得体の知れない女だったが、しかし不気味な感じは薄れてきた。女の身体になじんできたこともあったが、それ以上に女の意識が鋭く研ぎすまされているのがひしひしと伝わってきたからである。

このひたすら息をひそめ、思いをこらした女にくらべると、刑務所の女はいかにもがさがさと殺気立っていた。落ちつきなく身体を動かし、とめどなく喋っていた。たまに黙りこんだとみると、膝をがくがく震わせながら手紙を書いていた。刑務所に入っている昔の男に便りするのか、と訊くと、女は一瞬きょとんとしてから、けたたましく笑い出した。

「母になの。刑務所にいる母に書いているの。面会時間限られているから、会っているときは母の言うことを聴いているだけなの。わたしが言いたいことはこうしておりに触れて書きとめていて手渡すの」

「お母さん、なにをやらかしたの」

「昔から母には好きな男がいてね。家庭そっちのけでがたがたしていたんだけれど、十年前とうとう男を刺し殺して服役しているの。自分のことしか頭にない人だから、大嫌いな母だった。わたしを放ったらかしにして、こんなカサカサの女にして、と憎みに憎んでいた。でも、母の話を聴いているうちに、単純な人だとわかってきて、今ではその物語を聴くのが楽しみ」

女が生涯の事件をこんな風にさらっと語るのを耳にして、この女の不幸は、ほんとうのところ、母に構われない事実そのものではなく、その経緯を安易に物語化し、明解に説明してしまう言語にあるように思われた。女は自らをたえずテキストとして提示し、読解を迫ってきた。生身の女というより、舞台の女と接している緊張感があっていかにも外国の女とつき合っている意外さがあった。

もともとグルノーブルに留学してきたのは、七歳のとき母を失ったスタンダールの幼年時代の自伝『アンリ・ブリュラールの生涯』を現場で読みこむためだったが、その読解が進まないうちに、生きたヴァリアントに足を引っ張られる結果となった。しかし、彼女の言語、動作は彼女の謎の関数というより、正確には外への働きかけだった。言葉は外に向けて真直ぐ放たれ、確実に標的を狙ってきた。女はなにかといっては手紙を寄こしたが、徹頭徹尾理づめで、まるで論理学の教科書を読むようだった。手紙はきまって最後に会ったときの反省から始まり、このつぎ会うときの期待が述べられ、その期待を実現すべき日時と場所とが指示されていた。相手の都合などお構いなく、一方的な命令口調で、恋文の甘さはみじんもなく、理科の実験報告の厳密さと果たし状の酷薄さとが突き刺さってきた。女は死に強く惹かれていたが、ふしぎなことに自殺願望はなく、男の手で刺し殺されたい、とひたすら願っていた。その願いの強さを映して、言葉は劇的で、挑発的に迫ってきた。可愛げがなく、突っ張っているだけだったが、その横暴さを必死の訴えと読めば、鼻柱をへし折って、弱さのなかに沈められそうだった。忍耐強く女の身体をもみほぐして、性の歓びを教えれば、死の呪縛から目を覚まして、生のなかに歩み出しそうな期待がもてた。男の自負もまたそこにはもえていた。しかし、予想に反して、女は性の深みにはまるにつれて、死への傾斜を強めていった。性に足をとられるにつれ、殺意が意固地に固まっていった。女の手は歓びに抗って山刀を振り廻しはじめた。アクメとともに喉に突き刺さった刃のイメージがちらちらするようになっては、もはやさすがに愛の騎士を気どってはいられなかった。修道院に逃げこんだが、刃が追っかけてきた。日本まで逃げて帰ってきたが、赤インキで書かれた女の手紙が追っかけてきた。

「ワタシから逃げようたってダメ。ワタシの息の根をとめるのがアンタの使命」

これでは逃げきれないな、女と心中するのが宿命なのかなとあらぬことを考えていると、あじさいの女の視線がじっと手紙に注がれていた。

「あなたって優しいんだね。しょうもない女につくすんだね。でも、そういうわがまま女には扉をたてた方がいいかもしれないよ。ほんとうのところどう思っているのか、はっきり言ってやる方がいい。その女を生きかえらせるのは限りない優しさではなく、意外に女をはね返す正直な言葉の力かもしれないよ」

なるほど、女の指摘どおり、これまでは刑務所の女を読むことばかり考えて、女に向かって別な物語をぶつけることはしなかった。愛とは女を読み解くことであり、女に向かって秘めた思いを読んで欲しいと求めることだとは考え及ばなかった。彼女をひたすら書き手として読みこんできたので、その結果、女はとめどなく甘え、ヒステリーにまで増長したのかもしれなかった。そういえば、女が独特な読み手で、風変わりな東洋人の物語をそれとなくとりこもうとしていることは言葉の端端から窺い知れた。

女はグルノーブル大学図書館司書だったが、女の家に書物は一冊もなかった。字引すらなかった。図書館で本を相手に一日を過ごしてくるので、家に帰ってまで本の顔をみたくないらしかった。愛書家ではなく、整理魔だった。稀覯本などには興味はなく、本は情報源として処理された。本の体裁、装丁には無関心で、テキストだけを重視した。まるで機械みたいな人間で、本が消耗品にしか過ぎない現代の図書館にはうってつけの職員だった。彼女の頭のなかでは本は作者別、タイトル別に整然と並んでいて、ただそれだけのものだった。本が分類をはみ出して、暴れ出し、手に余ることは許されなかった。どんな野蛮な本でもきれいに分類されなければならなかった。なによりも体系、秩序を信奉する女は図書館勤めを好んでいた。明解に分類された世界のなかで女は落ちつき、安らいだ。

女が理想とし、愛読する書物は辞典だった。女は辞典を範として事物を、言葉を定義し、その本質を摑んだと信じていた。心の動きにかんしても同じ手法で、嫉妬とか憎悪とか殺意とか、できあいの言葉でうごめく情動を読んできた。まるで伝統的なフランス心理小説の世界に閉じこめられたようで、息苦しくなるくらいだった。

「いちいちこちらの心理を枠にはめるな。人間の本質は変化だから、言葉では把握できない闇なんだ」

「わあ、すごい。一言で人間という不可解な存在を定義してみせたね」

西欧的な知もここまで凝り固まってしまうと、哀れに滑稽だったが、この硬直した認識のシステムから女を解き放つことこそ肌を接した者の使命と思わないでもなかった。しかし、この石化した殻を打ち砕くには、どのような弾丸が有効なのか、まるで見当がつかなかった。「人間は考える葦である」といった、鮮やかな定義で相手の目を覚まさせるか、あるいは、考えこんでいる人間の描写で相手の知の無効性を悟らせるか、どちらが効果的なのかさっぱりわからなかった。さんざん悩んだすえ、正直になって、当たって砕けるよりほかないと思い至ったとき、書く姿勢が定まった。

刑務所の女が送りつけてきた赤い脅迫状に対しては、言葉をつくして返事を書いた。それも一方的に自分の立場を述べ立てるのではなく、女のときおりおりの反応を思い出しながら、長い手紙を書いた。グルノーブルから帰ってから三カ月の現状報告をし、なぜ、どのようにスタンダールを読んできたか、グルノーブルで過ごした四年間ほんとうのところなにをみたのか、まるで教授に提出するレポートのように、詳細に自己分析を試みた。外国語で書いているので、大胆に踏みこめるところもあり、逆にうまく言えない部分もあった。幾夜にもわたって延延と書きつづける手もとをあじさいの女はじっと飽きずに見つづけていた。そしてある日、眼が合うと、ふしぎそうに言った。

「あなたって、本読んでいるときより、もの書いているときの方が輝いているね。なんでこんなにたくさん本を積みあげて、わざわざ自分を殺しているの。自分のなかの言葉を掘り起こした方が、楽しそうだし、世のためじゃないの」

「外国語で書くって刺激的なんだ。母国語で書くのが歩行であり、舞踏であるとすると、外国語で書くのは水泳だね。外国語という水は、筋肉の使い方ひとつで、敵にもなれば味方にもなる。命懸けで、じつにスリリングだ」

一週間ばかりかけて手紙を書き終え、部厚い封書を出してしまうと、刑務所の女は片がついた過去の女として遠くにかすんでしまった。八月に女が返事を寄こしたときには、一瞬だれからの手紙かわからなかった。もっとも、その手紙は、女がそれ以前に寄こしたおびただしい手紙とは、体裁も内容も語り口もがらりと変わっていた。それまでの手紙は高圧的に自己主張を押しつけてくるだけだったが、今度の手紙はなんとか読んでもらいたいと行き届いた、穏やかな口調だった。

あなたの長い手紙をくりかえしくりかえし何度も読みました。わたしが知っているあの日本人が書いた手紙とはどうしても信じられませんでした。フランス語もなかなかのものだし、語られている事柄もなかなか興味深い。あなたはほんとうはこんなに影の濃い人間だった。わたしたちはなんど身体を重ねたか知れないのに、互いの影はみようとはしなかった。わたしはあなたを刺客としてしかみなかったし、あなたはわたしを愛の実験台としてしか考えていなかった。ふたりとも現実を変えて、いまの自分に終止符をうつことしか考えていなかった。互いの存在をありのままに認め合おうとはしなかった。なにを求めてあんなに焦っていたのかしら。それが若さということなのかしら。でも、わたしはあなたこそわたしの息の根をとめてくれる男と信じていた。とんだ思い違いだった。じつは、あなたはわたしと同類だった。兄妹なのに、敵同士として振るまっていた。大仰に、とんだ茶番を演じていた。考えてみれば、わたしのこれまでの人生はすべて茶番だった気がする。悲しい現実をみないために、いつも大童(おおわらわ)で芝居をしていた気がする。しかし、今度こそ、正真正銘の悲劇が始まりそうな予感がして、震えています。

恩赦で、母がとつぜん出獄してきました。わたしはその知らせを聞いたとき、自分が困惑して立ちすくんでいるのに気づきました。ふしぎでした。当然、自分は小躍りして喜ぶと思っていましたから。ほとんど毎日面会に行って、母の話を聴いているうち、わたしは母を理解し、母を好きになったと信じていました。でも、それは母が一生牢獄のなかにいると安心していたからです。母はわたしにとっては死んだ人間で、わたしは母の語る物語を愛していたのです。だから、母の肉体がわたしの世界に侵入してくると知ったとき、わたしは慌てました。じっさい、母の身体はわたしに激しい嫌悪を催させました。母は六十近い女なのに、まだぎらぎらしていて、強い体臭をふりまいていました。わたしはアパートに着くとすぐ母にシャワーを浴びてもらいました。母は鼻歌を歌いながらたっぷり時間をかけて身体を磨きあげると、バスタオルを巻きつけただけの裸で出てきて、マダム・ロシャスの香水はないの、と訊くのです。わたしは貧乏暮らしですから、そんなに高価な香水は持っていません。すると、母はわたしが若い娘にしては身だしなみがよくない、着ているものも貧相だ、肉体も貧弱だ、とけなすのです。私に似ればいいのに、可哀相にあの凡庸なパパに生き写しね。そう言われて、わたしは自分が潔癖で、小心な父の子だとあらためて自覚しました。と同時に母のなかの女に激しい憎悪を抱きました。いったん憎いと思いはじめると、憎悪は、まさに燎原の火で、激しく燃え拡がるばかりでした。

なにを血迷ったのか、わたしは母を歓迎して、生まれてはじめて料理をつくりました。友だちに教わってトマトの肉づめをやいたのです。わたしとしては精いっぱい真心こめてこしらえたつもりですが、母は一口口にすると、味がないねとフォークを投げ出し、軽蔑を隠そうとはしませんでした。こんな料理の腕前じゃ、男が寄ってこないわけだ、とまた矛先はわたしの醜さに及びます。玉ねぎはもっとみじん切りにして、ひき肉をいためるときには赤ワインを小さじ二杯混ぜると肉の甘味が引き出せると、料理のコツを伝授しながら、わたしの味のない身体をじろじろみてせせら笑っていました。

わたしは愕然とし、おそろしくなってきました。およそ人間らしい感情のない、この肉だけの女がわたしの母だと思うと、あらためて自分のひからびた心を眼前にみる思いがしました。でも、わたしはまだ男を刺した母の情熱だけは信じていました。殺しの瞬間、母は自分の人生を宿命に昇華したと思いこんでいました。ところが、母は今になってあれは事故だったと言い出すんです。裁判のときは、夫と子をすてて走ったのに、男が裏切ったから刺したと主張していたのに。だって、おまえ、その方がわかりやすいし、ドラマチックじゃないか。陪審員の同情も集まろうというものさ。だけどね、現実はもっと散文的で、つまらないものだよ。男の裏切りなんか実際にはなかったんだ。ただ、惰性で関係がすこしだらだらしてきたので、狂言自殺で活を入れてやろうと、刃をふりまわしたら、男が本気にして、不器用なとめ方するから、血が流れたんだ。あんなに馬鹿な男だとは思わなかったよ。わたしは母のこの告白を全面的に信じてはいませんが、ただ、自分の大事な過去を茶化す軽薄な態度には我慢ができませんでした。母の自己中心的な、傲慢な振るまいをみていると、苛苛してきて、寝室の山刀がちらちら頭をかすめます。

女の手紙からたしかに女の求めていた大団円が近い気がした。ふたりの女のうち、すくなくともひとりは血を流して倒れそうな、胸騒ぎがした。あじさいの女に手紙の内容を話してきかせたら、女はつまらなそうな顔をした。

「親子関係って、わたしにはわからないのよ。自分はいまここにこうしてひとりでいるだけと思っているから」

「でも、君だって家庭をすてて来ているんだろう。渡り鳥じゃあるまいし、まさか身ひとつで、男から男へと渡り歩いているわけではないだろう」

ふた月一緒にいても名前すら教えない女につい苛立ったのか、棘のある言葉を浴びせてしまったが、女は傷ついた様子もなかった。遠くをみる眼をして、なにか言いたそうにしたが、大きな溜息をついただけで、過去に係る言葉を口にすることはなかった。故意に隠している風ではなく、言葉では過去の闇をとても照らせないと諦めた風だった。ふいにもの憂そうになって、みるみる身体の線が崩れていった。

暑さのせいかもしれなかった。じっとりと温風にまとわりつかれ、暖気の衣裳を何重にも重ね着されたようで、どうしても裸になれなかった。女と身体を重ねても、間に厚い膜がはさまっていて、しっくりとなじまなかった。汗をいくらかいても、互いの身体の中心が溶け合うことはなかった。身体を重ねることがしだいに徒労で、億劫に思われてきた。女の身体は遠のいていき、なんとか手繰り寄せたいときには女の身体に耳を澄ませなくてはならなかった。耳を女の耳に押しあてるだけでなく、眼に、口に、喉に、乳房に、臍に、陰部に、足の裏に順ぐりと押しあてていった。女の身体はさまざまに語りかけてきた。陰部は切なく訴えかけてきたし、足の裏はそこはかとなく囁きかけてきた。身体のどの部分に耳をあてても、女は嫌がらなかったが、ただ、臍だけはくすぐったがった。臍の穴にちょうどぴったりと耳の穴をあてたときには身をよじって逃れようとした。そしてその臍からは、明らかに女の身体が発するのではない、異質なリズムが、かすかだが、聞こえてきた。はじめ、悪質な病巣が宿ったのかと怪しんだ。女は出会ったときの粉をふいた餅肌を失っていた。ぶよぶよと黄色くむくんで、膿をもったようにねっとりとした部分とかさかさに乾いて皹割(ひび)れた個所とに分かれていた。足のかかとはかさかさに干上がっていたが、足指の間は沼地のように湿気ていた。吐く息が強く臭うことがあり、体臭がたまらなく籠ることがあった。古くなって形のくずれたカマンベールチーズが机の上におきざりにされている臭さだったが、その異臭は嗅ぎなれてくると、ふしぎに心をそそるほろ苦さがあった。

女の熟成に呼応して、自然も熱く熟れてきた。窓を開けておくので、さまざまな昆虫が飛びこんできた。とくに、夜はかなぶんやごきぶりが羽音を響かせて電灯に突進してきた。料理に虫が混ざっていないことはなかった。女は虫には無頓着だった。一度は蟻をごまのようにまぶしたサラダを出したことがあった。さすがにこのときは文句を言うと、新しくつくりかえてきたが、なかに蠅が一匹まぎれこんでいた。女は蚊にも刺されないらしかった。ベープをつけ、蚊取線香をともすと、頭が痛い、喉がひりひりする、と煙の方を嫌がった。その煙にあてられたのか、天井にはりついていたやもりがスープ皿のなかにぼちゃんと落下したことがある。そのときも別に気味悪がる様子もなく、冷たいニンジンスープのなかをピンク色の爬虫類が泳ぐのを、自分の体液のなかに戻って元気を取り戻したみたい、とかえっておもしろがっていた。例外はダニで、この虫だけは女の肌をひたすら好んだ。一度喰いつかれると、頭を残さずにとり除くのが困難な作業だった。頭を喰いこんだままにしておくと、真赤にはれあがり、中心にどろっと濃い膿のマグマが根を張った。厄介だったのは唐辛子のように赤い微細なダニだった。群をなして女の足指の間にたかった。このときばかりは女もかゆがり、痛がって、悲鳴をあげながら、足指の間をかきむしった。

蟬が鳴き出すと、暑さは腹にこたえた。それまでの暑さは外側から包みこんできて、身体をふんわりとしめあげる陰険な暴力だったが、蟬の鳴き声は暑さを腹のなかにどかんどかんと叩きこんできた。とくにみんみんゼミが間近で得意になって鳴きたてると、女は耳をおおい、身体を丸めて耐えていた。

女は体調を完全に狂わせていった。料理の味つけが出しゃばらず、素材の味を活かして、絶妙にうまかったのが、そのバランスを崩していった。塩からくてとても口にできないチンジャオロースをつくったり、逆に、まるで湯のようなみそ汁を出したりした。しかも、女は味つけがおかしいことに気がついていないらしく、ぎすぎすした味の料理を黙って食べていた。

暑さのとどめは工事だった。ある朝、山の下方で電気ノコギリがうなりをたてたと思ったら、家のまえでも、山の上でもたちまちいくつものチェインソウが呼応してうなりをあげた。山道の雑木がつぎつぎと切り払われ、その後のぽかんと展けた空間に、意外に近く、東京湾の海が光っていた。やがて、軽トラックが入りこんできて、伐採した雑木を満載すると、走り去っていった。一台が下っていくと、すぐにつぎの一台が上ってきて、なかなか手際いいピストン輸送だった。七、八人の男が作業にたずさわっていたが、何語とも知れぬ言語を話す、真黒に日やけした陽気な連中だった。かれらは窓から家のなかを覗きこみ、われわれふたりを認めると、白い歯をむき出してどっと笑った。女は両手で顔を隠してこの卑猥な笑いをやり過ごしていた。

軽トラックの後は、ブルドーザー、ローラー車、ミキサー車がつぎつぎと現れた。そのたびに家は土台からわさわさと揺さぶられた。二階に積みあげた本の山がいくつか崩れて、雷が落ちたような音をたてた。足もとでも頭上でも爆発音が続いて起こって、女は身体中に穴が開いたと嘆いた。頰が削げ落ちて、血の気がなく、浮世絵の病み疲れた女にそっくりだった。数日後、車がすれ違えるアスファルト道が完成した。道はさらに上の山の斜面に沿ってのび、山の裏側に廻りこんでつづいていた。道が完成すると、資材を積んだトラックが絶え間なく昇り降りした。山の裏側でまた新しい工事が始まったらしかった。のんびりした夏鶯のさえずりに代わって、きいきい鋭い金属音が空気を震わせ、暑さを肌に突き刺した。

道ができて、ふたつの異変が起きた。庭の隅に湧いていた泉がとつぜん涸れた。たいした水量ではなかったが、ときおり底の砂を蹴りあげて湧きあがっていた水がもはや二度と頭をもちあげなくなった。やがて水が涸れ、そこは周りと変わらない砂地に乾いた。泉を棲処としていた一家なのか、大小さまざまな沢がにが五匹折り重なって乾からびていた。泉が涸れて、庭の土が熱を持ちはじめると、女はしきりに喉の渇きを訴え出し、とめどなく水を飲んだ。

ある晩のこと、おびただしい蛇の群れに襲われた。工事で棲処を奪われ、新しい天地を求めて移動しているのか、家に入ってきても落ちつきなく動き廻っていた。触れると咬まれそうだったが、女は蛇をおそれなかった。身体を横たえたまま、大小さまざまな蛇が意外に素早く動き廻るのをじっとみていた。ただ、巨大な白蛇が、いかにも女王らしく、他を睥睨してゆったりとした動きで室を徘徊し、はげた手すりからだらりとぶらさがったときには、声をあげてしがみついてきた。眼が血走っていた。

雑木林が消えてから、朝陽は日の出とともに射しこんできた。朝八時には、陽ががんがんと室内にみなぎり、ビニール・ハウスのなかにいる暑さで、とても寝てはいられなかった。朝陽のなかで女は羽毛をもぎとられた裸の鳥のように寒ざむと身をすぼめ、足を抱えてじっと坐りつづけていた。放心しているというより、一心に考えこんでいるようにみえた。憔悴の果てにきて、意識が極限まで研ぎ澄まされたのかも知れなかった。いったん考える人のポーズで決まると、女は彫像と化したようにそのポーズを崩さなかった。「なにをそんなに考えこんでいるの」とある晩訊いたら、女は考えこんでいるのではなく、あなたが身体中に耳をあてたから、身体の至るところから音が聞こえてきて、収拾がつかないのだ、と答えた。自分のなかにこんなにたくさんの音が眠っているとは思わなかった、ふつふつとたぎってきて、臓器という臓器が音になって溶け出しそうだと訴えた。内臓が病んでいて、幻聴が聞こえるのかと気になったが、当人は苦痛よりも、どちらかといえば至福を味わっているようだった。音の原因が崩壊にあっても、発せられた音が心地よいのだから、その快感に酔おうという風だった。外からではなく、体内から音楽が聞こえてくるのがなによりもふしぎなようだった。肉体が広大な宇宙と化したようでもあり、意識が肉体を離れて、遠くから肉体を眺めているようでもあるらしかった。末期が近いのかなと不安になったが、女は一時より元気だった。身内に音があふれているいま、ピアノに触れれば、うまく弾けそうな気がする、と浮き浮きしていた。

ピアノの蓋には鍵がかかっていた。針金でなんとかこじ開けると、「わあ、あんたってすごい。食いつめたら、空巣で食べていけるんだ」とはしゃいでみせた。女のピアノの腕まえは確かだった。ピアノの音色を確かめて走る指はす早くて、的確だった。指が鍵盤にどんどんなじんでいくのがわかった。やがて、身体を起こし、もみ手をして、本格的に演奏にとりかかろうとした。

「裸になって弾いてみないか」

嫌がるかと思ったら、女は意外な顔もしないで、さっと立ちあがり、すなおに衣服を脱いだ。ピアノの下にもぐりこむと、女の下腹部が正面にみえた。動き出すまえの静かな緊張に充ちた、美しいポーズだった。すぐに筋肉に震えが走り、下肢がしなやかに動き出した。力強い、リズムをきっちりと刻んだ音が頭上から降ってきた。バッハ『フランス組曲』第四番変ホ長調だった。バッハのクラヴィーアの曲のなかでは、イギリス組曲六曲ほど規模が大きくなく、技術的にもさしてむずかしくないと言われている曲だが、そのぶんコンパクトにまとまっていて、弾き流すことができず、演奏には緊密な構成力が求められるはずだった。しかも、無難に、均衡よく弾けば、それで成功というわけにはいかず、そこで生まれたハーモニィが波紋を描いて大きく拡がっていき、宇宙の秩序を暗示するところまで深まらなければ、曲を真に生かしたとはいえなかった。さりげないディテールに生命を吹きこみながら、底でしっかりと連結させて、眼にみえない全体を浮きあがらせなければならなかった。『フランス組曲』はみかけによらず難曲だったのである。しかし、女の常になく張りつめた身体がこの曲の端麗で、神秘な曲調にぴったりで、そのスケールの大きさをみごとに歌いあげていた。一糸乱れぬリズムが、その奥に、黒黒とした影を浮き出させていた。

曲が進むにつれ、胸が高鳴り、血がとどまるところなく騒いだが、女はむしろ坦坦と弾きつづけていた。アンナ・マグダレーナが初めてこの曲を作曲者バッハの前で演奏したときは、たぶんこんな風に親しくみずみずしく弾いたのだろうと想像させる指さばきだった。しかし、それとともにさらに刺激的だったのは、演奏が進むにつれ、女の下腹部の花弁がほんのりと開きはじめ、やがてしっとりと潤ってきて、最後には椅子をぬらし、ぴちゃぴちゃと飛沫をこちらの顔にまき散らしたことだった。ピアノを弾くには指だけを動かせばいいのではなく、じつは全身を、とりわけ下半身を激しく躍動させなければならなかった。ピアノの音は女の体内からほとばしり出るように聞こえ、女が振りまく体液はその眼にみえる形と受けとれた。女が出す生命の音をじかに受けとめたくて、女の腰を抱き、楽曲が終わったとたん大きく開いた花弁に口をつけた。女は下腹部から突きあげてきた、ほとばしるような声をあげて、のけぞった。

それから後、女は身体に耳ではなく、口をあてがうように求めてきた。女の身体は場所場所によってさまざまな味がした。乳房は甘い香がし、臍はしょっぱい舌触りだった。足の指、足の裏は甘酸っぱい、複雑な味がしたが、女は足指をしゃぶられるのをいちばん歓んだ。頭にのぼっていた血が下半身にさがってきて、足が大地についた安心感が得られると大袈裟に歓んだ。女はすこし落ちつき、肌に色艶がほんのり戻ったようだった。

九月になって、小型の雨台風が東京湾を北上した。早朝六時ごろ、開け放した窓から熱風の絨緞がふわっと入りこんできて、たちまち室をびしょぬれにした。あわてて窓を閉めると、雨風が激しく外壁にぶつかってきた。南東方向の樹が切られ、山が削られたので、雨風は遮られることなく直接家にぶつかってきた。時化の海上に投げ出された小舟と同じで、すがるものもなく、雨にふりこめられ、風に翻弄された。家がぎいぎいときしんで、古船で漂っている頼りなさを強くした。とそのとき、扉を激しく叩く音がした。船の沈没を告げる銅羅に聞こえて、胸が激しく高鳴った。不安を殺して、出てみると、市の作業員で、新設道路を流れる水がお宅に入りこむと危険だから土嚢を積む、という用件だった。叩きつける雨のなか、三人の作業員が手際よく玄関先に土嚢を積みあげていった。堤防ができたところで、斜め上の道路から駆けくだってきた水がどんとぶつかって、反転し、道路を下に滑っていった。危ないところで、間に合ったな、と作業員たちはほっとした表情をみせた。しかし、玄関先にネグリジェを引っかけた女が出てくるのをみると、雨と汗でぐしょぐしょに濡れた顔を光らせ、眼をぎらぎらと輝かせた。女は雨の飛沫を浴びながらしばらく男たちの視線に耐えていたが、やがてみるみる顔を泣き崩すと、流れを指さした。七、八匹の蛇がからまり合いながら押し流されていた。なかの一匹が塊から離れて、うねうねと長い紐に伸びて、土嚢にとりついた。その瞬間、作業員のひとりが長靴で蛇の頭をとらえ、踏みくだいた。蛇は身体を宙にうねらせ、作業員の足に巻きつこうとしたが、力つきて、水をたたき、ピンク色の口を大きく開けたまま、水流に呑まれていった。女は両手で顔をおおって、その場にしゃがみこみ、嘔吐しつづけた。蛇を踏み殺した作業員は白い歯をむき出していつまでも笑っていた。

作業員が引きあげるとすぐ、嘘のように嵐が収まった。厚い雲が切れて青空さえ覗いた。それも白く眩しい夏の青空ではなく、どこまでも深い秋の青だった。その澄んだ青空に、山の端からにょっきりと一本の煙突がつき出ていた。新設の工場が完成したようだった。嵐が静まるとともに、気分が晴れてきた女がなんの工場なのかみに行こうと言い出した。初めて歩くアスファルトの道にはいましがたの嵐でひきちぎられた枝が散乱していた。地面にたたきつけられた鳥の死骸もあった。道はゆっくりとした登りで山の斜面に沿って、裏側に廻りこんでいた。

裏側に出たとたん、こんどは道はゆるい下りになり、その果ての谷あいにコンクリートの建物ができていた。ガラス窓を広くとった二階建ての長方形の建物と、隣接してドームがくっつき、横にとてつもなく高い煙突がそびえていた。いくら眺めていても、なにを造る工場なのか、かいもく見当がつかなかった。円と長方形の組合わせなら教会建築の典型的なプランだが、突拍子もなく高い煙突がそれには邪魔になった。この世にあるはずのない非現実を眼のあたりにした困惑で立ちつくしていた。建物から図面を抱えた作業服姿の男が登ってきた。われわれの問いかけに、男は「市の新しい火葬場ですよ」とこともなげに答えた。女はまたへなへなとしゃがみこんだが、今度は嘔吐するまでには至らなかった。

しゃがみこんだ女を助け起こしながら、むかし父をやいた火葬場で同じようにしゃがみこんだ女がいたのを思い出していた。女は火葬場入口の門柱にもたれかかるようにして、顔をおおい、うずくまっていた。気分でも悪いのかと近づこうとすると、伯父が語気鋭く制止した。

「出ていった女だ。放っておけ」

女は伯父の鋭い語調に弾かれたように立ちあがり、尖った一瞥を投げると、ことさらに首を起こして立ち去っていった。出奔当夜寝室の戸口から投げこんでいった刺すような視線と同じ眼の動きだった。自身の感情にあふれてはいるが、相手をみようとはしない、利己的な眼だった。

女は、しゃがみこんでいたとは思えないほど傲然と、後をもみずに立ち去っていったが、みられていることを意識したその後姿はことのほか美しかった。一日中街のなかを歩いているのがふさわしい女だな、と胸がときめいた。さまざまな街の風景が眼に浮かび、さまざまに衣裳を変えた女がそこを歩いていた。そしていま、のろのろと立ちあがるあじさいの女は歩き疲れた母のなれの果てのように思われた。抱き起こす手に屈折した優しさがこもった。

それから数日して、最初の霊柩車が通り過ぎていった。後にハイヤーを三台したがえ、マイクロバスが一台つづいた。通過するにつれ、家がことことと揺れた。しばらくして、女が煙突の天辺にもやがかかったと言った。異臭がすると言い出して、しがみついてきた。めずらしく女の方から乱れた。

中学生のとき、三河島に住む病弱な伯母を父の代理で見舞ったことがある。伯母は寝床から身を起こして見舞品の礼などを述べていたが、ふいに窓枠に指を走らせ、積もった白い灰をふきとると、切なそうに呟いた。

「この灰が降ると、身体が火照って、身がもたないのよね」

窓に眼をやると、三河島火葬場の煙突がうっすらと白煙を吐いていた。湿地に建っているのか、伯母の家は廊下が大きく傾いていた。伯母とともに、家ごと裏の池にいまにも倒れこみそうだった。伯母の透けた頼りない身体をみていると、胸騒ぎがし下腹が切なく張ってきた。

霊柩車が通る回数は日を追って増えていった。それにつれて女の健康は目にみえて衰えていった。匂いを嗅いだだけで吐き気がすると、料理をいっさいつくらなくなった。食べものはすべて受けつけなくなり、水ばかり飲んでいた。めずらしくおすしを食べたいと言い出したことがあった。駅前の廻転ずしまで飛んで行って、握りを買ってくると、二人前も三人前もがつがつと食べて、あげくの果てに胸をかきむしってトイレに籠ったりした。夏みかんを五つも六つも平らげて、流しで吐きつづけたこともあった。女がつわりなのはわかったが、医者に診せるにしても、まず金策から始めなければならなかった。

お金を借りるあてがないまま、まごまごしているうちに、こんどは学校で事件が起こって、そちらに忙殺されることになった。降里主任教授から頼まれて部長を務めていた学生公認団体、小説同好会が夏の合宿で暴力事件を起こしたのである。それも、聞いてみると、こともあろうに、善解女史から監督を仰せつかった仏文科四年振垣と国文科四年我毛のカップルだった。合評会の席上、自作を酷評された振垣がかっとなって、相手の我毛を殴打した。顔面を殴られ、鼻の骨を折られた我毛の親が傷害事件として告訴すると息巻いていた。

「このままだと、おまえの責任問題になるぞ。困ったことに、この合宿は無届けなんだ。知らなかったじゃすまないんだ。おまえには監督責任があるからな。つねづね言っているように、おまえが学生とつき合わないから、こういうことになるんだ。山に籠って本を読むばかりが教師の務めじゃない。学生と酒をのむのも仕事のうちだ。とにかく、暴力をふるった学生の事情聴取をすぐやってくれ」降里教授はあい変わらず賑やかな電話で事件の善後策を指示してきた。

高揚した教授に反比例して、考えれば考えるほど気分は滅入るばかりだった。杞憂と相手にしなかった善解女史の心配が現実になったのもやりきれなかったし、女性に暴力をふるう男子学生の横暴さはなおさらやりきれなかった。できれば係わりたくなかったが、小説作品が一役かっているらしい事情を思うと、やっと事件の背景を知りたい気が動いてきた。問題の学生を呼び出してみると、現れたのは白の開襟シャツをきちんと着た、身だしなみのいい学生だったが、事件の亢奮からまだ覚めていない、紅潮した顔をしていた。問いかけるまでもなく、事件にかんして自分からどんどん語り出した。反省している様子はなく、自分こそ被害者だと言いたげだった。

「あの女はぼくを愚弄し、ぼくを罵倒し、ぼくを否定したんです。鉄拳制裁を食らわして当然です。殺してやったっていいくらいだ。ぼくの存在を抹消したんだから」

学生の激しい口調は悲鳴のように聞こえ、彼の自尊心がいまだに激しく疼いているのを明らかにした。刑務所の女が夢みていた殺意だった。

「君のその不機嫌は、我毛さんとの同棲が原因なの。それとも、君の作品が不評だったからなの」

「まず、ぼくは我毛さんと同棲なんかしていません。ふたりで二週間民宿で合宿して、ぼくはモデルを前に小説を書き、彼女は卒業論文の構想を練ったのです。ぼくが許せないのは、彼女がぼくの作品にかんする評価を是から非へくるりと変えたからです」

振垣は小鼻をふくらませて言い募ったが、うっすらと汗をかいた顔は肌理が細やかで、すがすがしい印象だった。

「しかし、相手が言葉で攻めてきたのなら、なんで言葉で応戦しないんだ。手を出すなんて卑怯じゃないか」

「現象面からいえば、先生の仰言る（おっしゃる）とおりだと思います。でも、ぼくは、彼女がぼくの作品を認めないから、腹を立てたんじゃないんです。批評という公器を使って私的感情を表現した欺瞞が我慢できなかったんです」

「聞いたところによると、我毛さんは、君が女主人公を人間として描いていない、これでは人形だ、もっと女の人格をみて欲しい、とまともな指摘をしたのに対して、君はいきなりかっとなって、利いた風な口をきくな、おまえみたいなブスに、女の真実がわかってたまるか、とわけのわからないことをわめいたとか。我毛さんはせせら笑って、ブスなんて死語を使って、振垣くんは小説書くにはセンスが古い、そんな時代遅れの感覚ではとても女の本質をとらえることはできない、と応じた。君はすっかりとり乱して、女の本質は美だ。おまえみたいに根性の曲がった女に女の真実がわかってたまるか、といきなり殴ったそうじゃないか。これでは、君はまるで支離滅裂だ」

振垣は苦笑した。

「ですから、事件の現象面をたどると、変てこなことになるんです。事件の要諦は内側に隠れているんですから。じつをいうと、ぼくは我毛さんにずっと憧れていて、今年彼女は卒業だから、これまでにもまして思いをこめて作品を捧げたのです。ところが、彼女はこちらの真心を一旦は受け入れておきながら、すぐに豹変して、こんどは満座で、偉そうにぼくの作品の欠陥をあげつらったのです」

「君が我毛さんをヒロインにしたてあげるのは自由だが、我毛さんはそのイメージに縛られる必要はないだろう」

「でも、ぼくの作品をみんなの前で笑いものにしなくてもいいじゃないですか。ぼくの作品は歪んだ鏡かもしれませんが、石を投げて壊さなくてもいいじゃありませんか」

振垣の作者としての自負は一般論としては理解できたが、モデルにされた我毛の反撥も作品の内容からすると納得できた。振垣の作品は母のいない中学生と子どもを失くしたストリッパーとの交流を描いていた。およそリアリティのない、読んでいると気恥ずかしくなってくる作品だったが、ふたりの喪失感だけはよく描けていた。そこに漂う悲しみは本ものだった。実人生でよほどつらい体験をしなければ、これほどまでに澄んだ悲しみは表現できないはずだが、残念ながら悲しみの源は見極められることはなく、すぐに癒しとしてのストリッパーに作者の視線はそれていく。ストリッパーは理想の母親像で、母のいない少年に感情教育をほどこし、同時に得意な肉体教育もほどこす。皮かむりの少年の性器をむいて、きちっと性教育を実習してみせたりする。至れりつくせりの教育者である。しかも、最後には、自分の肉体に溺れはじめた少年を冷たくあしらって、立ち直らせ、まじめな高校生に更生させるのである。しかし、この聖なる娼婦像にはなにか不快な濁りがあった。作者の甘えが露骨で、傷をなめ廻す手つきがねっとりと執拗だった。ヒロインが過度に献身的で、非人間的なほどサーヴィス過剰に陥ってもいた。我毛が作者の自足した筆に反撥を覚えるのもむりはなかった。ましてやそのモデルを押しつけられ、作者に好都合な男女関係の責任までとらされては、忍耐の限界はたしかに越えていた。しかも、作品は、大胆にも、少年の成長の跡を辿るよりも、女の心の葛藤を追っかけていた。荷厄介なはずの少年のおかげで、女性の母性本能がどんなに満たされ、潤ったか、恩着せがましく描かれていた。ふたりが別れたあと、少年はむしろ嬉嬉として学校に戻っていくのに、女の方は別離の悲しみをいつまでも引きずっていく。小説は最後で女の極まった姿まで描いてみせるのである。

「少年の影が消えてから、君江の人気は急上昇した。よけいな瘤がとれたので、おじさんたちの助平な野心がくすぐられたからではない。君江の舞台にこれまでにない陰影がくっきりと出て、その暗さが観客の官能を刺激した。それ以前の君江は一所懸命、大童のご愛嬌で受けていたのだが、このときの君江はなにもかも曝け出して、捨てばちな大胆さで、舞台にでんと存在していた。この夜の舞台をみた男たちは、女の肉体のてこでも動かない重さに圧倒され、感動した。ただ、だれひとりとして、その重しになっているのが、君江のもはや救いようのない絶望であることに気がつかなかった。かれらがみているのが死体であることに気づいた者はだれもいなかった」

この小説の終わりをほめると、振垣ははじめて照れ臭そうな顔をした。

「でも、君の作品は読後感がいまひとつすっきりしないんだ。君はヒロインの真実を見極めようとはしないで、君に都合のいい色で塗りたくっている。君の筆には毒があって、後味を悪くしている。我毛さんも君の毒にあてられたんだろう。反射的に毒づいたんじゃないかな」

しかし、話が我毛のことに戻ると、振垣はまた高ぶってきた。

「我毛さんが二週間ぼくにつき合ってくれた好意には、ぼくは心から感謝しています。我毛さんには他に好きな人がいて、卒業後結婚する約束になっているだけに、なおさらです。でも一方で、彼女はぼくの作品のモデルであることに満更ではなかったのです。これまでは嬉しそうにミューズ気どりで作品を書け書けとおだててきたのです。それが今度に限って、なんでふいに梯子をはずして、致命傷を負わせるのです。黙って身をひけばいいではありませんか」

「我毛さんは君を傷つけようとしたのではなく、逆に奮起を促したのではないのか」

「そんな気のきいた女じゃない」と振垣は涙を浮かべて抗議した。

暴力学生振垣に反省の色はなく、謝罪の気もないと告げると、学部長は溜め息をつき、床に視線を落とした。いかにも美学者らしい、耳の大きな、端正な顔だちがふいに翳りをおび、無数の小皺が顔一面に刻まれた。この急激な表情の変化が困惑の深さを物語っていた。知的で、動じない人という印象だったが、今度の事件はどうやらこの人の暗部に触れたらしい。しかし、しばらくして視線を戻したときには、いつもの迷いのない表情にかえっていた。

「残念ですが、退学処分ですかね。それにしても、小説まで書いて自分を曝け出しておきながら、なんで暴力行為に及ぶんでしょうね。小説とは断念とばかり思ってましたけど」

学部長は学生時代に小説を書いたが、そのときのことを思い出したらしかった。降里教授によると、この若書きの小説は、篤実な研究者であり、誠実な教育者である学部長の唯一の汚点になるらしいが、そう言われて読んでみると、いかにも学部長の人柄にふさわしいさわやかな作品だった。愛への訣別が澄明な言葉でケレン味なく語られていた。その諦念の悲しさは深く読者に落ちてきた。愛し合っていながら、どうしても身体を重ね合わせられないふたり。恋愛論なら、プラトンからボーヴォワールまで、あらゆる時代、あらゆる国の諸説を知りつくし、論じ合えるのに、愛しているという単純な一言を口にできないふたり。思いを直接に結び合わせることができず、それぞれの思いのなかに閉じこもらざるをえない孤独なふたり。愛の不可能性が、愛についてふんだんに語られるなかで、明らかになってくる。ふしぎに矛盾した、こんな小説は他で読んだことがなかった。とくに秀逸だったのは、身体を重ね合わせることができないふたりが、ラヴホテルで、隣り合った二室に入り、壁を叩き合って、互いの思いを確かめ合う場面だった。

「壁があることで、隔てられていることで、峯雄も鶴子も互いの肉体を気にしないで、思うさま奔放になれた。ふたりは壁に耳を押しあて、祈りをこめて壁を叩いた。相手の合図はすぐ隣りの室から送られてくるというより、どこか知らない、とんでもない遠くから届いてくるように思われた。宇宙の果てと交信している底知れなさで、ふたりとも有限な肉体を離れて、無限の霊と化した歓びを味わった。神秘な霊気と交わっている戦慄が走った。ぐんぐん地底に引きずりこまれ、どんどん天空に引きあげられた。あまりの速さに息が切れ、叫びを発して、われにかえった。下半身がぐっしょり濡れていた」

これほど侘しく、激した性交場面を書く人の満たされない孤絶が胸にこたえた。学部長が女気のない、高雅な独身生活を貫いているのが、ごく自然にみえてきた。

「学部長はあらぬ夢をふりはらうために小説をお書きになったわけですか」

「いや、そんな大袈裟な話じゃありません。小説を書いたのは若気の至りですが、ただ、あれを書いたことで、自分の素顔はみえました。自分が何者でもないのがよくわかりましたので、その後、安んじて研究に没頭でき、なんの迷いもなく学部長の雑務をこなせるんでしょう」

「しかし、学部長の博士論文ベルト・モリゾオ伝は、マネのモデルであり、自身絵筆をとった才色兼備の女性の生涯を、十九世紀ブルジョワ社会の額縁のなかで、みごとに描ききって、レアリスム小説の傑作『アンナ・カレーニナ』『ボヴァリー夫人』に匹敵するおもしろさです。学部長はモリゾオ像に濃い夢をこめていらっしゃいますよね」

「いや、痛いところを突かれましたね。実証的であるべき博士論文がロマンですか。モリゾオの自由な生き方と意外に保守的なブルジョワ社会との対比にすこしアクセントをつけ過ぎましたかね。やはり、ベルトは私の夢の女なので、知らずに肩入れし過ぎたんでしょう。だからといって、ベルトを全否定する人が現れても、殴りかかったりはしませんけれど」

臨時の学部会議は夏休み明け直前の九月半ばに開かれた。集まった先生方は、思い思いに二カ月を過ごしてきた後だけにことのほか元気で、学部長が開会を宣言しても、なおあちこちで話の花が咲いていた。百人を超す出席者なので、それぞれの私語はからまり合って大きくふくらみ、マイクを通した学部長の声を圧倒した。充実した先生方のなかで、ただひとり気が重く、浮かない顔だった。事件の当事者だったこともあるが、善解女史になにを言われるか、その毒を含んだコメントを耳にするのが嫌だった。果たして、女史は勝ち誇った、意地悪そうな笑いを顔に張りつかせながら現れ、前にどっかり腰をかけると、すぐに前屈みになって話しかけてきた。ところが、意外に上機嫌で、事件のことはおくびにも出さず、この夏訪ねたグルノーブルの思い出を懐かしそうに語り出した。エルバ島を脱出したナポレオンが滞在したホテルに宿泊したこと、そのまえのレストランで郷土料理に舌づつみをうったこと、ケーブルカーでバスチーユ岩塊に登り、市街のパノラマを楽しんだことなど、熱心に語ってきた。同郷の者を相手に故郷の風物を懐かしむ口調だったが、残念ながら、四年もグルノーブルにいながら、ナポレオンゆかりのホテルにも三つ星のレストランにも足を踏み入れたことはなく、バスチーユ岩塊にも登ったことはなかった。話は嚙み合わず、あいづちの打ちようもなかった。しまいに女史はつまらなそうに話を切りあげ、ぶきみそうに睨みつけてきた。女史の不審げな眼ざしで、自分がグルノーブルの観光スポットをなにひとつ訪ねていないことに気づいた。冬季オリンピック開催地で四回冬を送りながらスキーを一度もはいていなかった。どうやら自分は普通ではないらしい、と思ったとき、会議に集まった先生方の眼がいぶかしげに自分ひとりに注がれているような不安にかりたてられた。この夏も、なにをするでもなく、ただ女の肌にまとわりついて夢見心地に過ごしてきた。女の臭いが身体の芯にまでしみこんでいて、いま会議室のなかで異臭を放ち、先生方のひそかな顰蹙をかっているような気がした。じつはこの会議は自分を裁くために開かれているのではないか、間もなく汚らしい自分の正体がむき出しになるのではないか、といわれのない恐怖が萌した。あちこちで囁かれている私語はすべて自分の不祥事にかんする情報交換のように聞こえた。学部長がマイクのなかで咳ばらいをし、静粛を求めた。

学部長は前おきの挨拶なしにいきなり暴力事件の経過報告に入った。極めてそっ気ない、事務的な口調で、事件の経緯をさもつまらなそうにかいつまんで述べていった。迷惑だ、まいった、という顔を隠そうともしなかった。ただ、小説作品の評価をめぐって鉄拳が飛んだ、と説明したところで、一言、なんといっても芸術は魔ものだから、火遊びはいけませんな、としみじみした口調になった。学部長は二十分ほどで事件の概要を語り終えると、今までの話を断ち切るように、急に活気づいて、いかなる理由があるにせよ、女子学生の顔面を殴打し、鼻の骨を折る蛮行を働いた者を当校の学生として在籍させておくわけにはいかない、よって当該学生を退学処分としたい、と一気に言い切った。だれもなにも言わなかった。学部長の発言はどこからみても反駁の余地はなく、事件そのものもコメントしたい意欲をそそる性質のものではなかった。だれもが会議はこれで終わったと信じた。すぐにも学部長がご異議がなければ、本件は承認されたものといたします、と決まり文句を口にするだろうと思った。ところが、予想に反して、学部長はこれまでの無愛想なもの言いを償いたげに、寛いで水を向けてきた。「小説同好会の部長として、旧宮先生、なにか補足されることはございませんか」

「学部長のご説明で充分でございます。なお、私の監督不行届き、重重お詫び申しあげます」とここは通り一遍の挨拶を返しておくべきところだった。それを、ついうかうかと立ちあがり、言わずもがなのことを口にして、会議を紛糾させてしまったのである。こんなことを言ってはならないとわかっていながら、自制できなかった。熱に浮かされて、犯した罪をつい自白する犯罪者のように、あらぬことを口走っていた。会議室は奇妙に歪み、いく人かの先生の顔が眼に飛びこんできた。そもそも善解女史の上ずった土産話を聴いているうちに、調子がおかしくなってきたのだった。女史は、サーヴィスのつもりか、周遊したフランスのなかで、グルノーブルがいちばん風光明媚な街だったと盛んにほめあげたが、女史の粘っこい口調でほめあげられると、グルノーブルはかえって卑しめられ、汚された感じになった。それに、二カ月のフランス旅行で喉をやられたのか、もともと耳障りな悪声ががまんできない響きをおびていた。なんと形容したらいいのか、ふしぎな声だった。どんな悪声でも、人間の声は、鴉とか栗鼠とか、なにか動物の鳴き声にたとえられるものだが、善解女史の声は、金属をこすり合わせたような、きいきいした歯の浮いてくる音だった。しかも、こんな非人間的な声の持主が、もう十年らい、本は声を出して読みましょう運動を全国の小学校でくり拡げているというのだから、身の毛がよだつ話だった。こんな女に自作を音読されたら、どんなに嫌だろうと思ったとたんに鳥肌だってきて、眼のまえが真暗になった。不安な苛だちが嫌悪に裏うちされた憎悪にまで高まっていった。必要以上に攻撃的な話し方になっていた。その突っかかっていく、挑戦的な口調に、なん人かの先生がブーイングの声をあげた。

「今回の事件はたんなる痴話喧嘩に過ぎません。教育の問題ではなく、愛憎の問題です。ただ特異なのは、ここに文学が深く係わっていて、問題を複雑にしています。小説を書くとはなにか。小説を読むとはどういうことか。この創造と読解というふたつの問題にかんして、本件ははなはだ興味深い例を提供しています。ふつうなら恋文を書くところを振垣君は小説を書いて、それを我毛さんに捧げました。恋文と小説とはどう違うのか。おそらく恋文は恋人の可能性を信じて、そこに働きかけ、新しい関係を創ろうとするもくろみと言えましょう。それに対し、小説はふたりのドラマの形を定めてしまいます。恋文が祈りだとすれば、小説は啓示です。振垣君は我毛さんを小説化して、永遠に自己の刻印を押したかったのでしょう。解せないのはむしろ我毛さんの態度です。小説が気に入らないのなら、放っておけばいいのに、なぜ激しく反撥したのでしょうか。おそらくそれは振垣君の小説が我毛さんの隠れた真実を切りとっていたからだと思います。自分がみごとに小説化されているのをみて、我毛さんは必死に自分の現実をとり戻そうとしたのでしょう。そうだとすれば、振垣君としては、悪あがきする我毛さんの肉体を黙らせるよりほかにないではありませんか」

ここまで話したとき、真前に坐っていた善解女史が、おいしい蠅を銜えこんだ蝦蟇のように口をぱくぱくさせて、金切り声をあげた。

「肉体に根をおろしていない作品など文学じゃありません。私は文学は声だとつねづね考えています。声に出して読んでみて心地よくない文章は芸術品とはいえません。暴力学生の小説はお目あての女学生の肉体に受け入れられなかった時点でもう失格なのです」

不協和音の音声は聞いているだけで不快だったが、およそ女としての魅力をまるでそなえていない女が肉体、肉体と主張するのが、アンバランスで、さらに不快感を煽った。

「失礼ですが、善解先生、文学の肉体性を主張するあなたが、耳にするのもおぞましい声をし、目にするのも耐えがたいご面相なのは、いったいいかなる皮肉ですか」

会議場は水を打ったように静かになった。全員が息をのんで次の局面を待っていた。善解女史が今度は、罅割れた釜のように、意外なだみ声でゆっくりと言った。

「学部長、ただいまの旧宮先生のご発言、お聞きになりましたね。まことに人道を踏み外した暴言で、聞きずてにはできません。旧宮先生の、なんらかの処分を要求します」

発言が終わるか終わらないかのうちに、手にした湯呑みのお茶を善解女史の顔面に浴びせかけていた。蝦蟇女史は顔をびしょぬれにしながら、眉ひとつ動かさなかった。これこそ蛙の面に水だったなと妙な反省をした。とめどもなく笑いが腹の底からこみあげてきた。場内は騒然となった。降里教授がすっ飛んできて、おまえ、どうした、大丈夫かと声をかけながら、殿中松の廊下よろしく、後ろから羽がいじめにし、ずるずると廊下に引きずり出しにかかった。

「ただいまの旧宮先生の件につきましては、後日なんらかの処分をご提案申しますが、本日のところは暴力学生振垣慎二の退学処分をご承認頂いたものとさせて頂きます」

学部長の戸まどった声が廊下まで聞こえてきた。


自宅に向かって坂を登りながら盛んに頭が痛んだ。真直ぐ歩いていられなくて、右に左によろけた。身体全体を痛めつけられて苦しんでいる女の切なさが初めて身にしみた。早く医者にみせないと危険だなと心配になってきた。このところ終日、女はごろごろして、うつらうつらしていた。たいがい真夜中に眼を覚まして、トマトとかメロンとか、きまって野菜果物をなにか一品しきりに食べたがって、すすり泣いた。まず、その品が家にあることはないので、駅まえの二十四時間スーパーまで真夜中の山道を駈けおりることになった。望みの品を買い求めて、息をはずませて帰ってみると、女は待ちくたびれて寝ていることが多かった。まれに眼を覚まして待ちわびているときには、メロンなら三個ぐらいは貪り食べた。その後は、毎度のことながら、たちまち気分が悪くなり、便器を抱えて一時間もトイレにこもった。細身だった身体は倍ほどにふくらみ、黄色味がかった肌はどす黒く濁って、ところどころ瘤の隆起ができていた。まさに蛙を呑んだ蛇といった恰好だった。瘤は、押すと、ぽっこり凹んで、なかなかもとに戻らなかった。入浴しないせいか女の身体全体から異臭が漂い、家中がトイレ臭かった。消臭剤をまけばまくほど、臭いは鋭く鼻を刺した。変わり果てた女の肉体に対する嫌悪がどっかりと腹の底にとぐろを巻いた。

気がつくと、街でも車内でも、出会った女の肉体を穿鑿していた。女の体臭を香水の下から嗅ぎ分けていた。下半身の臭いを嗅ぎあてると、安心し、むかむかした。女体に惹かれながら、女体を嫌い、憎んでいた。痴漢になり果てているのがわかった。女をいじめるようになった。下半身をむき出しにして、もっともトイレ臭い部分に顔を押しつけ、むせながらなめまわした。女の身体になんの変化も起こらなかった。女は身体を投げ出したまま、おとなしくされるがままになっていた。ふと顔をあげると、女は涙をいっぱいためた眼でこちらをじっと見ていた。切なくすがりつくような眼だった。憐れんでいるようでもあり、救いを求めているようでもあった。女のなかで生きているのはいまや眼だけだった。女の下半身をむき出しにするのは恥ずかしくなった。

女の眼ばかり求めた。眼は空と同じでたえず変化し、女のさまざまな思いを映した。いくらみていても飽きなかった。立ったまま覗きこんだり、互いの眼と眼をぴったりくっつけて涙を混ぜ合わせたり、みる距離や角度をいろいろに変えて対面していると、まるで女の心の虹を仰いでいる気になった。街中でも、行きずりの女に惹かれると、その眼をみるようになった。これは穏やかではなかった。ほとんどの女が眼をそらさずに、見かえしてきた。ある者は怪訝そうに。他の者は挑戦するように。また、馬鹿にしてうっすら笑う者もいた。喧嘩を売られた、と深夜の車中でからんできた女もいた。酒が入っているらしく、小柄な身体を精いっぱいそらせて、口をとがらせ、突っかかってきた。褐色に染めた髪が豊かにウェーヴしていて、刑務所の女を思わせた。思わず手を女の髪のなかに突っこんでしまった。女はそのなれなれしい手つきに毒気を抜かれたようにきょとんとして、辛気くさい男やね、と吐きすてるように呟くと、背を向けた。追えば、ずるずると引きずりこまれそうな眼をした女だった。

あまりいろいろな女の眼ばかりみていた罰なのだろう、平常心はぐらぐらに揺らいでいた。わけもなく女の眼ばかりみていたからだろう、女が抱えている闇を吸いあげていた。心がかたくしこって、今日の会議でよけいな修羅場を演じるはめになったのである。あの吉祥天女の思いをこらした眼が闇のなかからありありと現れ出てきた。

足が重く、家までの坂道が長く、きつく感じられた。腐ったごみのようにぼろぼろになって横たわっているあじさいの女の寝姿が浮かんだ。いつものように嫌悪感はなく、妙に懐かしかった。身も心もいまや女に劣らず汚物まみれで、きついアンモニア臭を放っているように思われた。深い徒労感が身体の奥からわいてきた。こんなに重い足どりであと何十年も生きるのは嫌だな、と声に出して呟いていた。そのとき、救急車がけたたましくサイレンを鳴らしながら坂道を下ってきた。火葬場で病人か、と思ったとたんに、また暗い笑いがふつふつとこみあげてきた。

やっと家に辿りついてみると、女はいなかった。女が寝転がっていたところはそこだけがらんと空洞で、いま棺を埋めたばかりの墓場にみえた。たちこめていた異臭もすっかり抜けて、ひやりとした秋の冷気が代わって肌を包んだ。女の寝ていた長方形の空間に身を横たえると、確実に自分が死者になったことがわかった。墓場に死者として横たわるのは落ちついたいい気分だった。もはや起きあがって、どこかに行く必要もなかった。のびのびと手足を伸ばしていつまでも寝ていればよかった。もうだれからも邪魔されることはない、好き勝手な妄想を思いのままにふくらませていればよい、そう思うと、久しぶりにひとりきりになった安らぎがあった。と、そのとき墓場の扉をたたく者がいた。いつまでもしつこく、諦めずにたたきつづけていた。死者をわざわざ訪ねてくるとは、地獄の悪魔か神の使いか判断しかねた。

眼鏡をかけ、背広をきちんと着た、いかにもサラリーマンといった中年男が玄関に立っていた。すぐにあじさいの女の亭主だろうと見当がついた。時計をみると、真夜中に近かった。六時間近くも寝ていたことになる。

「奇妙な家ですね。生活の臭いがしない」と男は、なにがおかしいのかにやにや笑いながら、勝手にあがりこんできて、隣りに坐った。

「すごい本ですね。これだけあれば、一生退屈しませんね。あなたの生涯はこれらの本を読むことに費されるわけですか。どれくらいあります、一万冊ぐらい？　一日一冊読んでいくとして、三十年の時間がここにはつまっているわけですね」

「ぼくは本を読んで一生を過ごすつもりはありません。明日にでもここにある本は全部処分するつもりです」

「ほう、それで、本がなくなったら、なにをなさるんです」

「裸になって、自分は何者か、自分の人生の目的はなにか、考えるつもりです」

「あなたは変わった方ですね。自分の正体とか生きる目的とか、かりにそんなものがわかったとして、それがなんの役にたつのです」

「だって、それがわからなければ、有意義な人生が送れないじゃないですか」

「有意義な人生ね。まじめな話、あなたは人生に意義があると思っておられるんですか」

「だって、人生に意味がなければ、耐えられないじゃないですか」

「いや、これは驚いた。私はまた、人生が無意味だから、みんな気楽に生きているんだとばかり思っていました。だって、人生に意味があったら、その重圧で大多数の人はつぶされちゃうでしょ」

「ドストエフスキーが書いてますけど、人間て、無意味なことをやらされると気が狂うというじゃありませんか」

「それは教育のまやかしでしょ。人命は尊いとか、人生は一回きりで価値があるとか、さんざん教えこまれるからそんな幻想を抱くんです。でもあるとき、それは建前で、嘘だとわかるときがくる。犬猫と同じだと気がつくときがくる。堅実な生活者に脱皮するときがくるんです」

「しかし、人間は夢をみる動物ですからね」

「じゃ、あなたは君代と一緒にこの三カ月どんな夢を育てていたのです」

「ああ、あの方、君代さんて仰言るんですか」

「ぼくはそう呼んでます。家に引きとったとき、君代はなにを思ったのか、ピアノでいきなり君が代を弾いたんです。それで最初は君が代と呼んでいたんですけど、呼びにくいので、君代につまりました」

「ということは、あなたは君代さんのご主人ではない」

「ぼくは君代の加害者です。君代の後頭部に縫合の跡があって、毛虫が這ったみたいに、髪がぐじゃぐじゃに生えているのに気づきませんでしたか。君代は美しい妖精ですけど、後頭部にだけは人間である痕跡がみじめに刻まれているんです。君代を堕天使にした責任者がこのぼくです。車ではねたんです。彼女は道を横切っていたんですが、あの速度なら充分横断できるなと思ったので、ブレーキをかけずにそのまま走りつづけました。そうしたら、道の真中で、彼女、いきなり立ちどまったんです」

「頭打って、記憶喪失ですか」

「あれこれ手段をつくして身もとを探したんですが、わからないんです。家には迷ってきた猫が三匹と犬二匹がいますが、とうとう人間まで迷いこんできたと覚悟を決めました」

「なんで君代さんがぼくのところにいるとわかったんです」

「君代が助けを求めてきました。あなたはよほど女性を憎んでいるようですね。あそこまで君代を痛めつけなくてもいいじゃないですか。あと一日遅かったら、妊娠中毒症と黄疸とで死んでいましたよ」

こんな調子で夜が白むまで背広の男と君代のことを語りつづけた。ふしぎなことにふたりはライバル意識をもたなかった。兄弟が母親の話をしている親しさだった。同じ女を知っていることが血を同じくするぐらいふたりを近づけた。それでいて、ふたりとも君代の正体を知らないので、情報量は違っても、同じ立場にいた。君代の謎を解く鍵を出し合ってみても、効果のない点で大差なかった。君代はこれまで三度出奔し、いずれも関西の寺で行きずりの男に拾われていた。梵妻だったのか、寺育ちなのか、身体に線香の匂いがしみついているようだった。

一度、街で、お盆に檀家を廻っている僧侶とすれ違ったことがある。女は背中にくっつき、身体の陰に身を隠して僧侶をやり過ごした。

「知っている坊さんなのか」

「ううん。ただ、修行した人ってこわいの。化けの皮がはがされて、正体がむき出しにされそうで」

「まるで魔ものみたいじゃないか」

「なんで生まれてきちゃったのかしら。なんで肉体なんかあるのかしら。なんで女がいて、男がいるのかしら」と女は身悶えした。

街路でなければ、抱きとめる場面だった。女は肉に苦しみ、肉にこだわっていた。肉体に安住して、放心しているふだんの女とは似ても似つかない姿だった。仏が、寺が女のドラマの場と想像された。しかし、そう想像できても、その想像のなかから女のドラマが明確に形をとることはなかった。寺院の濃い闇がいよいよ厚く立ちこめるばかりだった。

背広の男と話せば話すほど、女の正体はいよいよぼやけてきた。そのうち頭が重くなり、坐ったままつい寝こんでしまった。霊柩車が通って、家ががたがた揺れる音で目が覚めた。昼になっていた。男は影も形もなかった。男の名前も住所も聞いていなかった。君代が近所の病院に入院しているはずだが、心あたりの病院を片っ端から探しても、どこにも彼女の姿はなかった。

数日後、学部長に招び出され、処分を言い渡された。十月一日づけで、文学部から通信教育学部に異動するという内容だった。この九月で定年退職する古海先生の後任だった。じつは、通信教育学部専属の教員はこの古海先生ひとりしかいなかった。夏期スクーリング講座、レポートの出題、添削などは、文学部、経済学部など、各学部所属の先生が担当するし、教授会も各学部から任命された先生たちで構成されるので、古海先生の仕事は、もっぱら学生の苦情を聴くぐらいだった。古海先生の定年退職でこのポストは廃止されるはずだったが、思わぬ不祥事が起こってみると、恰好の左遷場所としてふたたび生かされることになった。正直なところ、前任者の古海先生は無能で、愚図な教師だった。先生は四十年間、一度も昇進することなく、助手の身分のまま定年退職する。年功序列が徹底した大学ではめずらしい例だが、それくらい先生は変人だった。いちどもネクタイをしめたことはなく、いつも汚いジャンパー姿で、下をみながらとぼとぼ歩いていた。声をかける者はだれもなく、挨拶する者もいなかった。古海先生は日本語のなかの外来語が研究テーマだが、修士論文を書いただけで、この四十年一篇の論文も公にすることはなかった。外来語辞典を編纂するはずだったが、十万枚のカードをつくりながら、今日まで日のめをみていない。先生はかならずカードの入った引き出しをひとつ抱えて校内をうろうろ移動していた。先生の研究が具体的な成果をみなかったのは先生が怠け者だったからではなく、外来語という概念が研究の過程で曖昧に拡散してしまったからである。語源をたどっていくと、日本語の言葉はほとんどすべてが外来種で、したがって国語辞典を外来語辞典として出さなければならないという結論になった。これだけでもひとりの研究者の手に余る厖大な作業だが、さらなる難題はそうなると日本語という固有な言語は存在せず、実は日本文化も日本人も存在しない、という雲を摑むような認識に至ってしまった。あるとき、話のついでに、「それでは、先生は何人で、何語を話していることになるんですか」と訊いたことがある。先生はにこりともしないで、「私がいま喋っているのが何語であるかはっきり解明されれば、私の本質は明らかになるんでしょうな」と答えた。四十年日本語を研究してきた人からこう言われると、悪い冗談と笑ってすまされなかった。自分がいかにもいいかげんな言葉を操る、いかがわしい人間だと断罪された痛みが走った。グルノーブルで博士論文を提出した後、似たような疚しさに責められたことがあった。原稿研究という地味な主題にとり組みながら、いざ論文を書く段になって、読み解いた事実を坦坦と述べるだけではもの足りなくなり、なんとかこれを一篇の起伏に富んだ物語にしたてあげられないかと腐心した。論文の価値とはなんの関係もない仕かけだったが、そういう工夫をほどこさないと言葉が動かなかった。結果として、母を奪った神に対峙し、女性の心を神と争うドン・ファンを主人公とするスタンダール英雄譚ができあがった。権力に対する反抗、熱烈なフェミニスム、主体的な創作活動、こういったスタンダールの表面に表れた行動の背後に、七歳のとき母を失った傷を噛みしめる少年の原像を結んだのである。大学図書館からみた虹の華麗なショウが美の理想として頭から離れなかった。あの芸に負けないパフォーマンスを論文製作でみせられないか。この見当違いな夢が学術論文を奇妙に歪め、屈折した悔いを残した。どうやら自分はものごとの本質と真正面からとり組む誠実さに欠けているらしいと臍をかんだ。古海先生の後任となったからにはこれからは徹底的に真実と係わろうと決意してみたが、さて、自分にとって根本問題がなんなのか、さっぱりわからなかった。これから定年まで三十三年一篇の研究論文も書けずに、前任の古海先生と同じく、万年助手で終わりそうな予感だけがあった。血が足もとに降り、身体が冷え冷えとして、すでに老いを迎えた気分だった。学部長はそんな虚脱した姿を辛そうにみていた。

「驚きましたな。降里先生はあなたをずいぶん高く評価してましたけどね。あいつはパリでぶらぶらしてきたバカとは違う。なにもない山のなかで、原稿研究に勤しんできた堅実な学者だ、とね。しかし、どうやらあなたはみかけによらず情熱の人らしい。それも、かなり純血種に近いようだ。あなたは美の概念を拒絶で造っておられるでしょう。醜を、現実を排除して、できるだけ純度の高い美を抽出しようとしている。その姿勢は、はっきり言って、神経症的で、時代遅れです。あなたは手がきれい過ぎるんです。かわいそうに、善解女史なんか標的にして。あなたは、文学者なのに、想像力を欠いてますね。女史がどれほど自分の容貌にコンプレックスを抱いて、生きづらい思いをしているか、一目みれば明らかじゃないですか。あなたが芸術家なら、どこからみても魅力のない女史に思わぬ魅力を見出して、それを引き出し、だれがみてもチャーミングな女に変身させたらいかがです。あなたは降里教授を馬鹿にしているようだけど、この点では教授の方があなたよりはるかに上ですね。お台場でフランス語教室に集まってくるマダムたちはそろいもそろって美人ですよ。降里教授が美人好みだからではないのです。

教授がどんな醜女でも美人に変えてしまうからです。お台場でフランス語教室が女性の間で大変な人気なのは、あそこが効果百パーセントの美容室だからです。あの教室には七十のお婆さんが通って来ています。赤いベレーをかぶって、シックな身なりでね。ミニスカートから出ている脚は細くすっきりと恰好よく、ハイヒールがよく似合う。楚楚としてまるで二十代の女性です。五年まえ、彼女は腰が曲がった、杖をついてトボトボ歩く老婆でした。ところが、降里教授が、このみる影もない老婆に惹かれましてね、くどいたんです。お婆さん、あなたの肌はすべすべして、透明で美しい。年月に磨かれた水晶のようだ。お婆さん、魂消(たまげ)たでしょうね。まあまあ、ご冗談を。男の方から声をかけられるなんて、三十年ぶりですよ。ご親切気がおありなら、それより、どうか腰でももんでください。それでも、降里教授は、くいさがって、とうとう老婆を裸にしたそうですよ。老婆は最後には男の腕のなかで悶絶死できればめっけものだと腹を決めたんでしょうね。ところが、旬の女に生きかえったんです。わたし、この話聞いたとき、大笑いするどころか、涙が出てきました。降里教授、ダテに二十年間パリにいたんじゃないんだな、とその凄さを実感しました。旧宮先生、正直言って、通信教育学部は泥沼です。泥まみれになって、とことん磨かれて、玉となって出てらっしゃい」

　降里教授が再生手術に腕をふるっているとき、自分はひとりの美しい夫人をばらばらに解体していたんだ、といまさらながら後ろめたく、胸が痛んだ。家までの坂道が一気に登りきれないほど険しく、こたえた。まるで高山を登っているようだった。息がきれ、腹を大きく波うたせながら一歩一歩踏みしめて進んだ。

家まで辿りつくと、家のまえに人影があった。やっと帰ってきた、と大声をあげたのは大家の田山夫人だった。そばに夫人とよく似た少女が立っていた。自殺した令嬢と連想が働き、思わず脚をみた。

「娘がピアノを引きとりたいと言い出しましてね」と母親は用件を明らかにした。鍵を開けると、令嬢はじろじろとなかを覗きこみ、鼻をひくつかせた。

「だれもいないじゃん。女の人なんか隠れてないじゃん」とつまらなそうに言った。田山夫人が慌てて釈明した。

「いえね、下のお婆さんが、ここには狸だか狐だか、正体不明の女が住みこんでいて、時ならぬ時にピアノをかき鳴らすというものですからね」

こう言われて、黙っていられなくなり、お嬢さんの首つり自殺の話を持ちだした。夜な夜なピアノを弾く女とはお嬢さんの幽霊ではないかとやりかえした。母娘は、嫌なお婆さんね、と同時に言って、意外に明るく笑い出した。

「でも、この子がコンクールでミスって、もう二度とピアノに触れない、なんてヤケ起こしたんだから、自殺したのと同じかもね。ピアノが泣いてもおかしくないわ」

「お母さん」と娘は母親を一瞬にらみつけ、それからくるりと背を向けると、どんどん室にあがりこんだ。後頭部でひとつに束ねて櫛をさした髪の線がぎざぎざで、毛虫が這っているようにみえた。令嬢はピアノに鍵をさしこんで、あらと怪訝な顔になった。わたし、鍵かけなかったのかしら、とつぶやいた。ピアノの蓋を開けて、令嬢は悲鳴をあげた。白い鍵盤の上に赤黒い指紋の跡が点点とついていた。

「嫌だ、やっぱり私、この不吉なピアノに触りたくない」

「なにをいまさら怯んでいるの。せっかく再挑戦する気になったのに。それに、これはあなたが血のにじむ努力をした跡じゃないの。新規まきなおしで出直したいというのなら、ウエットティッシュでふけば、ほら、こんなに簡単にきれいになります。要は、心のもちようなのよ」

令嬢は母親の言葉に得心したわけではなさそうだが、指の跡におそるおそる自分の指を重ね合わせていた。そして、こんなに強張ったタッチじゃだめね、跡が残らないくらい、軽ろやかに駆け抜けないと、と呟いた。

母親の合図で、運送屋の男が三人ピアノを動かしにかかった。そのとき、雷鳴が轟き、稲妻が光った。大粒の雨が一粒一粒地面をえぐる勢いで落ちてきた。雨が通り過ぎてからだな、と作業員のひとりが真黒な空を仰いで言った。お母さん、あそこみて、令嬢が大声をあげた。彼女が指さした先、道が左折して登りにかかる起点に白大蛇がとぐろを巻いていた。あの子、生きてたんだわ、と令嬢は感極まっていた。

「わたしがピアノを弾いていて、高まってくると、きまって顔出したの」

なんどか遠くで光っていた稲妻が眼前で鮮明にジグザグを描くと、頭上で雷鳴が炸裂した。母娘がそろって悲鳴をあげた。それを合図に、滝のような雨が降ってきた。白蛇は雷にうたれたのか、だらりととぐろをほどき、道を走りはじめた激流に押し流されるままになった。二度三度転転ところがったかと思うと、たちまち流れに呑みこまれてみえなくなった。

記憶のいちばん遠い闇のなかから、畳の上をのたうつ女の白い身体が浮かんできた。全裸で転がり廻る母に対して、だれとも知れぬ黒い背中が鞭をふるっていた。

どうやらこれが最初の記憶らしかった。濃く、深い闇だった。その漆黒の海から吐き出されたように、母の白い身体がくるくる二転三転した。

はじめて母に会いたいと思った。母はまだ生きているのだろうか。どこで、どうやって暮らしているのだろうか。

老愛小説

夫婦が老いを意識するのはどういう局面でしょうな。

休み時間で人の出入りがあわただしく、ざわついた教員室に、重い、沈んだ声が場違いに響いた。一瞬時間がとまったように教員室は静まりかえり、胴間声があがった先に耳目が集まった。この三月に六十で定年退職を控えた国文学教授が、講義を終えて真向かいに腰をかけた同年輩の言語学者に真剣な面持ちで問いかけたのだった。声をかけられた言語学者は時刻をきかれたわけでもないのに腕時計にちらりと目を走らせ、そこに満足な答えを読んだかのように相好を崩し、先生の場合はどうだったんですと挨拶をかえした。

放った弾丸がはねかえってきた形となった国文学者は不満そうに唇を突き出していたが、やれやれと背を正し、おもむろに語り出した。女房と身体を重ねていましてね、身を起こしたら、あいつの体毛に一筋白く光る線がみえたんです。それが雪のつもった野道を連想させましてね、ずいぶん長いこと、数えきれないくらい、こいつの裸にこだわってきたんだなと気がついたんです。とたんに、下腹から空気がすっと抜けていきました。そして、その穴から新婚の夜とか、忘れていたむかしのことがつぎつぎと湧きあがってきて、とても抑えこめません。そうしたら、もう立たないんですわ。

およそ教員室らしからぬ話の展開に、耳目をそばだてていた人たちはあわてて、わざとらしくざわざわ動き出した。国文学の先生は周囲がざわめき立ったのにすこしも動ぜず、講義をする調子で腹から野太い声を出して話しつづけていた。悪びれたところがみじんもないので、いやらしい感じはしなかった。見苦しかったのはむしろ相手の言語学者の方だった。同じ仲間とみられたくないと思ったのか、顔を赤らめ、耳ざわりなかん高い声で、つんのめるようにまくし立てていた。私どもの場合はね、いまを生きる充実感がなくて、時間がすんなりと前へ流れていかないんですよ。女房はなんの脈絡もなくむかしのことをふいと思い出してはしつこくからむんです。昨日も二十年まえにフランス大使館で会食したときのことを言い出しましてね。食事の間中私が大使や文化参事官と楽しそうにお喋りしていたのに、デザートになると急に黙りこみ、それまで見向きもしなかった自分の方をじっとにらんだ。あの陰険な目つきはなんなの、なにを言いたかったのと言いつのるんです。そんなこといまさら咎められても、なにも覚えてないんですよ。だいたいなんでフランス大使に招ばれたのか、なにを語り合ったのか、他に客はだれがいたのか、そういう肝腎なことすらおぼろなんですから。こんな風に女房は忘れたままにしておけばいい過去をひとつひとつ掘り起こしては突きつけてくるんです。毎日毎日こんな訊問にさらされていると、ひょっとして自分はとんでもない悪事を働いているんではないかと不安にかられてくるんです。女房の顔をみるのがだんだん億劫になってきましてね。言語学者は実際に追い立てられているようにきいきい声でせかせかと話したので迫真力はあったが、力こぶが入り過ぎていて頭をおさえつけられる息苦しさだった。この先生の講義は一時間聴いたら、ぐったり疲れるだろうなと学生に同情した。

年をとると、夫婦はばらばら、ひとりぽっちですかなと国文学者は当然の結論のようにさらりと言ってのけた。言語学者はなにか言いたそうに口を動かしかけたが、声を出さずにそのまうつむき、しらけた顔に崩れた。これ以上言葉を重ねても、それこそ離れ離れ感を強くするだけだとあきらめたのが顔に出ていた。国文学者の方も同じように興ざめな顔になった。老いると、若いときみたいにむきになって論じ合うこともなくなりますな。心のなかにも寒風が吹きすさんで、淋しいものですとつまらなそうに呟いた。言語学者はあいまいに笑って、じゃあともそもそ立ちあがり、首をひねりながらふん切り悪く出ていった。

ひとつ空席をおいて言語学者と並んで腰をかけていたので、話の間中国文学者はちらちら視線を走らせて反応を窺っていた。言語学者が立ち去ったあと、同じ世代でもあり、話をふってくるものと身構えていたが、一般教養の語学教師と話してみても得るものはないとみくびられたのか、声はかからなかった。自分の場合はどうなのか、いちおうの筋道はつけておいたので、意見を求められなかった欲求不満は大きく、相手にされなかった屈辱もくすぶって、妻のイメージはどっかりと居すわり、払っても払っても頭から離れなくなった。妻のことは考えると厄介なのであまり意識しないですませてきたが、今度は中途半端で逃げをうつわけにはいきそうもなかった。国文学者にせよ言語学者にせよ、奥さんをうんざりするほど知りつくしているのがふしぎだった。まもなく六十になるのに、妻がいったいどんな人間なのか摑みかねていた。その挙動のひとつひとつにいまなお驚きとも困惑ともつかない動揺を覚えているしまつだった。妻は築地の料亭でやとわれ女将をしているので、一緒に過ごす時間が極端に少なく、いつまでもなじめないのかもしれなかった。午前十時ごろひとしきり、ばたばたと家中を揺るがす騒ぎをして、迎えの車に乗りこんで出かけていった。たまの休日で在宅していても、行ってきますと挨拶があるわけではなく、お愛想に顔をみせることもせず、ただ足音だけは高らかに響かせて消えていくのだった。ところが、昨日、書斎の戸口にふと気配を感じ、顔をあげると、着飾った妻が扉に寄りかかってひっそり立っていた。一瞬、幽霊かと血がさがった。絵に描いたようにすっきりとすがすがしく、ぞっとするほど冴え渡っていた。これまでは一晩働いて疲れ果て、汚れが浮き出た姿しか目にしていなかったので、この出陣の出立ちはみずみずしく、新鮮に映えた。紅梅、白梅をあしらった黒っぽい着物は肌の白さを際立たせ、清流を思わせる銀色の帯はふっくらとふくらんだ胸と尻を浮きあがらせていて、カメオの帯どめとイアリングとが妻の身体をもえあがらせるスイッチのように目を惹きつけて離さなかった。ぼんやりみとれていると、妻はふっと身体の力を抜き、かき消えるようにみえなくなった。一瞬の幻で、なにを訴えたかったのかわからなかったが、それだけにその夢のような情景は目にやきついて消えなかった。三十年連れそってきた古女房にぞくっとおののくというのはずいぶん気のいい話と呆れられるかもしれないが、それほどわれわれふたりの関係は積み重ねが薄いともいえるし、また、妻のふるまいが並外れて風変わりともいえた。

最初、妻に惹かれたのも、容姿に目を奪われたからでも、人柄に魅せられたからでもなかった。まわりと融け合わず、なにかといってはぎくしゃく浮きあがるその不器用さが心にかかり、しこったからである。学者や文化人を定客とする京都の古宿の娘だったが、姉が身を惜しまずにくるくると働いて、二十に手が届いてほころびかけた色気を惜し気もなくばらまいているのに対し、膝をかかえてじっと坐りこみ、純な幼さをむき出しにみせていた。それも考えこんでいる風ではなく、途方に暮れ、放心している態だった。人を寄せつけない、頑な閉じこもりだったが、その日は梅雨にけむる庭を朝からみつめつづける横顔に思いつめた表情が浮かび出ていて、思わず声をかけていた。梅雨ってね、農村にとってはこれはもうありがたい恵みですよね。ところが、都会人にとっては迷惑このうえない贈りものでしかない。それが京都では景色としっくりなじんで、特別詩的な趣をかもしている。ほんとうに京都は文化が生きている町ですね。雨の京都が好きで、わざわざ梅雨の季節を選んで逗留しているのだが、そんな自分の好みを真直ぐ表すのが気恥ずかしくて、つい心にもない言葉を口にし、後味の悪さを噛みしめる結果となった。そんなよそよそしい話し方に苛だって、少女は蛇が鎌首をもたげる感じで顔をあげた。あんた、ほんまにそう思ってはんの。月並みなゴタク並べんといて。自分の肌で感じたことを自分の言葉で言えへんの。ここにとまる学者はん、みんなそうやけど、頭でっかちで、心はかさかさに乾いてるんや。大嫌い。少女は高名な学者をつぎつぎとこきおろしたが、劣等感にさいなまれている研究者の卵にはそれがことのほか心地よく、そのひねくれたもの言いに、気がつくと、すがっていた。人をそらさない京女のやわらかさが心にしみていたはずなのに、思うことをずけずけ口にするあられもなさが心に深く喰い入ってきた。家人がせわしげに動き廻っているのを尻目に、所在なげにふてくされているのが怠惰ではなく、捨身の自己主張にみえてきた。散策に誘ってみると、ふしょうぶしょうついてきた。むりやり散歩に連れ出された犬みたいに、曲がり角ごとに身体を突っ張ったが、とにかく予定どおりコースを廻ることができた。嵯峨野で、雨あがりの竹林のみずみずしさを愛でたら、蚊が多くてかゆいよとぼりぼり身体をかいてみせた。こんな風にいちいち突っかかってくるのだが、敵意があるわけではなく、彼女流の挨拶とわかれば、気にもならなかった。無視することにして、雨の季節に眩く色づく苔寺まで足をのばしたが、そこで少女はくすぶらせていた不満を爆発させた。お金払って苔なんかみたくないよ。たかが大地にはえた黴じゃないかと入りたがらないのをむりに誘ったのがいけなかったのかもしれなかった。庭に一歩入って、湿気をたっぷり含んで盛りあがった苔がゆるやかな起伏を描きながら緑の絨鍛をいく枚も広げたようにつづくのをみて息をのんだが、少女はなにもないじゃんとあくびを噛み殺していた。曇天のたそがれ時で、大気は薄暗くよどんでいたが、苔庭は光を放っているように明るく、浮きあがってみえた。苔が内から輝いていて、神秘的だなと少女に声をかけると、雨滴がたまって光を反射してるんじゃないのと素気ない返事が返ってきた。近寄ってみると、苔はたくましく触手をのばし、荒あらしく密生して、アマゾンの密林を上空からみおろした迫力だった。庭のなかに奥深く踏みこむにつれ、苔はただ同じ一色の緑ではなく、場所によって黒に近く煮つまったり、逆に白といっていいほど脱色したりした。それも同じ苔が、場所と角度を変えてみると、濃く薄く色合いを変じてみせた。その変幻があまり定まりなく、めまぐるしいので、まるで緑の交響曲が鳴っているように聞こえた。この庭がすばらしいのはね、自由に隅ずみまで入りこめて、どの地点も、そこからみることができ、そこをみることもできることなんだ。たとえば、金閣寺だと、金閣の建物は池ごしに眺められるけど、切りかえして金閣の内側からいまいた池の対岸はみることが許されていない。金閣は一方的にみられるよりほかはない独占的中心点なんだ。この庭にはそうした強制がない。観賞者が自分の視点で自分の風景を自在に創造できるんだ。

すこしむきになって喋り過ぎたのだろうか、少女は身をひいて、冷ややかにかわしていた。わたしはね、この庭気にいらないいんだよ。まるで人手が入っていない深山幽谷みたいにみせているでしょ。ただ時間だけかけて自然にできあがりましたって涼しい顔してるじゃない。でも、苔をこれほどきれいにそろえるのはすごい手間なんだよね。草はこまめに抜かなきゃならないし、鳥や獣に荒らされないように目を光らせなければならないし、湿気はほどほどに保たなきゃならない、石庭以上の作業じゃないかね。そんなら石庭みたいに、いかにも巧(たく)んだんだ、いかにも計ったとはっきりみせればいい。その方がすっきり筋が通って、わかりやすい。だからといって、石庭がいいわけじゃない。思わせぶりで、気どっていて、お高くとまっているから、嫌。がさつで、猥雑で、ぎらぎらした東京砂漠で気ままに生きたいよ。活きいきと生きるには砂漠がいちばんなんだよ。闘争心むき出しで、精一杯動き廻らないと、やられちゃうからね。過酷な境遇こそ精神を育くむんだ。こんな苔なんか消えて、泥山にかえれ。靴で苔を踏みつけそうな勢いなので、あわてて腰に手を廻すと、むしゃぶりつかれた。連れてって、東京に出たいの。気を落ちつかせようと背をさすったら、顔をぐいぐい押しつけてきた。梅雨のしめり気がしみこんだ冷たい身体で、むげに突き放すにしのびなかった。髪の匂いが立ちのぼり、少女にすっかり包みこまれたのを意識した。

いくら泣きつかれたとはいえ、同情だけで少女を背負いこんだわけではなかった。少女の肉体に食指が動いたわけでもない。少女の訴えが心の奥底に押し隠していた痛みを疼かせたのである。少女を抱えて出口に向かいながら、思い出したくない傷がぽっかり口を開くのを茫然とみつめていた。

二年まえ、フランスで、行き暮れて倒れこんだ少女を救いあげられず、見殺しにした。画家の卵だったが、群れることを嫌い、低い背をむりにのばし、神経をむき出しにした少女だった。コンピエーニュの森で、キャンバスをたて城館を写生しているところに行き合った。東南アジア系かと見紛う細身のジーンズ姿だったが、瓜実顔で胴長、尻がさがっているので、日本女性とすぐにわかった。日本人がめったに訪れることのない、パリから七十五キロ離れた森のなかにひとり舞いおりたようにぽつんといるのがめずらしく、自然と声が出た。少女は、悪戯をみつけられた子どものように、あたふたと絵を隠した。彼女があまりとり乱したので、なにか大失態をしでかした気がして赤面し、ふたり仲良く困惑した同士でたちまち通じ合っていった。どうやら当惑はふたりの運命の星らしく、それからもことごとく戸まどいながら、思わぬ深みにはまっていった。コンピエーニュ駅前の安宿に泊まっているというので、同じ宿に室を頼むと、少女と同じタイプの室なのに倍近い額を要求された。怪訝な顔をしてみせると、親父は馬鹿にしたようにせせら笑った。東洋人のカップルは汚いからな。シーツ代だよ。クリーニング屋が、犬猫が汚したのと同じ高額を請求するんだ。他に手ごろな宿があれば移りたかったが、この気位の高い田舎町ではまた同様な侮辱に会いそうな気がして、屈辱に耐える道を選んだ。親父の意地悪な視線を背中に感じながら、でこぼこに歪んだ階段を並んで登っていくと、なんども足がもつれていまにも転げ落ちそうになった。ふたりの室は隣り合っていたので、それぞれ鍵をさしこみながら互いの手の動きが気になり、思わず顔を見合わせた。少女は困りきった笑みを浮かべていたが、ふいに眉をひそめ、連れの出方をじっと窺う構えになった。宿の親父にカップルとくくられるまでは少女に女を意識したことはなかった。身体や動作に色気がなく、口にする話題といえば絵画か画家のことばかりで、女体を感じさせなかった。いま、あいまいに笑いながら、目を赤くして怯えているのをみて、初めてその身体を確かめたくなった。少女が扉を開けたところで、抱きつき、室に押しこんだ。少女は凍りついて、抗おうともせず、またたく間に裸身を曝した。正視するのがためらわれるほど貧弱な身体だった。乳房は扁平で、陰毛の翳りもなく、胸から下腹までのっぺりと一枚板だった。まるで華奢な少年の身体で、強く抱きしめたら折れそうだった。可哀想で涙があふれそうになり、すばやく抱きあげてベッドまで運んだ。女の身体とは思えないほど、尻が軽かった。一日中秋の冷気にあたっていたせいか、骨のずいまで冷えているらしく、毛布をかぶって抱きしめてもなかなか暖まらなかった。やっと温みがきざしてきて、ほっと力をゆるめると、とたんに全身が火のついたようにむず痒くもえあがった。我慢していられず、せっかく暖まった毛布をはいでみると、南京虫がびっしり群れていた。両掌でベッドにこすりつけてはつぶしていった。シーツが血でべっとり染まり、これではシーツの洗濯代を請求されてもやむをえないかなと妙に腑におちた。ひとりでばたばたた大童で戦っていると、少女はかすかに目を開けて、わたし、南京虫には喰われないのと寝ぼけた声を出し、くるりと背中をみせ、すやすや寝息をたて始めた。

一晩中南京虫退治に明け暮れ、疲れきって寝入ったと思ったら、汽笛が頭のなかに響き渡り、飛び起きた。駅を通過していく列車の合図だった。少女はすでに起きていて、洗面台の鏡に裸の上半身を映しながらぬれタオルでこすっていた。窓からは丘のかなたの空が赤くもえるのがみえ、大きな太陽が顔を出しかけていた。六時を廻ったところだった。今日も天からこの世のものとも思われない光を恵まれて思う存分描けるぞと少女は張りきっていた。一緒にはしゃぎたかったが、寝不足で頭が重いうえに、南京虫に喰われた跡が赤くはれあがって熱をおび、苛いらと気だるかった。

少女が絵を描いている間、所在ないので、折りたたみの椅子で眠ろうと思ったが、金色に黄葉した樹樹がまぶしく、闇に沈みこむことはできなかった。目を閉じると、目ぶたの裏側が光に満ち、舞台に立って明るいライトを浴びているようだった。そして、目を開けると、シンバルが打ち鳴らされた激しさで金の塊が飛びこんできた。痛みに耐えられず、目を空にそらすと、今度はその澄みきった深みにぐんぐん吸いこまれていき、そのまま昇天してしまいそうだった。

四年間パリにいながら、朝から晩まで図書館にもぐっていて、自然と向き合ってはこなかった。コンピエーニュに来たのも、ここの古文書館にしかない資料をみるためで、その作業が予定より早く午前中に片づいたので、午後はパリの図書館に戻るつもりでいた。もし絵描きの少女に思いもかけず出会いさえしなければ、コンピエーニュの秋景色とこうしてじっくり向き合ってはいないはずだった。フランスの自然が、日本と違って、鋭く切りこんでくる荒あらしさをそなえていることにまごついてなんかいなかっただろう。さっさとパリの図書館に帰って、読まなければならない資料に予定どおり目を通しているはずだった。研究が大団円を迎え、ゴールに向けひた走りに走らなければならないいま、すれ違っただけの少女になぜ引っかかったのか。一目見て、彼女の際立って特異な風貌に魅せられたのは確かだった。彼女のなかには、これまで他で出会ったことのない、得体の知れないなにかが蠢いていて、その容易に噛みくだけそうにもない異物に食らいつきたくなったのだった。これが恋というものなのか、あるいは疲労性神経発作なのか定かではなかったが、実感として、パリの図書館の埃臭くよどんだ穴蔵はもうたくさんで、気流の激しく渦巻くフランスの底知れない空に舞いあがりたかった。両手を拡げて飛び立つ構えをしていると、こんなところで寝こんで、風邪ひくよと少女に揺り起こされた。たしかに背筋はぞくぞくしたが、頭の芯はすっきり通った。少女は、絵ができあがったのでこれからすぐにパリに戻ると、そわそわ落ちつかなかった。絵を描いていたときはどっしり腰がすわって頼もしげだったが、キャンバスをたたんでしまうと、背をすぼめて、おどおど不安そうだった。完全な虚脱状態で、一歩歩くたびによろめき、身体を支えてやらなければ、そのままくずおれそうだった。列車に乗りこむと、腰を落ちつけるなり寄りかかってきて、パリに着くまでこんこんと眠りつづけた。下宿にかえるタクシーのなかでも、ぼんやり覚めきらない目を外にさまよわせ、正体がなかった。若者であふれかえる夕刻のサン・ジェルマン通りに入って、すこし自分をとり戻したようだった。こんな風にごったがえしたところに来ると、胸苦しくなってくるの。呑みこまれて、群れのなかのひと粒の砂に過ぎない気がして、情けないのね。自然のなかでひとり絵を描いているときだけかな、確かな自分を実感できるのは。下宿にたどりつくと、手も洗わずキャンバスをたて、描きあげたばかりの絵と険しい顔でにらめっこを始めた。学生相手の安下宿屋の屋根裏部屋で、西向きの窓から流れた血のようにどす黒い西陽が射しこんでいた。少女は絵のまえで凍りついて立ちつくしていた。はるか遠くの樹に宿る小鳥の羽毛の色までみわけられる澄明な大気のなかで描かれたにしては夜景のように暗い絵で、精神を病んだ人の筆かと思わせる濁り方だった。少女は深い溜息をつき、ゆっくり向き直ると、泣き出しそうに顔を歪め、首を左右にふって、嫌だ、嫌だと声をあげた。どっしりとした構図で、時間の厚みが出ていて、いい絵だとはげますと、ウソと噛みついてきた。下品な絵だわ。才能のカケラもない。クズと毒づき、パレットナイフでいきなり画面を切り裂いた。その手の動きは、まるで憎い相手でも切り刻むように、ヒステリックに、しつこく高まっていった。発作を抑えこもうと、ナイフをとりあげ、抱きしめると、私はどうしてセザンヌじゃないの、なんで思うような絵が描けないの、と身体をふるわせて泣きわめいた。背中をなでながら、衣服をはぎ、首から胸へと唇を這わせていった。君は君でいいんだよ。セザンヌなんかじゃない方がいい。このままの君が好きだと、体中を接吻でおおいつくした後で、耳のなかに囁いた。少女がぐったり力を抜いたので、ベッドに運びこんだ。少女はしばらくおとなしく抱かれていたが、またしゃくりあげ始めた。フランスは深過ぎるんだよ。豊か過ぎるんだよ。私には吸収できない。逆に、吸いこまれそうと切れ切れに叫んだ。東京に帰ろう。東京でやり直せばいい。一緒に暮らそうと熱意をこめてかき口説いた。少女は身体を左右に激しく振りながら嗚咽で答えたが、それはどうみても歓喜の身悶えではなく、悲しみに腹の底から突きあげられて、のたうっているようだった。なんとか気を静めてやりたいと、なで廻したり、なめ廻したり、あらゆる手段に訴えた。少女はやっと落ちつき、笑みをもらしさえした。あんたって優しいんだね。あまり優し過ぎて、いかがわしいくらいだよ。少女はゆったり身体をのばして、くつろいだ恰好になった。ほっとして身を離すと、少女は悲鳴をあげて、飛び起きた。嫌だ。かゆい。南京虫にたかられている。あんたの体臭に染まったんだ。私もおちたもんだ。いまや南京虫に喰われるただの凡庸な女に過ぎないんだ。少女は肩をひくつかせながら両掌で南京虫をつぶしにかかった。昨夜あれだけ血を吸われたからか、すこしも襲われないので、立場が逆転したのをおもしろがって、少女が身をすくめて奮闘するのを冷ややかに眺めていた。そのうち眠くなり、背中をみせて眠りこんでしまった。

どのくらい眠ったのだろうか。首筋から背中にかけぬれ雑巾をあてがわれたような悪寒が走り、目が覚めた。真暗で、一瞬まだ夢のなかかととまどった。裸で寝ていたので歯の根が合わないほど寒く、少女を求めてのばした手が空を探ぐると、もはや横たわってはいられないほど全身が震え出した。身を起こし、目をこらすと、窓から射しこむかすかな外光で室の様子がおぼろに浮かんできた。もともとなじみのない室だが、それにしても不釣合いに巨大な影が室の中央をふさいでいて、腑におちなかった。始め衣服の上下がつるされているのかと思ったが、頑に縮こまった意固地さがあり、イキモノと想像が働いた。真直ぐ向かってきそうな気配があり、逃げ出そうと立ちあがったが、全裸なのと、少女の姿がみえないのとで、とにかく明かりをつけようと室の壁をべたべたなでて廻った。スイッチは入口のそばにあった。指がふるえてなかなか押せなかったが、やっとのことで力が入ると、力んだわりにはくすんだ、貧弱な光がぼっと灯った。少女が全裸でぶらさがっていた。目をむき、口を大きく開けて舌をだらりとたらした異相で、百面相でもしてふざけているのかと吹き出しそうになったが、少女が帯のように胴に巻いていた飾りひもが首にがっしり食いこんでいるのをみて、恐怖が腹の底から突きあげてきた。ぜいぜい嘔吐しながら金切り声をあげつづけた。人が集まってきて、とり押さえられた。

その後、警察に勾留され、しつこいとり調べを三日間受けたが、まったく上の空で、すこしも応えなかった。少女の飛び出した目玉が目のまえに居坐って、消えなかったからである。そのぶきみさにくらべれば、警察にかけられた殺人の嫌疑などとるに足らなかった。少女の押し出された眼球は怨念をはらんでふくれあがり、いまにも雪崩れかかってきそうだった。身の毛がよだつ眺めだったが、これまでの経緯から、逃れられないのはわかっていた。真正面から受けとめるよりほかなかった。やせ我慢しているうちに、おどろおどろしい異相の奥から、すがるような表情が過る瞬間が生まれてきた。その人間らしい目つきが救いだった。なぜ頬を張るような唐突さで立ち去っていったのか。なにが気に入らなくて死を選んだのか。目のまえでこれみよがしに自死するなんて、いくらなんでも身勝手ではないか。胸をつく不満をつぎつぎとぶつけてみたが、眼球はいよいよ謎めいてみえるばかりだった。

その謎が一度解けかかったと思われたときがあった。警察の嫌疑が晴れ、少女の後始末で東京の生家に電話したときだった。応対に出た母親が、なにが気に障ったのか、ふいに激した。遺骨持ちかえられても、受けとれません。縁を切った娘ですから。フランスが憧れの土地だったんですから、そこに埋めてください。芸大に入る実力もないのに、自分を天才だと思いこんで、親の言うことを聞かないで、したい放題。最後まで他人に迷惑かけて、信じられないバカ娘と情けなくなります。異国で無残に散っていった娘を不憫と哀れむ風もなく、娘の最後をみとった他人をありがたく労う気配りもなかった。ひたすら嫌悪感をむき出しにして冷ややかに拒みつづけるばかりだった。その無情さに震えあがり、そんな親をもつ少女が可哀想でとめどもなく涙があふれた。彼女との二日間の思い出を生涯大事に育んでいこうと腹を決めた。友人の彫刻家に頼んで目玉をあしらった墓石を彫ってもらい、コンピエーニュの町はずれの墓地に葬った。墓石は小さく、まるで蛙が目をむいているおかしさだったが、手を合わせているうちに、少女の瞋恚(しんい)に燃えていた目がすこし穏やかに翳るのを覚えた。二月末のどんより曇った冬空で、葉を落とした樹樹をすかして少女が写生していた城館が、あの少女の絵のなかのように、暗く濁って佇んでいた。

心のなかに少女の目を宿してみると、心眼を得たも同然で、肉眼を働かせることはほとんどなくなった。白内障にかかったように、目に薄い膜がかかり、日常の営みは遠のいていった。四月から出身大学に帰って、初級フランス語を教え始めたが、大学も講義もどうでもよかった。最初のうちこそフランス帰りの青年学者と好奇の目で迎えられたが、ピントのはずれた受け答えをくりかえすうちに、留学ボケ、ウスノロとすぐ相手にされなくなった。教職員からは足もとをみられ、試験の立番とか研究室の管理とか、およそ面倒な雑務をつぎつぎと押しつけられた。とくにやりたい仕事も他になかったので、言われるままに引き受けてはいよいよ軽くみられた。四年間パリの図書館で集めた資料は、帰国のさい、クズ籠に放りこんできた。書くことのなくなった博士論文は流産した胎児のようにときどき夢を誘い、あの少女の飛び出した目を借りて睨んでくることもあった。

講義は、学生がわかろうがわかるまいが、テキストにそって毎回一課ずつ強引に進めていった。語学の授業なのに、出席もとらずあてることもせず、一方的に説明を押しつけていた。コミュニケーションのまったくない教師にクラスは呆然とし、大方の受講生は背を向けた。それでも、熱心に耳を傾けるひと握りの学生がいて、授業が終わると質問にきたりした。なかでも、乳白色のぽってりした肌をした女子学生が毎時間後かならずぶらさがりにきた。メリハリのはっきりしたフランス女性を見慣れた目には、切れ長の目といい、ずんぐり小づくりの体型といい、典型的な日本女性で、懐かしさのあまり幼稚な質問にもつい丁寧につき合ったりした。この女子学生の日本に溺れれば、タイプは別だがいかにも日本人だったコンピエーニュの少女は溶けて消えるかと虫のいいことを考え始めたとき、女子学生は身を引いて、まろやかな仏身から鋭く目を光らせた蛇身に脱皮した。先生て、ずいぶん苦しそうですね。魔がとりついているみたい。お祓いに、私どものお集まりにいらっしゃいませんか。新興宗教の巫女だったのかと、彼女の匂いたつ胸のなかに顔を埋めないでよかったと安堵した。これ以後はますます学生の顔を個別にみないようにした。
大学でのこうした抑圧に耐えられなくなると、京都に行き、庭をみて歩いた。このときばかりは心眼が働き、視界が澄んだ。庭石を眺めていると少女の墓石と重なり、いまにも少女が立ち現れて語りかけてきそうな予感に胸が騒いだ。縁先に坐ったり、寝ころんだりして、一日石と向き合っていた。とはいっても、少女のことを一心に思いつめていたのではない。むしろ逆に、心のなかから少女を追い出し、空っぽになってぼんやり放心していた。自分を殺して、少女と同じ死人と化し、彼女が乗り移ってくるのを待っていた。なぜ顔に砂をかけるようにして立ち去っていったのか。その確かな答えを手に入れなくては一歩も前へ進めなかった。

そんながらんと開け放した心のなかに旅宿の少女が砂を蹴たてて駈けこんできたのだった。一見したところ、彼女はコンピエーニュの少女と類似点はまるでなかった。いかにも奔放な、のびのびした体つきで、顔貌も明るく、表情に富んでいた。生命力にあふれてみえたが、しばらく接していると、力以上に力んでいるむりが感ぜられ、ぽっきり折れそうな不安がぬぐえなくなった。その危うさがコンピエーニュの少女を想起させ、陰と陽との違いはあっても、はかなさの一点でふたりは重なり合った。この娘を死なせてはならない。この娘ととことんつき合えば、死んだ少女の謎は解けるはずだ。そう都合よく解釈して、重い気もちにふん切りをつけ、新しい少女と歩き出すことにした。

東京に連れていくと告げると、少女はやったと躍りあがった。まるで縁日に連れていってもらう幼児のはしゃぎ方だった。苔寺の門からタクシー乗場までスキップしたりした。宿にかえって、親と話をつけるつもりだったが、少女はこのまま駅へ直行したいときかなかった。かけ落ちでなければ嫌だ。新しい独自の道を進むのに、他人の許しなんかいらない。タクシーのなかでは、脚を組んだりほぐしたり、落ちつきなく身体を動かし、もたれかかったり小突いたりした。車が京の街なかに入ると、それが急にしゅんとし、京都の街もこれが見納めだねと冥土へ旅立つ人のしんみりした口調で呟き、夕暮れてせわしい人の流れを食い入るようにみつめていた。

新幹線に乗るときにもまた一悶着あった。めでたい門出だからグリーン車で行きたいと頑としてゆずらなかった。乗りこむと、車内の設備にいちいち興味を示し、とりわけ座席が倒れるのをおもしろがって、倒したりあげたり休みなくくりかえし、とうとう背後の乗客から注意されたりした。それでもこりずに、今度は座席に正座してみたり、二つ並んで空いている座席に横になってみたり、遊園地で遊ぶ児童のあどけなさだった。他の乗客の手まえ肩身のせまい思いをしたが、少女は車内の鼻つまみであっても注目されたことに満足げだった。この性格ではこれからなにかといっては引っかき廻されそうで気がふさいだ。

東京駅のホームにおりたつと、さすがに心細くなったのか、つと身を寄せてきて、かえの下着を買いたいと耳もとで囁いた。駅のショッピング街におり、閉店間際の洋服店にかけこんだ。外で待っていると、店内から大声で呼び入れられた。どぎつい青とシンプルな肌色のパンティを手にして、どちらが好みかとひらひら振ってみせた。殴りつけたいのをこらえて顔をふせると、あんたのためだよ、今夜、あんたが脱がせるんだよと下品さをむき出しにした。相手をしていた眼鏡をかけて女学生のような女店員がみるみる顔を赤らめ、むせかえった。あまりのはしたなさに、同性として憤りにかられたように見受けられた。それをみて居たたまれなくなり、受けるとなれば下ねたでも身を入れて演じる芸熱心な少女を連れてきたことを後悔した。

しかし、悪ふざけもここまでだった。古アパートの六畳一間が落ちつく先と知ると、少女は立ちすくんだ。こんな埃臭い、倉庫みたいなところは嫌。入ろうとしないのをむりに引っ張りこむと、少女はがくがく震え出した。殺人鬼に追いつめられて、へたりこんだ怯え方だった。正視できず、きつく抱きしめたが、少女の震えはとまらなかった。そのうち少女の震えは伝染してきて、ふたりは同じリズムで震えを刻んだ。梅雨の細かい雨が降っていて脚もとは冷たかったが、ぞくぞく寒気がするというより、身体全体がしぼられるように痛かった。フランスの少女と交わったときも、こんな風に悲痛だったなと身にこたえた。と、少女がふいに震えるのをやめ、顔をあげた。あんたって、優しいんだね。あたしの震えを分かとうとするんだね。でもね、女って、こういうとき、なにやってるんだってどやしつける男の方に惹かれるんだよ。

憎まれ口をたたく元気が出たかと安心したが、部屋にあがってもきょろきょろ目を走らせ、まるで誘拐されてきたようにおどおどと落ちつかなかった。勝手についてきたくせにとうんざりし、疲れがどっと出た。休むことにして、ふとんをしくと、男臭い、汗まみれだと鼻をつまんで、首をふった。裸にして、腕のなかに抱きこむと、身体を硬くしそのまましくしく泣き出した。背なかをさすり、頬や首に唇をあてていったが、硬さはほぐれず嗚咽もやまなかった。心をこめて愛撫をくりかえしたが、少女がとけてこないので無性に情けなくなり、少女の泣き声に共ぶれしてしゃくりあげた。少女は泣くのをやめてきょとんとし、喉を鳴らして笑い出した。こんどはもらい泣きかよ。男泣きって、豪快なのかと思ったら、しけくさいんだね。気が滅入ってくるよ。泣いている女をみると叩き殺したくなるけど、泣いている男をみると生きていくのがつくづく嫌になる。毒舌を弄すると人心地がついたらしく縮こまっていた手足をのばし、ゆったりと眠りに入った。穏やかな寝息が聞こえてきた。これなら首つりはないだろうと少女の寝息に合わせて息を整え、少女と同じ眠りについた。

翌朝、ただならぬ気配に目を覚ますと、目をかっと見開いた女の顔が目のうえに迫っていた。また首つりかととり乱したが、女が枕もとに坐って寝顔を覗きこんでいたのだった。男の動転した顔をみてもすこしも騒がず、口をきりりと結んで一途にじっと睨んでいた。紅茶にしますか、それともコーヒーを入れますかと訊かれた。それが青酸カリをあおりますか、それとも飛びおりますかと聞こえた。それほど口調が重おもしく、切迫していた。気色悪く、どうしたの、なんでこんなにコチコチなのと肩に手をかけ揺さぶった。まじまじと見開いていた目がふわふわと崩れ、こんな牢獄みたいなところに閉じこめられちゃ、なにか一心に演じないと身がもたないんだよと地が出た。が、すぐにまたとりすまして、今日は初ういしい新妻をやらせていただきますと固まってしまった。それから一日べたべたとひっつき廻って、なにかといっては世話をやいた。トイレから出てきたら、ぬれタオルを手に待ち構えているのには驚いた。冷たいタオルで気もちよく手をふきながら、やり過ぎではないかと苛だった。これでは新妻というよりホステスではないか。仕えているというより監視しているのではないかと不満が浮かんできた。このまま顔をつき合わせていてはうっとうしいばかりなので、ぼくには構わずなにかやったらとすすめてみたら、あたしに出て行けというんですかと涙ぐんでみせた。ひたむきな新妻の抑えた色気がじわりと出て、冷静ではいられなかった。引き寄せて、唇を吸った。恥じらいながらいいなりに従っていく、その崩れ方がまた挑発的だった。と同時に、女が絵に描いたような新妻を完璧に演じているような気がして、味けなくもなった。かといって、女が正直に素顔をみせて裸でからんできたら、もっとやりきれないだろうと怯んだ。やはり女を連れ帰ったのが迂闊だったのか。それともこの部屋が女と一緒に暮らすようにはできていないのか。

フランスから戻って下宿を探しているうち、パリの少女の室とできるだけ似た部屋に住みたくなってきた。できれば、南京虫の出る屋根裏部屋がよかった。たどり着いたのがこの路地奥の傾いたアパートだった。築三十年で、がたがたの部屋はつぎつぎと移り住んだ人の垢で汚れに汚れ、死臭が漂っていた。南京虫は出なかったが、なめくじが畳の上まで這ってきて、寝ていると頬に張りつくことがあった。天井に大きなしみがふたつあって、飛び出した少女の目を象ったようにみえた。毎朝目が覚めると、最初にその目と挨拶を交わした。季節、天候によって微妙に濃淡を変え、笑っていたり不機嫌だったりして、その日一日の風向きが読めた。この先どのように生きても新しい道が開けるはずもない男には、この陰湿な六畳は居心地のいい穴ぐらだった。しかし、女とふたりで暮らすにはあまりによけいな澱が付着し過ぎていた。引越すしかないかと思い至ったが、大した荷があるわけでもないのに、それがたいそう厄介な作業にみえ、身にこたえた。考えただけで疲れ果て、新妻を放ったらかしたまま、眠りこんだ。

翌朝六時にふとんをひっぱがされ、たたき起こされた。今日は大掃除だよ。Tシャツ、短パンで元気むき出しの女が言うなり、ぞうきんがけを始めた。ぞうきんを固くしぼって畳をごしごしこするのだった。くりかえし何度も同じ場所を畳目にそったり、逆らったりしてこすりつづけていた。犯行現場の血痕を消しているような執拗さだった。しかし、畳は目立ってはきれいにならず、あい変わらず黒ずみ赤ちゃけていた。女は目を血走らせ、溜息をもらし、へたりこんだ。汗をふき出し放心していたが、気をとりなおすと、水道の蛇口からがぶがぶ浴びるように水を飲み、今度は壁を天井から床までなめるように拭き出した。壁をきれいにしているというより、壁を使って屈伸運動をくりかえしているようにみえた。運動が過激なぶんすぐに疲れ、壁に頰を押しつけて眠りこんでいた。二十分ほどして目を覚ますと、顔を紅潮させて壁を睨みつけた。黴は一面に浮き出したままだった。女は肩を落とし、うんざりとつぶやいた。人間が生きるってきたないね。こんなに汚すんだね。歴史とか過去に学べというけど、不潔で、鼻つまみたくなるよね。これでけりがついたのかと思ったら、天井をみあげ、のろのろ立ちあがった。椅子にのって、仰向き、右手をのばしておずおず拭き始めた。拭いているというよりなでている感じで、巨大な獣の腹をこわごわさわっているようにみえた。そんな姿勢で半日天井のしみをこすっていたが、傷の手当でもしているような念の入れ方だった。とくに目玉のしみにはこだわって、いつまでもその形をふしぎそうに確かめていた。あげく、金縛りにあって、首を正面に戻すことも右手を下におろすこともできなくなった。上を仰ぎ右手を突きあげたまま切れ切れにうめき声をあげつづけた。背後にまわり、首から肩にかけてもんだり叩いたりした。筋肉は石の硬さで、いくら力を入れても弾き返されるばかりだった。手が痛み、面倒臭く憎らしく、頭がくらくらときて、思わず首筋にがぶりと噛みついた。女は大仰な悲鳴をあげ、身を縮めたかと思うと、手と首を自然に戻した。こんな目立つところに歯型残してどうする気なんだよ。恥ずかしくて外に出られないじゃないか。女はねじが外れたように身をよじっていつまでも笑いつづけていた。

つぎの朝はまな板をとんとんたたくリズミカルな音で目が覚めた。女は熊のプーが絵柄の淡いピンク色のエプロンをかけ調理台に向かっていたが、若妻のみずみずしさがあふれ、かじりつきたいほどおいしそうだった。やることはぎごちなかったが、それがまたかわいらしく、食欲をそそった。たまねぎをみじん切りにしているのだが、めった切りにしている無残さだった。それでもたまねぎは不ぞろいながらなんとか使える程度にはできあがったが、トマトの湯むきになると、そうはいかないようだった。外皮を一皮でつるりとむいたトマトをふたつ手にするのに、十数箇をだめにした。熱湯から温水まで、つけてみたり、かけてみたり、理科の実験をしている騒ぎだった。女の手はやけどで赤くはれあがった。

どうやら女は不器用なのに理想の高い完全主義者らしく、なにごとであれ些細な点にこだわってことを複雑にし、思わぬ失敗を喫しては自己嫌悪に陥っていた。そんな悲劇が、昼食の準備でカボチャを薄切りにしているとき、目にみえる形で起こった。カボチャの皮が硬くて思うように包丁の刃が立たず、鋼鉄に細工する手つきになった。包丁の背を砥石でとんとん叩いて押しこんだり、のこぎりのように押したり引いたりした。切れてくるのは薄さも大きさもまちまちの削りくずばかりだった。女は目にみえて疲れ、苛だってきた。包丁がすべり、左手首を深く傷つけた。包帯を強く幾重にも巻いたが、血はとまらなかった。近所の外科病院にかけこみ、五針縫ってようやく収まった。家に戻ったが、青白い、しなびた顔をして、手首がずきずき痛むと涙声を出した。両手で手首をそっと包みこむと、脈拍の音が大きく伝わってきた。その切迫したリズムを肌で受けとめているうち、ひっそりと奥深い洞窟のようで窺い知れなかったパリの少女に対して、女が活火山の激しさをひめていることがいまさらながら実感できた。女は脈拍に合わせて荒い鼻息をついた。手首を切って自殺を計ったと間違えられたんだよ。殺されたって、死にゃしないのに。現に命を狙われているような口ぶりで、挑むように目をすえた。そのみすえた目のまま、女は動かなくなった。膝をたてて顎をのせ、じっとまえの壁を睨んでいた。彼女なりに坐禅を組んでいると思わせるほど、微動もせず同じ姿勢を貫き通していた。しまいには、瞬きひとつしないので、息をとめてそのまま彫像と化したのではないかと妙な心配にかられたくらいだった。声をかけようとしたが、壁の一点を凝視したまま瞳が動かず、とっかかりがなかった。そうして二時間ぐらい壁と対座を続けていたが、ふいにはねあげられたように立ちあがり、果たし合いに赴く悲壮さで、白のブラウス、ベージュのスラックス、頭に赤のターバンを鉢巻のようにきりりと結んで、唇をかみしめて無言のまま出かけていった。それっきりその夜は帰らなかった。

翌朝、扉をノックする音で目をさました。控えめに叩いているのだが、返事をせずにいるとしつこく叩きつづけていて、頭の芯に響いた。こういう陰険な叩き方をする女なのかとがっかりして、開いているよと無愛想な声を出した。扉が少しずつぎくしゃく開き、大家の顔がぬっと現れた。あわてて寝床の上に起きあがったが、大家は挨拶を返すでもなく、部屋を隅から隅まで眺め廻し、壁にかかった女のスカートを目にとめると、初めてにやりと相好を崩した。この大家の悦に入った笑いは、みるたびに鳥肌立った。してやったりの卑しさが臆面もなく出ていて、みている方が気恥ずかしかった。いやねえ、おとなりの三増さんからクレームがつきましてね。おたくさんが夜ふけまでばたばたうるさくて眠れないという苦情なんです。まあ、このところはおとなり同士で折り合いをつけていただくことにして、問題はですね、このアパートはもともと独身者用ですので、同居人がおられるとなると、お部屋代を二人分お支払いいただかないと、私どもとしてはちと立ちいかないんですが。目をこらしてじっと窺う顔つきは欲望がむき出しであられもなく、隙をみせれば飛びかかってきそうだった。油断のできない相手だったが、明日にでも出るつもりだったので、檻のなかの猛獣と対している余裕があった。いま出ていくなら、入居してから一年に満たないので敷金は返せないと脅しまがいの引きとめにもあったが、もう腹は決まっていたので、それも滑稽なあがきにしかみえなかった。

大家には拭いがたい嫌悪を抱いたが、大家が口にした隣人三増もまた大家に劣らず苦手だった。三十過ぎのやせ細った女だったが、羽毛を抜かれた鶏のように貧相臭かった。肌は皮膚が薄く、肉がむき出しの気味悪さで、触ればねとねと粘りつきそうだった。近づくと、精液のすえた臭いが鼻をついた。男に抱かれることしか頭にないらしく、廊下ですれ違うともの欲しそうにすり寄ってきた。昼夜区別なく、鶏が首をしめあげられるような騒ぎが隣室でもちあがることがあった。そのたびにどきりとして身構えるのだが、それは何度聞いても耳慣れない、女が歓びのあまり発したとは思えない、異様な声だった。文句を言いたいのはむしろこちらの方だった。それをこれまで我慢してきたのは、嫌悪にまみれることがパリで絶望のあまり死んでいった少女の供養になると信じていたからである。限りなく身をおとして、彼女がなめつくした自己嫌悪の苦みを少しでも噛みしめたかった。しかし、その少女が京都の女として蘇ったいま、どん底でひとりあがかねばならない理由はもはやなかった。一刻も早く井戸の底から這いあがりたかったが、肝腎の女が飛び出したきり行方知れずでは動きがとれなかった。大学の方も放ってはおけないので、講義の日でもあり、登校した。

講義をひとつすませ、研究室から女の実家に気にかかっていた釈明の電話を入れた。応対に出た母親はしどろもどろな言いわけを、はあとかへえとか気のない相づちで受け流していた。二十分ほどもわれながら要領のえない申し開きをして平謝りに謝ると、母親は野太い声で一言ぴしゃりと押し戻してきた。あんなバカ娘背負いこんで、あんたはん、学問だいじょうぶどすか。さすが学者好きの女将の口にしそうなセリフと感じ入ったが、同時にパリの少女の母親とも通じる娘を突き放した冷たさがほのみえて、女がつくづく哀れになり、つい正直に彼女の失踪を打ちあけてしまった。母親は甲高い笑い声をあげ、あんたはん、ほんまにお甘はんどすな、いまごろ娘はな、築地の伯父はんのところで羽根のばしてますわと呆れ果てた声を出した。東京に女の親戚があるとは聞いていなかったので、ほっと安堵するとともに裏切られた悔しさも覚えた。パリの少女と係わってから、自分と関係のない遠くで、すべて大事なことは決められていく疎外感があった。少女が首を吊ったとき、自分も一緒にこの世の外に連れ出されてしまったのだと認めざるをえなかった。

翌朝早く扉がいきなり大きく開き、女が勢いよく入ってきた。引越しだよとふとんを力まかせにひっぱがした。後から運送会社の青年がふたりついてきて、寝巻姿でまごつくこちらには目もくれず、どんどん荷造りにかかった。ろくに荷はないので、またたく間に整理はつき、勢いこんだふたりは拍子抜けしてきょとんと顔を見合わせた。主人がもたもた着替えに手間どっているのをみて、ふたりは歯をみせて笑った。

トラックを先導させて、タクシーで後を追った。三ノ輪のアパートを出て上野方面に向かっていたが、行先を訊いても女は笑うばかりで答えなかった。梅雨の晴れ間で、起きぬけにはまぶしい朝陽が惜しげもなくふりそそいでいた。コンピエーニュで少女と出会ったときは秋日和でシンバルが鳴り渡ったが、いまも打楽器が打ち鳴らされた残響が光のなかに満ちていた。女にも楽音が聞こえているのか、腰を浮かせてはたえず身体を揺すっていた。頬を上気させ、ときどき歌の切れはしを小声で口ずさんだ。

着いた先は不忍池のほとり、動物園の真下だった。門構えの平家だったが、個人の住居ではなく、料亭の造りだった。伯父さんがね、いまは使っていないから自由にしていいってさ。女は浮き浮きとだだっぴろい家のなかを歩き廻っていた。十六畳の大きな部屋が三つと四畳半の小部屋が五つただ並んでいるだけで、家の中心がなく、どこに落ちついていいのか定まらなかった。トラックには女が調達した家具、ふとん、日用品が満載されていて、女はそれらを迷い迷い配置して歩いた。一日がかりですっかり並べ終えたが、家庭のぬくもりはともらなかった。舞台の上の座敷にあがりこんだように現実感がなく、空気がすこしもなじんでこなかった。池のほとりにキャンプに来たのと変わりなかった。ガラス戸を開け放つと、池面を渡って涼しい風が入りこみ、汗がさっとひいた。毛穴が外に向かって開き、体内にたまったガスが流れ出ていく快感があった。昼寝するにはいいところだなとのびのび手足をのばすと、毎晩部屋を変えて寝ると、旅に出た気分でいろいろ楽しい夢をみるかもねと女はあい変わらずふわふわ上の空だった。

夕暮れて、近所のそば屋から天ざるをとり引越しを祝った。冷酒に陶然となって湯島方面の怪しげなネオンをみていると、ぶんと羽音がして虫が飛びこんできた。ついで二匹、三匹としだいに飛来する数が増え、最後に冷風に運ばれて大群がどっと飛びこんできた。バッタかいなごかと思っていたら、黒光りしたゴキブリだった。身体にとまったものから机の上でうごめいているものまで両掌で片っ端しからつぶしていった。ふと顔をあげると、女はそばを箸ではさんだままま目をむき凍りついていた。パリの少女の死顔と重なりぞっとして、大丈夫かと目のまえで両掌をふってみせた。ゴキブリの脂臭いと女は顔をしかめ、もとのきらきらした表情に戻った。群れをなしてやってきたゴキブリはどこに隠れたのか一匹もみえなくなった。死がいを片づけ、ガラス戸をたてきると、女は熱燗をつけてきて、お口直しにとにこやかに酌をした。ゴキブリ騒動でも機嫌を損ねないのがかえって不自然だった。

女は酒に強い方ではないらしく、おちょこ二、三杯で顔を赤らめ、とろんと目がすわった。ここはね、伯父さんが、好きな女に料理屋やらせていたんだ。ところが、女が料理人とできてね、痴情の果てに刺し殺されたんだって、幽霊が出るそうよ。おもしろそうだから使わせてもらったんだけど、血天井もないし、意外にからっとしているよね。女が刺されたとき目玉は飛び出しただろうかと思いはまたパリの少女に走った。

疲れて眠いというので、玄関からとっつきの大部屋にふとんをふたつ並べてしき、横になった。床に入るとすぐに女が天井で目が光っていると震え出した。明かりをつけると、三十センチほどのむかでがはりついていた。もの干し竿で突っついて床に落とすと、すばやく動き廻り、半身をそらせて襲いかかってきたり、簡単には退治できなかった。やっと外に追い出し、ほっと横になると、こんどは女は身を起こし、鼻をひくひくさせた。臭い、獣臭いと泣き出しそうな声を出した。じじつ、牛舎にでも閉じこめられた具合で、臭いが肌にはりつき、臭いまみれになり、自らが腐臭を発しているようで情けなかった。手負いの獣が縁の下にでもひそんだのかと気配を窺っていると、一匹どころではない、さまざまに乱れた息づかいが聞こえてきた。力んで吐き出す息があり、ひそやかに吸う息があった。あれこれ定まらない気息が行きかい、もつれ合うなか、うなり声や吠え声がひときわ鋭く高まることがあり、合唱を背にソロが声を張りあげたように聞こえた。女が肩をゆすって笑い出した。動物園じゃないの。風向きが変わって、なかの気配が筒抜けなんだよ。アフリカのサバンナに野宿しているみたいだね。ワイルドに血が騒ぐよ。女は着ているものをすべて脱ぎすて、上にのしかかってきた。手荒く寝巻をはぎ、腰を使ってしゃにむに受け入れた。息苦しくなり、口を開けてはあはあ喘いだ。男のくせによがり声出すなと頬を張られた。

翌朝、しゅっしゅっという鋭い音で目を覚ました。蛇がやってきたのかと身構えて目を開けると、女が姿見のまえで帯を結んでいた。昨夜の荒ぶれた乱れはなく、髪を結いあげて露にした首すじには涼しげな気品すら漂っていた。伯父さんの料亭を手伝うのだと盛んに意気ごんでいた。それくらいなら実家の手助けをすればいいのにと思ったが、口には出さなかった。しかし、顔には表れたらしく、女は勢いこんで言いつのった。伯父さんのところはね、実業家、政治家といった、この世を動かす、空っぽの人間が集まってくるんだ。すごい殺気だよ。ところが、母のところときたら、学者とかいう、学理とか体系とか、確かなものを手に入れたとうぬぼれている鈍感な連中しか寄ってこない。退屈でしようがないよ。なかで、あんただけは空しくて身がもたないという切羽つまった顔をしていたね。そこに惹かれたんだけど、なんであんたはじっと我慢ばかりしているの。心のなかに吹き荒れる空っ風に乗って暴れ廻ればいいんだ。発破をかけているのか、景気づけなのか、威勢のいい言葉を並べると、余勢をかってさっそうと出かけていった。

それほど築地は水が合ったらしく、朝十時ごろ生いきと飛び出していくと、夜半過ぎまで戻らなかった。毎夜、眠りのなかで、女がとなりの寝床にもぐりこむ気配を耳にした。深い吐息をもらすことがあったが、のびのびと満ち足りた息づかいで、幸福感にあふれていた。それを聞くと、安心して底知れない眠りにおちた。

女が気を使っているとは思わなかったが、眠りこけてお帰りも言わない男のそばに毎夜帰るのは気がひけるとみえ、寝室を別にすると言い出した。となりの大部屋に床をとることになったが、襖一枚へだてただけで、女は手の届かない遠くにかすんだ。何日も顔を合わせなくなり、夜中に用を足しに起き出し、トイレのまえで帰ったばかりの女とばったり出っくわしたときには、むかしなじんだ女に再会したような懐かしさにかられたりした。元気にやってるか。なんとか息はしてるわよ。およそ生活を共にしている男女とは思えないやりとりをし、照れ臭さそうに笑い合った。上気して目を輝かせている女は磨きがかかり粋な女に垢抜けていて、気軽に手出しはできかねた。

女に劣らず家もまた、住めば住むほど測りがたい奥行きを覗かせて、戸まどうばかりだった。旅館に長逗留している係わりの浅さで、いつまでたっても建物が身の丈に合わなかった。思いもかけないところにふしぎな仕かけがあって、気がついたら他界に放り出されていそうな恐れがあった。板壁とばかり思っていたのがじつは板戸で、開けてみると棚が何段もしつらえられ、棚一杯にさまざまな食器が積み重ねられていた。かつてここが料亭だったときの道具と察しがついたが、それにしてもおびただしい量なので、鬼とか亡者とかがわれわれの気づかない隙に酒盛りしている妄想にとらえられた。

落ちつかないので、毎日研究室につめることにした。そこで本に埋れて本に目を落としていると、ひたひたと迫ってくる現実を忘れて、好き勝手な空中楼閣で遊んでいられた。大学構内にいるかぎり、教員として役柄はあらかじめ定められていて、対応にまごつくことも、人間関係に腐心することもなかった。心をむしばむ厄介な問題はなにひとつ起こらないので、閉門の十時までのんびり一日を過ごすことができた。食事は昼、夜教員食堂でカレー、天丼など定番の一品を順ぐり口にした。何度もくりかえし同じ皿をとるので、口に入れるまえから味がわかってしまい、食べる歓びはなかった。ただ空腹を満たすために機械的に口を動かした。味覚がなくなり、とくにおいしいご馳走を食べようという欲がなくなった。女性に対する関心も薄れ、牝鹿のようにしなやかな女子学生を目にしても食い入るようにみつめる執念はなかった。決まりきった、なんの変哲もない日日の重なりだった。

大学で接するものが透明で、わかりやすかっただけに、池の端で出会うものはことごとく不可解で、謎だらけだった。なかでも女は妖しく、とらえがたかった。しばらく顔を合わせないうちに、女は芸者に出たかと思われるほど女臭く熟れていた。朝、出がけに、玄関先で鉢合わせしたのだが、ほつれたびんをかきあげながら降りたったところは、男と同衾した寝床から抜け出た風情だった。顔を合わせると、つと寄ってきて背広の襟もとを直し、お車をどうぞと酔客をさばく要領で乗ってきたハイヤーに押しこんだ。車内には女の温みがまだ色濃く残っていた。ただ、それはなじんだ懐かしい匂いではなく、初めて嗅ぐ刺激的な異臭だった。香水を変えたのか、男の臭いが紛れているのか、あれこれ連想が働いてとめどもなかった。しまいに頭が痛くなってきたので、用事を思い出したことにして途中で車をすてた。

女はひとり立ちして気ままに生きていくと思っていたが、世間のちょっとした荒波をかぶるとあたふたと古巣に逃げこんできた。その朝、男女の言い争う声で目を覚まし、玄関先に出てみると、女が背のひょろ長い、目玉の飛び出した青年と睨み合っていた。張った顎を突き出し、ぶざまに長い手をぶらぶらさせていたが、オランウータンそっくりで、いまにも女を抱きかかえ、さらっていきそうだった。女を助ける意気ごみで並んで立つと、女はほっと肩の力を抜き、みあげていた首をおろして青年の足もとをみた。主人よ。ぱりぱりの現物よ。納得いったでしょ。引きさがりなさい。青年は顔面を紅潮させ、両掌を握った。嘘だ。戸籍上げたからわかっている。女将は京都桜花旅館の次女で未婚、住民票も生家に入ったままじゃないか。女は切りすてた京都をふいに持ち出され、目を白黒させた。そんなら、このわたしはだれや。草守京子って幽霊どすか。なあ、草守先生、この若者によう言うて聞かせて欲しいわ。他人の尻の穴ほじってないで、自分の頭のなかをクリアにしなはれと。青年は草守先生と呟き、じろりと一瞥をくれた。そのかっと見開かれた目がパリの少女の目と似て不吉に輝き、一瞬背筋が冷たく凍えた。婚姻届を出してないんだから、あんたらはたんなる野合じゃありませんか。ぼくにだって立派に資格がある。女将、ぼくは女将のためにずいぶんつくしてきましたよね。客をたくさん連れてきたし、折あるごとに着ものやアクセサリーをプレゼントしてきました。そのみかえりがしっぺ返しじゃ、あまりつれないじゃないですか。結婚する気がないのなら、その気にさせないのがプロのあしらいでしょ。さし出されたものはなんでも受けとっておいて、それではと温泉に誘うと、ぷいとそっぽを向くのでは、男は立つ瀬がありません。頭の上からぐちゃぐちゃぼやかれて、女はうんざりして肩を落としていたが、とうとう我慢できなくなって、鎌首をもたげた。あんたさ、おとなしく聴いていりゃ、よく言うね。あんたはわたしを娼婦みたいに金で買う気だったわけ。わたしを女神さまとあがめていたのはゴリヤクめあてかい。せこい男だね。青年は女の勢いにたじろぎ、ふらふらしたが、すぐに立ち直って険悪な素顔をむき出しにした。あたりまえじゃないですか。ぼくは会社の経営者です。投資しかやりません。見返りのない慈善なんてムダはしません。女将、そのうちつぎこんだ分は利子をつけて返してもらいます。用意しておいてください。最後は声をふるわせて凄みをきかせた。さながら借金のとりたてにきたやくざの粗暴さだった。くるりと背を向け、肩をいからせ、風を切って立ち去っていったが、長身なので腰がすわらず、ふわふわ漂っていく覚束なさだった。その頼りなげな後姿をみて、女が大口開けて笑った。小粒で真白な歯がきれいに並んでいるのがみえ、どんな硬いものでも嚙みくだきそうで、力強く残忍にみえた。女は台所にかけこみ、塩を一握りつかんでくると、男の去った方向に勢いよく投げつけた。なんだ、あいつは。つきまとわれて、刺されないように気をつけた方がいい。男が利己主義に凝り固まり、しかもそのエゴを正当化しているので、どんなに冷徹な横車を押してくるか計り知れなかった。女は手をはたきながら、ふっと真顔に翳り、肩で深い息をついた。男の人ってさ、勝手に夢を描いては押しつけてくるでしょ。困ったもんよね。でも、草守先生は特別だね。若いのに覚めきった顔をしている。わたしになにも求めないで、一方的につくしてくれるだけ。父がそうだったのよ。入婿でね、母に頤で使われて、まるで下男みたいだった。かわいそうに働き過ぎて死んだの。なんてだらしないんだろうと歯がゆいときもあったわ。でも、わたしは父が大好きだった。幼いとき熱を出してね。父に背負われて近所の病院まで連れていってもらったの。その背なかが大きくて温かくて、くじけたときにその感触を思い出すと元気がわいてくるのよ。きっと母もその頑丈な背なかに甘え切っていたのね。草守先生の背なかはそれほどぶ厚くないけど、与えられるだけ与え、受け入れられるだけ受け入れる懐の深さは負けてないよ。みあげたものだ。でも、どうしてそんなに自分を殺すの。女はうさんくさげに眉をひそめた。自分を殺しているわけではない。自分なんてないんだ。なにもしたいことはないので、目前のしなければならないことをひとつひとつこなしているだけだ。風まかせさ。口にしてみると、先ほど凄んでいった若社長に劣らない、やくざで薄ぺらな居直りなので恥ずかしくなり、後の言葉を声にしないでのみこんだ。女は眉を開き、身体を小刻みにふるわせて笑った。わかったわ。退屈のあまり死なないようにこき使ってあげる。籍入れるわね。

女は妻になったが、それによって日常が目にみえて変わったわけではなかった。あい変わらずすれ違いでめったに顔を合わせることはなかったし、家の空気が急にぬかみそ臭く匂いたったわけでもなかった。それでも、光がかすかに輝きをました程度に、ふたりの関係は微妙に変わった。行きずりの男女がたまたま一緒に暮らしている気軽さは消え、断ちがたい絆で結ばれた連帯感が芽生えた。

入籍した夜、妻は築地を早退し、銀座で落ち合って食事を共にした。妻は浮き浮きと鼻を鳴らしながらフレンチのコース料理をおいしそうに平らげていった。味覚ばかりではなく、感覚という感覚をすべて全開にして皿と向き合っていた。料理を味わうというより抱きこむ勢いだった。歓びがあまりあられもなくて、食べる楽しみをなくしている身にはまばゆく、息苦しかった。ワインの飲み過ぎで足をとられた妻を抱えて帰りのタクシーに乗りながら結婚して思わぬ重しをつけられたといまさらながら実感した。帰宅して一緒に入浴し、裸のままひとつ床に入り、静かに抱き合った。湯であたたまった妻の身体からは熱がほんわりと放射されて、小春日和のなかたき火にあたっている心地よさだった。とともに、陽をたっぷり吸いこんだ干し草の強烈な香がまとわりついてきて、体内にまでしみこみ、妻の体臭か、自分の身体が臭っているのか判然としなくなった。境を越えて、妻と交じわり、分ち合った充足感を覚えた。身にそった影がついて、身体が重く、厚く、濃く形を整え、力があふれてきた。教員食堂で食事をしていても、今日の天丼は油がしつこいと味覚が働くようになった。妻ならどう思うか、なにごとにつけ、自分の確かな分身であるかのように、その判断が気にかかった。

だが、妻帯したことは心を微妙に翳らせたばかりではなく、外との係り方もまた目にみえて変える作用をした。研究室に訪ねてくる女子学生がめっきり少なくなり、女事務員も以前ほど細ごまと気を使ってくれなくなった。一城の主として遠ざけられたのだが、生活は同棲時代と変わらず、昼夜、教員食堂で食事をとる毎日なので、ただ周囲が冷たく距離をとったと襟もとが寒くなったのだった。そのきびしさは年とともに強まり、五十のときに鋭く突き刺さってきた。その年学部長選挙があり、専門課程の教授に適当な候補がみあたらないので、たまには一般教養の語学教師でもいいだろうと白羽の矢がたった。一日中学校に来て暇そうにしているし、喧嘩する気概もないほど骨抜きで、学位ひとつとらない無欲さがかわれたようだった。推薦委員会ができ、情勢が有利に転回し始めた矢先、草守は玄人の女を妻とし、その素行は教育者としての品格に欠けると糾弾する怪文書が出廻った。草守の連れ合いは築地料亭の女将で、さまざまな有力者と浮名を流し、他方草守自身も池の端の豪邸で夜な夜な酒池肉林の宴をくり拡げていると書かれていた。あまりばかばかしい内容なので一笑にふしたが、支持者はしだいに離れていき、学部長有力候補どころか、ついに鼻つまみにまでおちた。同僚とすれ違うと、目をそらされたり、毎晩お盛んでと不自然なほど陽気に声をかけられたりした。自分のところは並みの家庭ではないとわかってはいたが、ここまであげつらわれるほど非常識にみえるのかと情けなかった。

たしかに、妻がかもす独特な色気が大学のかび臭い空気にそぐわないのは明らかだった。しかし、それがどれほど不釣り合いかは現場においてみなければ実感できないことだった。学部長選挙の一件から十年たって定年退職を迎え、その歓送会に慣例どおり夫婦同伴で出た。黒を基調とした、彼女なりに地味な装いだったが、会場に入ったとたん水に一滴油がまじったようにぎらぎら浮きあがってみえた。同僚たちは遠巻きにして、異国から飛来した珍しい鳥でも眺めるように、あからさまに好奇の目を向けていた。会が始まる合図のように、来賓の理事たちがぞろぞろ入ってきたが、そのうちの財務理事が妻を認めて、会場が凍りつくような奇声をあげた。女将、なんでこんなところに。ああ、今日は女将のところの料理か。事情がわかると、理事は、へえ、うちの教員にも女将を女房にするようなサムライがいるんだと皮肉な口調に変わった。老舗デパートの社長のとき、面子をすてて安売りスーパーを全国に展開して巨額の利益をあげたと評判のやり手は小柄なうえ、めざしを思わせる枯れ方で、嫌味を身体中から発散していた。ちらちらと陰険な視線を走らせてこちらの値踏みをし、いかにも馬鹿にしたようについと目をそらせた。理事の意地悪な反応に応じて、同僚たちは気安く妻に近づき、さきほどとはうって変わったなれなれしさで馬鹿話をしかけてきた。妻は腹をすえて女将になりきり、うまくあしらっていたが、ときどき投げかけてくる視線には嫌悪の色がにじみ出ていた。あんなにすてきな奥さんを持っていらしたら、老後も枯れませんな、来年は定年の英語教師が加齢臭なのか、ねっとりした体臭をこすりつけるようにして囁いてきた。

枯れることがないとからかわれた老後は、なるほどばたばたと落ちつきなく訪れてきた。三十年寝起きしてきても自分のものの気がしない、とりとめのない家に一日ひとりで居ることになってみると、自分のこれまでの人生がなんの積み重ねもなく、薄い影のようにはかなくみえ、頼りなかった。子どもをもうけるとか学問上の業績をあげるとかしておけばよかったと月並みな反省にかられるぐらい、すかすか風の通う池の端の家にいると追いつめられてきた。これでは吹き飛ばされてしまう、なにか自分のよりどころをみつけなければならないと老後の日日の目標が定まりかけたとき、この開けっぴろげの家から出ることになった。

妻を可愛がってくれていた伯父が亡くなり、跡をついだ長男と妻は気が合わず、飛び出してしまったのである。大学から支給されたわずかばかりの退職金を残らずはたいて雷門前のマンションを買った。和室六畳二間と十二畳の居間の造りだったが、やっと身の丈に合ったつつましい空間にたどり着いた安堵があった。建ったばかりなのでペイントやシリコンの臭いが鼻をついたが、空気が動かず、守られている安心感が抱けた。妻もくつろいだのか表情がゆるみ勝ちで、意味もなくにたにた笑ってばかりいた。それまで和服にきっちり身を包んで顔だけしかみせなかったのが、脚や胸を平気で曝すようになった。顔が生命の文楽人形に胴が生まれ、脚が生え出てひとりでとことこ歩き出した恰好だった。京都の老舗呉服店百瀬の和服しか身につけなかったのが、スーパーのぶらさがりを無造作にはおるようになり、ざっくばらんな下町女になり変わっていた。だらしなく背中をのぞかせていることがあり、そんなときなどめったに人目にも陽にもさらされたことのない肌が、いま土のなかから掘り出された根菜のように、乳白色に輝き、目に痛かった。動作もきびきびと決まっていたのが、あたふた乱れるようになり、家が狭いせいもあってやたらとものにぶつかった。よく鉢合わせをしたが、身のおき場がなく、身をもてあましているせいか、すぐに癇癪を破裂させた。あなたって邪魔になるところばかりにいるわね。わたしが行こうとする先にかならず立ちはだかっている。トイレに入ろうとすると入っているし、入浴しようと思うと使っている。なんでそんなに嵩高いの。捕われた鹿が檻のなかでじたばた暴れるように、妻はかわいらしくあがいていて、ついからかいたくなった。それはわれわれ夫婦の息が合っているからだろう。同じときに同じことを思うんだ。妻はくすぐられたように笑い出したが、すぐに顔を曇らせ、溜め息をついた。それにしては、ここぞというときに援軍なしだね。だいたいわたしがなに話しても、あなたは聴いてないもの。この頃は食事が毎回一緒なので、あれこれ話を聞かされるが、仲見世で男に袖を引かれたとか、雷門前の大通りを猫が青信号で渡ったとか、その手の話柄なので、適当に聞き流していた。わたしの身体のことで相談したのに、なにも答えてくれなかったじゃない。健康上のことで意見を求められた覚えはないので思わず顔をみると、妻は勝ち誇った声をあげた。ほら、覚えてもいない。わたしね、築地時代は肉体を殺してきたの。接待用道具として磨きをかけていただけ。今だから言うけど、客に抱かれることはあったわよ。でも、それも仕事のうちで、わたしはなにも感じなかった。老後はね、この封じこめてきた肉体を解放して、思う存分楽しませてやりたいの。協力してくれると頼んだのよ。そうしたら、あなたは目をまじまじと見開いて壁をじっと睨みつけ、一言も答えなかったわね。なにをみていたの。

そのときのことなら覚えていた。あられもない誘いなので、最初は恥ずかしくて身を引いたのだが、つづいてこんな風にパリの少女が肉体に目覚めてくれていたら、目をかっと見開いて死ぬことはなかったのだと自分の非力が悔まれてきた。妻には精一杯応じてやろうと腹を決めたが、そう決意すればするほど暗くうごめく情動が脈うち、気軽に同意を表しかねたのだった。

妻が宣言した肉体至上主義は、予想していたのとはずいぶん違う表れ方をした。悦楽にのたうつのかと半ばげんなりしながら待ちわびていると、逆に肉体をいたぶり、鍛えあげ始めた。ジムに通って筋トレに励み、一日おきに二千メートルを平泳ぎでゆったり泳ぎ切っていた。それでもまだ身体をいじめ足りないらしく、雷門横の老舗うなぎ屋に運びの女中として週に三日働きに出た。厨房と二階座敷の間を日に百回近くも急な階段で往き来するのだった。腕や脚がみるみる太く筋張り、肩や腰が盛りあがって、妻が通るたびに安マンションの床板がぎしぎし軋んだ。意識して腹式呼吸に努めているので息づかいが荒く、さかりがついた猛獣の気配だった。そばに寄ると、むっと熱気が押し寄せ、汗の臭いがかぶさってきた。女子プロレス選手と生活を共にしているようで、うっかりしていると組み伏せられ、えび固めに決められそうだった。

これほど身体を酷使していながら、食事は驚くほど質素だった。週三日運びに出るうなぎ屋の昼食、夕食が油こいからと、大概の場合お茶づけですませていた。ご飯だけは炊飯器で炊いたが、あとは日によってできあいの鮭の切り身をほぐし、みつ葉を刻んで、白ごまをかけ、ほうじ茶を注いでできあがりだった。やたらに塩からいたくわんを箸休めに盛ると、ものも言わず一心にかきこむのだった。よくそんな粗末な食事で身体がもつな。目をあげたので、つい本音を口にした。お座敷でね、ご馳走食べるお客さんみていると、貪婪(どんらん)で、浅ましくって、鬼にみえるの。禅寺みたいに、洗煉された素朴なものをほんの少しだけありがたく頂くのがいいわね。外の恵みをがつがつとりこむより、内に眠る力を掘り起こす方が大事よ。妻は空になった茶わんの底を箸でくるくるかき廻しながら、自身に言い聞かせるように一句一句区切って声に出した。初めて出会ったときからひたと目をみすえて押してきたので禅につながる気迫は感じたが、ときとして華やいだ一流料亭でこそ花開くふくらみもみられたので、ここまで内向きにのめりこむのは危うく思えた。三十年も働いてきたんだから、いいかげん鼻についたんじゃないのと元気づけに合いの手を入れたが、口にしてしまってから言わずもがなの馬鹿を言ったと恥ずかしくなった。妻はなんの反応もみせず、茶わんの底を覗きこんだまま言葉をつづけた。

わたしね、生まれ変われるなら、今度は樹木になりたい。樹木って、成長するのに他の生命をひとつも損わないでしょ。ただ水だけたくさん吸ってぐんぐん大きくなっていく。枝葉を思いきりのばして光をたっぷり浴びるんだ。地中にもしっかり根を張りめぐらして、闇のなかにひめられた力を逃さず吸いあげるんだ。地球から動物という動物が消えて、植物だけが残ったらどんなに平和だろう。風が渡って葉が揺れて、穏やかだろうな。

ふとパリの少女が口をきいているような錯覚を抱いたが、あの少女は樹木に憧れるどころか、そのたくましさに押しつぶされたのだった。

妻の樹木願望は、まず過去の深みに根をおろすことから始まり、生家と幼少時代に向けて触手をのばしていった。三十年間、正月にも盆にも帰らず、切りすてたように知らん顔だったのが、家業をついだ姉からの一本の電話でたちまち道がついた。深夜に鳴ったその電話に、妻は、お姉ちゃん、なんで知らせてくれへんかったのと叫んだきり、あとは肩をゆすって泣きつづけた。背後にまわって背なかをなでたが、嗚咽はおさまらず、姉との電話の間中身体を震わせるばかりだった。電話が切れると、お母はんが亡くなったんやてと涙があふれる目をまじまじと見開いてみせた。これまでみたこともない深い海のような目で、惹き入れられそうな妖しさで輝いていた。

翌朝早く、妻は京都に帰っていった。同伴するつもりだったが、あなたがついてくるとややこしいからと断られた。初七日をすませ、一週間して戻ってきたが、そのときには葬儀帰りとは思えない元気さで、前のめりで一部始終を報告した。看護疲れで倒れた姉に代わって、葬儀を手際よくとりしきったのが得意でならないらしかった。斎場の味気ない蛍光灯をすべて消し、床にきらきら豆電球を配し、祭壇を青白い照明で浮かびあがらせ、夢幻境を演出したという。

ありきたりの葬儀のみじめさを消したの。ディナーショウ並みの盛りあがりだったわよ。それにまた客筋がよくてね。むかし母が大事にしたお客さんがいまや一流の学者、芸術家に育っているでしょ。その方たちがこぞって参列してくださったから、それは豪華で、もったいないくらいだった。京都新聞にそのリストがながながと載ったの。上品で、おごそかで、優雅な式だったわ。ほら、伊予国際大学の宮橋先生、テレビによく出るから顔知ってるでしょ。あの先生が代表でご挨拶してくださったの。さすがに聞かせたわよ。それがね、三十年まえわたしに言い寄ったなんて言い出すの。わたし覚えていないんだけど、肘鉄くらったんですって。人生唯一の大失敗といまだに悔しそうなの。わたし、人をみる目がなかったのね。

いたずらぽく目を輝かせ、くるくるおもしろそうに廻してみせた。

京都でちやほやされてよほど居心地がよかったとみえ、三十年まえ京都はとなり近所の目が煩わしくてと東京へ逃げ出してきたはずなのに、今度帰ってみると人間関係が細やかで、街を歩いていると包みこまれる温かさだと言い出した。時間が降り積もって濃い影をつくり、過去として消えずに生き残っているの。自分の存在が薄っぺらなこの一瞬だけではなく、昔からずっとつながった線として意識されるのよ。話しながら左手をひらひらさせているので、みると、薬指に大きなガラス珠のはまった玩具の指輪を窮屈そうにはめていた。いぶかしそうな顔をすると、小学五年生のとき地蔵盆の縁日で買った品だという。子どもの指には大き過ぎてね。上賀茂神社の楢(なら)の小川で遊んでいて落としちゃったのよ。この間そのほとりを歩いていたら、きらりと光るものがあってね。ひろいあげたら、あのとき失くした指輪じゃないの。神さまが返してくださったと思うとありがたくってと涙ぐむしまつだった。四十年まえに落とした指輪がそのまま流れに沈んでいるとは思われなかったが、今回の帰郷で妻が子ども時代をそのようにみずみずしく再発見したのだと納得はできた。それにまた、幼いころ遊んだ場所がそのまま残っているのが羨ましかった。東京では子どものとき遊んだ路地もどぶ川もとっくに消え失せていて、落とした宝ものをいまさら探しようもなかった。

冷凍されてそのまま新鮮に保たれた過去、そんなふしぎをやがて実際に目撃することとなった。葬儀には小学校の同窓生が何人かお参りしてくれたらしく、帰った当座は四十年ぶりに再会したかれらの噂ばかり口にしていた。かれらがどんなに無残に変わり果てていたか、あるときは呆れ、あるときは驚き、あるときはおもしろがりながら、くりかえし語ってきかせた。人間て、樹木と違って、真直ぐ伸びないんだよね。子どものときの美質は隠されたり、ねじ曲げられたりして、別ものに育つんだ。哀しいよね。だから、小学生のときのまま大きくなっている人に出会うと、もう嬉しくて嬉しくて。どうやら葬儀最大の収穫はそんな真直ぐ育った相手に出会ったことのようだった。ほとんど毎晩深夜に電話が入り、そのベルの音で妻は別人に生まれ変わり、居間をぐるぐる歩き廻ったり、ソファに寝ころんで足をばたばたさせたりしながら、すてたはずの京言葉をまじえて一、二時間話しこんでいた。同窓生を片端から俎上にあげているらしく、固有名詞が飛び交い、アホやなとか、イケズな人やなとかいそがしく合いの手が入った。同窓生の消息が一通りおさらいされると、話題は互いの身の上にしぼられたらしく、しんみりした話し方に落ちついた。そんな、思いどおりになんか生きてないわ。東京へ出てきたのは夢を求めてではなく、弾き出されたからや。築地の一流料亭の女将といっても、与えられた役を闇雲にこなしていただけで、心を動かす思いをしたわけではない。なにも残ってないわ。わて、ほんま、なにしに生まれてきたのやろ。立ち入った話なので、電話の相手は女性だとばかり思っていた。それがいつになく午前早くに電話がかかり、受けると、テノールのよく響く声の男性だった。主人が電話口に出たのに辟易した様子もなく、京ちゃんによくして頂いてとまるで身内のような挨拶をした。急な仕事で東京に出てきたが、夜は空くので食事を一緒にと妻に誘いをかけてきた。妻は電話をおくなり美容院にかけつけ、どこの夜会に出るのかと訝りたくなるほどはなやかなパーマに結いあげてきた。あまり凝りすぎて、それに見合う衣裳がみあたらないしまつだった。手もちのドレスをことごとく床にひろげ、つぎつぎと身につけては姿見で点検した。どれも気に入らず、嘆息ばかりもらしていたが、しまいには裸身を鏡に映してぼんやり突っ立っていた。わたしの身体がずんどうで、ドレスが似合わないんだね。やっと事情がのみこめた声を出した。両手を首から胸へとはわせ、身体の線を手ずから確かめていた。たしかに胴長でぼってりとした体型だったが、しみもたるみもなく、五十近くとはみえない肌の輝きで、野草の濃密な匂いが立ち昇ってきそうだった。ただ、ごてごてと大仰な髪が乳しぼりの女を思わせる素朴な肉体とアンバランスで、ぐしゃぐしゃに乱したい衝動にかられた。堂どうとした身体じゃないかと近寄って、豊かに筋ばったふくらはぎからももへと唇をはわせると、ちょっといい気にならないでよ、こそばゆいじゃないと身をよじらせて逃れていった。ついでにいちばん野卑なピンクのドレスを引っかけていった。

その晩真夜中過ぎに妻は戻ってきたが、足腰が立たないほど酔いしれていた。タクシー運転手と同窓生とに両脇を支えられてなんとか玄関までたどりついたが、そのまままたたきに倒れこんだ。助け起こして、居間のソファに寝かしつけると、とても女性とは思えない大いびきをかき出した。真赤な顔はしていたが、苦しそうではなく、自分を残らず曝け出していっそ気楽そうだった。まいりましたな、連れの男は別にまいった風もなく、椅子にどっかり腰をかけ、頭をかいた。突っ立ったまま黙って見おろしていると、もぞもぞと立ちあがり、財布から名刺をとり出し、頭をさげた。政府公認ガイド根川祥造とあった。当りがやわらかく、人なつこいので、人気のガイドだろうと好感がもてた。初対面なのにぎごちなさがなく、語調が外国人の朴訥さで警戒心を解いた。骨格ががっしりしていて、鼻梁も高く、異国人といえば通りそうだった。名刺をもっていないので、草守順二と申しますと名乗って会釈した。ああ、あの有名な小説家のと根川は思いがけず旧知に出会ったような調子外れの声をあげた。大いびきをかいていた妻がひきつった声で笑い出した。違うの。それは草守順一。うちのは棒が一本多いぶん、なかみは一本抜けているのよと明瞭に言ってのけ、すぐにまたいびきをかき始めた。根川は目を白黒させてこみあげる笑いをかみ殺していた。京ちゃんは小学生のときとちっとも変わっていないな。教室でもよく眠っていたものな。それでいて、先生にあてられると、そのときだけは正気にかえって答えを外さないんだ。答え終わるとすぐにまたこっくりだから驚いたね。噂されて目を覚ますかと思ったが、今度はいびきの調子をすこし乱しただけだった。クラスでもこんないびきだったんですか。いいえ、あのときはひっそり静かなものでしたよ。京ちゃんはいかにも京都の少女らしくなかなか手の届かない、奥深い子だったな。四十年ぶりに会ったら、ぎらぎらむき出しなので、びっくりしちゃって。関東の強風になぶられてすっかりひあがっちゃったのかな。とにかく、がさがさ落ちつかなくてね。なんのわけもなくいきなりしゃくりあげたかと思うと、今度は大口開けてけらけら笑い出すんですからね。レストラン中の客が息をひそめちゃいましたよ。あげくのはてには靴をぬいで椅子に正坐するんです。もうどうしようかとおろおろしました。困りきった話をしているのに語調に切迫感がなく、まるで吹きかえのセリフを聞いている間遠さだった。話しながら、値踏みするようにきょろきょろ室内を眺め廻しているので、話に身が入らないこともあった。室内点検のしめくくりはコーナーテーブルに積まれたフランス語辞典だった。ぽんぽん叩いたり、背をなでたり、親しげにいじくり廻していた。そして初めてじっと目をすえて、フランス語ノ先生デスカと意外に流暢なフランス語で訊いてきた。頷くと、フランスハ好キデスカとまたフランス語でたたみかけてきた。喋りなれたなめらかさで、感情のこもらない日本語よりよほど身についていた。ああ、あなたはフランス語のガイドさんですかとどぎまぎ日本語で返すと、いや、そのときは英語を使うことの方が多いんですけどねえと今度はくぐもった日本語で答えた。京子がいびきを呑みこみ、むっくり身を起こした。この人はな、最初にガイドしたフランス人女性を国に帰さへんとそのまま自分のものにとりこみはったんやと呆れ果てたという顔をした。京ちゃん、そないなことわざわざばらさへんでもいいがな。京ちゃんにふられたからやないか。わて、ふってへん。あんたが甲斐性なしで賭けに負けただけや。根川は気の毒なほど肩をおとし、殊勝に静まりかえった。小学六年生で四段の跳び箱がまさか跳べないとは思わへんかった。京ちゃんはもうおれのもんやとほくそ笑んでたのにな。人生最初で最大の失敗や。でも、京ちゃん、いい旦那さんにめぐりあえて幸せそうでよかった。酔いもさめたみたいやし、安心して帰ろ。立ちあがり、挨拶もそこそこに、玄関に出ていった。京子が追いかけ、今日はありがとうと声をかけると、根川は靴をはきながら後手にしばられたみたいに両手を腰のうしろでひらひらさせた。京子はその手を下向きに合掌させ、しっかり包みこんだ。ふたりの重なり合った手はもこもことうごめき、歓びにのたうっているようにみえた。目のまえがくらくらし、みぞおちが激しくさしこんだ。嫉妬の発作とすぐに察しがつき、抑えこもうと力むと、じわじわ吐き気がこみあげてきた。

この吐き気にはなじみがあった。パリの少女を埋葬してからしばらくしてその食い入るような目玉におびやかされる回数が目にみえてへり始めた頃、しばしば吐き気に襲われるようになった。目のまえがとつぜん暗くなり、じっとこらえていると、今度は下腹からじわりと熱いものがこみあげてきた。なにがきっかけなのか始めつかめなかったが、なんどか体験しているうちに男女に係るなにかが引きがねなのがみえてきた。男女ふたりが引き合いながら反撥し合う不安定な関係にあって、ふたりの間に火花が散っているのを目にしたときに感電するらしかった。もはや男女関係にはうんざりしているのか、あるいは逆に少女と激しい愛憎関係を結べなかったのを残念に思っているのか、定かでなかった。ただ、男女に強い電流が流れるのを感じたとき、身体の奥にぽっかり穴が開き、そこから持ちこたえられないくらい重い喪失感がこみあげてくるのは確かだった。そうなれば、その場で吐き出すよりほか術はないので、あわてててトイレにかけこんだ。

ガイドの根川祥造は東京に出てくるたびに決まって顔を出すようになった。電話で来訪を告げるのだが、そのときにはもう玄関に立っていた。ベルを押す代わりに携帯を鳴らすのだった。京子が在宅のときにしか現れなかったから、ふたりの間であらかじめ連絡がとれているのだろう。にやにや笑いながら入ってきていきなり京子にからむのを常としたが、ふたりがなれ合いで戯れている気がして、胃が痛んだ。なあ、京ちゃん、京へ帰ってきいへんか。やはり女子は生まれ育った土地がいちばんしっくりいくんや。京盆地の穏やかに沈んだ空気が京ちゃんに落ちついた影をつくるはずや。関東の荒あらしい風に曝されているさかい、京ちゃんはばたばた潤いがないのと違うか。いかにもガイドさんらしい耳に入りやすいお説どすな。京子は言い返すというより、自分に言いきかせるように呟いた。人間てな、いやなこと、つらいことやらへんとほんまの自分がみえてこないのと違う。生きるって、ざらざらした不快な肌ざわりを噛みしめていくことなんや。根川は京子の答えが思いがけずきびしく、けわしいのにたじろいだが、すぐに体勢をたて直して京子のとりこみにかかった。京ちゃん、小学生の昔にかえって楽しくやらへんか。ほら、学校帰りに手をつないで仲よく歌ったやないか。ふたりの愛がふたりを結ぶ。君の愛はぼくの力。ぼくの愛は君の優しさ。京子は表情ひとつ変えず、つまらなそうにぼそりと言った。しょうもないことよう覚えてるな。祥ちゃんは小さいときからいらんことばかり頭に入れていたけど。根川は京子の冷やかしにめげず、さらに突っこみを強めた。そうや、そやからガイドになれたんや。人生はお話やからな。ありがたいことに京の街はドラマではちきれんばかりやろ。どんなつまらない袋小路にも血の臭いがこもってる。そこで真直ぐ育てば、わてみたいに豊かな話の泉ができあがるわけですねん。京ちゃん、早うお帰りやす。立ちあがって、頭をぴょこりとさげ、さっさと帰っていった。まるで落語家が一高座すませてきりよく引きさがる手際だった。

ケッタイな奴だなと京子をみると、いまにも泣き出しそうな顔をしていた。祥ちゃんの言うとおり、わたしはやはり水がれなのかな。身体がぱさぱさして、踏んばれなくてね。この間も浅草から上野まで歩いたんだけど、外国の街を行くみたいになじめなくて。国立博物館で大好きな若冲をみても、にせものにみえて、入ってこない。動物園で孔雀が羽根を拡げているのをみたら、もう切なくてね。ここまでやらなきゃならないなんてとこたえちゃったの。疲れているんだよ。お運びなんかやめて、ゆっくり休んだらいい。がっしりと幅ひろい足腰にくらべて、首の線がひっそりと頼りなげで、とても重労働に耐えられるとは思えなかった。でも、お運びのときは充実しているのよ。毎日でもやりたいくらい。とくにお盆をかついで急階段をあがっていくときは最高よ。それは身体はきついわよ。足腰折れそうなくらい。でもね、だれの目もないところでこれだけ頑張っているんだと誇らしくて力がみなぎってくるの。それも、修行と違って、最後までひとりで自分と向き合っているわけではない。座敷に入れば、お客さんが喜んで迎えてくれる。その笑顔がたまらないのよ。舞台にぱっと出た感じ。でも、張りつめているのはそのときだけで、仕事のあとは腰は痛むし、心は隙間風に吹かれてかすかす。途方に暮れてへたへたとしゃがみこんでしまったような落ちこみ方だった。疲れているのなら、その波にでれっとのまれちゃえばいいじゃないか。ここでごろごろ寝ていてもいいし、温泉へいってぼけっとしていてもいい。京子は喉を鳴らしてうがいをしているような笑い声をあげた。あなたは横になって世の動静を眺めていられる猫型人間ね。わたしは犬みたいにせかせか動いていないとだめ。夫婦がまるで逆の性格だから、ぴったり息が合わないのかな。ふたりが顔つき合わせると、苛いらするか、呆然とするかだものね。たしかに京子はこちらのすることにいちいち神経をとがらせていたが、こちらは京子がなにをしてもあまりこたえなかった。京子はなにかといってはからんできたが、ひどい憎まれ口をたたかれても、ふしぎと傷つかなかった。発せられた言葉じりに引っかかるよりも、彼女の突っかかってこざるをえない性が透けてみえ、哀れが先に立つのだった。それでもまれにかっと頭に血がのぼることはあったが、その怒りも京子に向かってはほとばしらず、身体のなかをぐるぐる廻った。そしてそのエネルギーを解放してやるにはさほどむずかしい手続きはいらなかった。ティッシュペーパーがそばにあれば、箱から一枚引き抜いて、手で丸めてだんごにし、ぐりぐりもみこめばよかった。ところが、この手つきをみると、京子はいよいよ激してきた。あなたって腹がたっても、そうやって自己処理ができるのよね。それってそんなに立派なことなの。もはやなんとしても喧嘩を売りたい構えだった。ティッシュ珠を投げつけてやれば京子の思うつぼなのだろうが、どうしてもそこまで気もちが高ぶらなかった。自分が舞台にあがって動き廻るなんて、なにより億劫だった。これまでどおり客席の暗がりのなかにひそんで、この場をやり過ごしたかった。ふんぎりがつかずもたもたしていると、京子は一段といらだちをふくらませた。あなたってものわかりがよくて、落ちつきはらっているわね。うちに泊まる自分勝手な若者たちとは大違い、なんという包容力とあなたの懐に飛びこんだわけ。でも、この頃はすこし違うかなと思い始めたの。実は、あなたの心にはエンジンがないんじゃないの。あなたにとってどうしても譲れないものってなに。京子は顔を紅潮させて言いつのったが、彼女が激すれば激するほど、かえって冷ややかに冴えかえってきた。ずいぶん思い切ったことを言われたと胸が疼かないでもなかったが、それよりもいまは彼女の問いかけそのものが重くのしかかってきた。自分にとって命を賭しても手にしなければならないものとはいったいなんなのだろうか。そうあらためて自分に問いかけてみると、ひとつのこだわりが黒ぐろとあぶり出されてきた。パリの少女の動かぬ目と見合ったことが自分の人生をどう狂わせたか、その意味を見極めなければ、自分の人生は定まらないと確信できた。ただ、そうはわかっても、どうしたらみえてくるのかさっぱりわからなかった。わけがわからないのに右往左往してみても得るものはなにもないのは明らかだった。耳をすまし、心を開いて、その意味が明かされる天啓を待つよりほかになかった。その機がいつ、どのような形で訪れるか見当もつかなかったが、それでもただ身をとぎすまして待つよりほかに手はなかった。人間て、だれでもわけがわからずに生きているんだと思うよ。このために生きていると断言する人がいたら、嘘つきか詐欺師だよ。そう答えると、京子はしらけきった顔をしてふんと鼻を鳴らした。あなたは年をとらないね。それにくらべて祥ちゃんはすっかりおじいさんだけど。加齢臭も相当なもんだ。京子はわざとらしく鼻をふんふんいわせて顔をしかめてみせたが、幼なじみの残り香を懐かしんでいるようにみえた。

京子に老人扱いされた根川はその後京子が不在のときでもお構いなく訪ねてくるようになった。旧知の間柄のなれなれしさであがりこむと、近況をとくとくと語り出すのだった。大方の話題は同級生の動静なので話についていけなかったが、話が京子のことに及ぶと、とたんにねっとりからみとられ、息をひそめて相手を窺う構えになった。むかしふたりで競い合った女性のことをつい口に出してしまい、さっと空気が張りつめた具合だった。根川はこのときとばかり小学校時代の秘話をもち出し、舌なめずりしながら飽きずに語りつづけた。クラスで、将来なにになりたいか発表し合うことがあるでしょ。こういうときって、女の子はふつう看護婦さんとか幼稚園の先生とかお母さんとか答えるんですよね。ところが、京ちゃんはミス京都と答えたんです。先生がびっくりしてどうしてだと訊いたら、わてはアホやし、勉強はアカン、そやけど容姿は端麗やし、男にちやほやされたいからと言うんです。それが小学校四年生のときですからね。個性的というか、やぶれかぶれというか。根川の話は突拍子もないようでいて、いかにも京子らしく、心に残った。群れからはずれ、たったひとりの道をさっそうと行くのだが、それでいて群れの拍手喝采を博さなければ気がすまなかった。熱烈なファンが必要なので、根川はまさにはまり役だった。老後にお誂え向きのお相手が現れたと祝福してやりたいくらいだったが、京子が離れていきそうで、心もとなくもあった。そんな恐れが現実になったかのように、マンションに移ってから初めて京子は外泊した。夕方盛装して出かけたので根川と食事だろうと察しはついたが、真夜中過ぎても帰らず、なんの連絡もなかった。床に入ったが、あれこれ想像が働いて頭はさえるばかりだった。やっと眠ったかと思うと、つらい夢にさいなまれた。二股道で京子と根川は左側の悪路を行こうとした。けわしい山道のうえ途中橋が落ちていたりして、女連れで歩き切れる道ではなかった。そう説得したが、ふたりは意気地なしとかえって悪態をつき、仲良く手をつないでさっさと行ってしまった。自分は冒険心のない卑怯者なのかと反省したが、わざわざ難路をとるにもあたらないと右側の平坦な道に入った。しばらく行くと、非常線が張られ通行どめになっていた。先をみたが、なんの妨げもなく、真直ぐな道が広びろとのびていた。思いきって張り渡されたなわをまたぐと、とたんにベルがけたたましく鳴り、どこにひそんでいたのか自動小銃をたずさえた兵士たちがばらばらと飛び出してきた。銃口が向けられ、いっせいに引き金が引かれた。ベルの音が耳をつんざく強さにまで高まった。電話のベルが鳴っているのに気がついた。カーテンごしに初秋の午前のまばゆい陽が赤くもえていた。受話器をとると、根川のからみつく声がはじけていた。昨夜京子が外泊した顚末を物語っているのだが、説明がくど過ぎて、かえって話の筋がもつれた。京子はレストランで意識を失い、病院に運ばれ点滴を受けたが、今朝はすっかり元気をとり戻し平常どおり働きに出たという。まとめあげればそれだけの経緯だったが、失神した京子の顔が大理石彫像のように荘厳だったとか、大学病院のエントランスがガラス張りの吹き抜けでコンサートホールに入ったときめきを覚えたとか、よけいな描写が多くて語りが真直ぐ走らず、つくり話めいて聞こえた。京子の状態をこの目で確かめたくてうなぎ屋まで様子をみに行くというと、根川はあわを喰ってとめにかかった。応じずにいると、それでは同道したいと言い出した。

午後二時近くで、昼食には遅い時間だったが、二階のとりとめがないくらい大きな座敷は二間とも立てこんでいた。すべて男客ばかりで、会食の席にしては話し声が耳に立ち、たばこの煙もこもって、駅の待合室に入ったように落ちつかなかった。隅の空いている机に向かい合って坐ると、根川は身体を乗り出して、まわりに負けないきいきい声で語りかけてきた。昨夜は京子につきそって徹夜だったという話だが、疲労のむさくるしさはなく、ひげもきれいにあたって、浮き浮きと高ぶってさえいた。先生は定年退職されてから毎日なにをなさっているんですか。わたしが案内する観光客というのは、とくに年配の方方はことごとく退屈して身をもてあました暇人ですね。充実した人生を送っている人はそんなにふらふらあちこちみて歩きませんよね。ガイドをやっていると人間のいちばん空しい部分とつき合っているというやりきれなさがあります。それだけに、歴史や文化を熱く説き聞かせ、この触れ合いでお客さんの索漠とした日常生活がぱっとバラ色に輝いてくれたらと祈っているんです。まあ、われわれガイドは心の看護師みたいなものですね。昨夜、京ちゃんの世話をしながらそんな自分の本分に納得がいきました。黙って聴いていたが、ずいぶん牽強付会な解釈だなと呆気にとられて根川の顔をみていると、京子が細長い盆に六人前のうな重と椀をのせて、根川の背に触れんばかりにして通り過ぎていった。はだけた胸もとに汗が光っていたが、病みあがりの鈍重さはなく、お待ちどおさまと客にかける声も澄みとおり、お重を並べる手つきもよく動いていた。心配するような病気ではなかったなと京子から根川に目を移すと、根川はにやにや笑って、いつも通りのなに食わぬ顔にかえっていた。京ちゃんは幼なじみでしょ。どうみても一人前の女にはみえなくてね。いつまでたってもおままごとですわ。亭主を安心させようという言いわけなのか、自分たちふたりの親密さを誇示したいのか、どちらともとれる言い方で、どう応じていいのか計りかねた。空の盆をさげて京子は戻ってくると、われわれふたりが同席しているのに驚いた風もなく、注文をとる恰好で中腰に坐った。大丈夫かと声をかけると眉をひそめて軽く頷き、ビールのむと根川に言葉を返した。やきとりつきと根川が答えると、勢いよく立ちあがり、ばたばたと厨房に通じる急階段をかけおりていった。注文のやりとりからここがなじみとわかり、睨んでいると、根川はまぶしそうに目をまばたかせた。京ちゃんて、なんで柄にもないことをしているんでしょうね。マゾヒストかな。明らかに自分をいじめてますよね。痛いたしくてみていられない。京子が上がりの土瓶と茶碗を抱えて、息をはずませながらあがってきた。たしかに、はげた化粧を直す暇もなく裾を乱して走り廻っている姿は強制労働にかり出されているようでみじめだったが、ひとたび客との応対になるとさすが気品と愛嬌が漂って、さわやかな物腰だった。とりわけ勘定のときにははずんだ笑い声がはじけ、客が料理にも接客にも満足しているのが窺えた。あれならチップも悪くないでしょうな、サラリーマン風の客を六人賑やかに送り出す京子をみて、根川が半ば羨ましそうに呟いた。あからさまに京子目あての客が多いらしく、下の椅子席が肩をすぼめてひっそりと箸を運ぶ二、三の老人客で閑散としていたのに、二階座敷は目をぎらつかせた男客でこみ合い、熱気がこもっていた。あんなにおおっぴらなんだから見物料を頂いて当然だな、部屋の隅に陣どった眼鏡の中年男が京子の一挙手一投足を食い入るように追っているのをみとがめて、根川が囁いた。男は京子を呼び、いまにも飛びかかりそうな切迫した顔つきで勘定を支払った。釣り銭をしっかり収めて出ていくのを見送って、根川がののしった。なんでもかんでもとりこむケチな野郎だ。まるで背徳感を弾劾する激した口調なので、吹き出してしまった。自分だって他人の妻をとりこんでいるんじゃないのかとやり返したかった。京子はビールとお通しのやきとりを運んできて、他の客が一段落なので、べったり坐り、身体の線を崩した。顔を上気させ、肩で大きく息をし、ぼんやり視線を宙に浮かせていた。やきとりの匂いにまじって闇のなかでかぎなれた京子の体臭が香った。昨夜やはり京子の身体はもえたのかとその放心した顔に引きこまれた。京子の目がちらりと動いた。なにみているのよ。ここの二階にあがると、男という男がみんなおかしな目つきになるわね。だれもかれもが目を血走らせて、同じ顔ばかり。口先でぽんぽん言いたいことを言っていて威勢よさそうだったが、顔の表情は生気がなく、いまにもとろりと眠りこみそうだった。根川が京子の言葉を引きとって煽りたてた。それにしても、あの眼鏡男は最低だ。京ちゃん、よく我慢しているな。まるでストリップじゃないか。京子はふいに目を輝かせ、姿勢を起こして正坐した。そういえば、この間ね、プロデューサーを名のるエロイおじさんからお座敷ストリップに出ないかと誘われたの。こんなところで運びをしているなんてもったいない。あんたなら手一杯払うと言われたんだけど、手一杯っていくらだろうね。根川はやきとりを頬張っていたのをあわててビールで流しこんだ。まさか、京ちゃん、引き受けたのと違うやろうね。ほら、思い出してみい。小学五年の学芸会で、京ちゃん、銀座カンカン娘歌って踊って、スカートの裂けめから裸の脚にゅっと突き出して、えろう怒られたやないか。それと同じや。だいたい、お座敷ストリップ言うたら、脱いだだけではすまへん。セリにかけられて、セリ勝った男にその場で抱かれるんや。あんた、なんでそんないやらしいこと知ってるんやと京子は口をとがらせた。あわてはガイドやさかいと根川はもごもご答えた。それはガイドでなくてポン引き違うかと京子は思いきって下品に言い放った。ふたりのやりとりはじゃれ合っているようにみえ、正視にたえなかった。せき払いをして割って入った。このやきとり脂こくなく、大根おろしがよくからんで、おいしいですね。京子はあっ、うなぎと声をあげ、あたふたと調理場におりていった。きちんとつなぎとめておかないと、京ちゃんどこへ飛んでいくかわからないですよ。気がついたら、SMの女王だったりして。根川は心配そうな口ぶりだったが、口もとが笑っていた。京子が神妙な面持ちでうな重を運んできた。玉手箱をささげもつ竜宮城の女官のきまじめさで鞭の食いこむ隙はなかった。うなぎはじっとりと脂がのり、口にいれたとたんにとろけるやわらかさで、うまみがアルコールのようにたちまち全身にまわった。うなぎってね、外国人にはうっかりすすめられないんですよ。とくに女性はだめだな。蛇を連想させるのかな。白身の下から皮が現れたら、悲鳴をあげたフランス人女性がいたな。かれらがレモンかけて生で食べる牡蠣の方がクモみたいで、よほどグロテスクだけどな。根川はどうやら人の神経を逆なでする癖があるらしく、涼しい顔で悪趣味な話をつづけた。

近所のカフェで、京子が出てくるのを待つ間も根川は途切れなく喋りつづけた。浅草って、なんなのでしょうね。一流の芸術品があるわけではないし、本ものの信仰道場というわけでもない。薄ぺらで、ひらひらの土産物屋がふまじめに並んでいるだけじゃないですか。いやね、むかしみたいに浅草が猥雑で活気にあふれていれば楽しめるんですよ。いまやこぎれいで、とりすまして、よそよそしいですもの。このコーヒー店もいぜんは薄暗く沈んだ穴ぐらみたいで落ちつけたんです。いまは壁がピンクに塗られ、蛍光灯にくまなく照らされ、若い男女の笑い声がはじけて、足が地につかないじゃないですか。日本人は影をなくしたんでしょうかねとこの点では根川に同調して熱い相づちをうった。

昨夜出かけたときの盛装で京子は現れた。まるで撮影現場から抜け出してきた女優のように目立ったが、ことのほか不きげんで、つんつん肩をいからせ、しかめ面だった。すぐうしろに、すこし息をあげながら、アンコ型力士といった中年男が迫っていた。われわれを認めると顔を曇らせ、じゃ、いい返事待っているよとぶきみな猫なで声で京子の背なかに声をかけ、ふりかえりふりかえり引きかえしていった。男が店の外にみえなくなると、縛めを解かれたように京子はこきざみに震えはじめた。うるさいたらありゃしない。不動産屋の親父なんだけど、うちの店で働いてくれってつきまとって離れないんだよ。根川は不安そうに外へ目を走らせ、それから京子の顔を覗きこんだ。京子はごたごた飾りの入ったブラウスと目に痛いピンク色の上着の襟に手をやって身だしなみを整えるしぐさをした。京ちゃん、店へ行ったらあかん。とっつかまって、たちまち裸にされるわ。またいやらしいこと言って。祥ちゃんは品性下劣なのと違う。根川は不快そうに顔をしかめ、じっと京子をにらんだ。京ちゃんて、自分を大事にしないんやね。なにがおもしろくてそんなに自分をいじめるの。自分を育てようとしないで、なんで壊しにかかるの。京子は頬を張られたように顔を歪めた。それはあんたのせいやないの。学者になると言いながらガイドみたいなしようもないものに身を落として。根川は天井を仰いでゆっくり息を吸いこみ、ふっと一気に吐き出した。そんなら、こんなに偉い学者先生と一緒になったんだから、京ちゃん幸せなわけだ。京ちゃんが満ち足りているんなら、わてはなにも言わへん。ふたりが大声でやり合ったのでカフェ中が静まりかえり、好奇の目が突き刺さってきた。ふたりを促して外に出ると、京子は寒そうに身を縮めて、懐に入るように寄りそってきた。根川は少し遅れてついてきたが、仲見世の雑踏にまぎれていつの間にかみえなくなった。

家に帰りつくと、お願いがあるんだけどと京子が甘えた声を出した。下手に出ての頼みごとはめずらしいので身構えると、京子は顔を肩にこすりつけてきて耳もとで囁いた。わたし、ストリップやりたいの。お客さんになってくれる。あまり突飛な依頼なので冗談かと京子をみると、目が真直ぐすわっていた。あいまいに避ければ、プロデューサーの申し出に飛びつく恐れがあり、乗り気な返事をした。

夕食を手早くすますと、京子はいそいそと仕度にかかった。自室の襖をたてきって、長いことごそごそと室内を引っかき廻していた。どんなに凝った舞台ができあがるのか好奇心が動いたが、招じ入れられてみると、緋毛氈の上に真っ白なシーツのしきぶとんが一枚しかれているだけだった。ただ、ふだん散乱している衣服などがきれいに片づけられ、がらんとした闇が広がっていて、入ったことのない、見知らない部屋に感じられた。とくに電灯を消し、ろうそくを一本ともしただけなので、ゆらゆら揺れる炎に吸い寄せられ、夢幻のなかに迷いこんだようにふらふらした。緋毛氈の上に坐ると、きっちりとよそゆきの和服に身を包んだ京子が部屋の奥の闇のなかからゆっくり現れ出た。炎に照らし出された京子は生身の女を抜け出し、女の精に昇華したように神神しかった。ストリップにはほど遠い気品だとみとれていると、そのこれみよがしの気高さに挑発されたように無法者が襲いかかったらしく、たちまち京子は乱れ、乱暴に衣服を一枚一枚はぎとられていった。畳を這うようにしてちあきなおみの歌がかすかに流れていたが、そのねっとりと熟れ切った女の声は京子がもらす吐息に聞こえた。京子は全裸にされ、荒なわで縛りあげられた態で、組んだ両手を思いきりあげ、爪先立った。そのとき、「黄昏のビギン」「矢切の渡し」と歌いつがれてきた曲が「喝采」に変わった。京子は鞭うたれて苦しそうに身をくねらせていたが、そんな苦悶の彼女が無邪気に喝采されているように聞こえた。歌がやむと同時に、京子は性根を失ってふとんの上に倒れこんだ。痛めつけられた彼女の傷を和らげようと、目ぶた、耳、首すじ、わきの下、乳房と夢中で唇を押しあてていった。驚いたことに各部位にそれぞれ別な香水が染みこまされていて、ちゃんぽんに酒を呑んだように酔いが複雑にもつれた。ただ、おへそだけは俗世とつながった点として残されていたらしく、そこに唇をおくと、京子はこそばゆいと腹をくねらせて乾いた笑い声をたてた。その下の繁みにはことさら芳潤な匂いがこもり、鼻を突っこんだだけで頭がぼっとしびれてきた。その香を胸一杯に吸いこもうと口を動かすと、京子は全身を大きく波うたせ、上半身をぴくぴくはねあがらせた。はねあがりの振幅はしだいに大きくなり、起きあがりかねない勢いなので、上にのしかかり、しっかりと抱きしめた。身体の自由がきかなくなると、今度は首をやたらにふり、まるで柔軟体操をしているいそがしさだった。風もないのにろうそくの炎はゆらゆらゆらめき、京子の顔にさまざまな陰影を刻んだ。思わぬ影をつけられて、京子は見慣れたいつもの京子ではなく、見知らない女体に変幻していた。驚き怪しみ、畏れ崇めて、貪った。人類誕生いらい無限にくりかえされ、いまこの時も数知れぬ男女が行っている営みを代表して、完璧に遂行しているという高ぶりがあった。ふたりが倒れこんでから、ちあきなおみの歌は「冬隣」「赤とんぼ」「紅い花」とつづいたが、いずれもひとりとり残された熟女が血の騒ぎを嫋嫋と声にしていて、京子の抑えこんできた奥深い影がじわじわ浮き出してくるような緊迫感を与えた。ちあきなおみの歌声が途絶えると同時に、京子は首をがっくりと仰向けに折り、気を失った。身体中の筋肉という筋肉がこちこちに凝り固まり、石の硬さにまで強張った。なによりおそろしかったのは、パリの少女と同じく、目をかっと見開いたまま動かないことだった。あわてて、硬直した筋肉をもんでみたり、心臓を押してみたりしたが、京子はわずかに息を荒くしただけで、あい変わらず目を見開いたまま横たわっていた。あんぐり開いた口に口をつけ、思いきり息を吹きこんだり、吸いこんだりした。それを何度かくり返すうちやっと凝縮していた筋肉がゆるやかにのび始め、開いた目がすっと閉じられた。身体が元どおりすっかりのび切ると、しぼり出したように全身から汗がわき出し、むせかえるような臭気が立ちのぼってきた。バスタオルを湯でぬらし、何度も何度も包みこむようにしてぬぐった。乳房を上に押しあげてふいたとき、こめた力が強過ぎたのか、いつもの歯切れのいい声を誘い出した。うるさいわね。なにをばたばた騒いでいるのよ。大丈夫か。目を開けたまま意識を失っていたんだ。京子の目がかすかに開き、悪意がひらめいた。目なんか開けてないわよ。醜いこの世なんかみたくないもの。すてきな夢をみていたの。廊下の向こうからやさしく、温かい光が腕をひろげるみたいにさしこんでいたの。その光に抱かれようと歩いていったのよ。それは死の世界だ。危ないところだった。もしそうなら、あのまま死にたかったな。いい気もちだったもの。それをなによ。あなたはどす黒いガスを送りこんでわたしをからめとり、ここに引き戻したのよ。おせっかいねと残念そうな、安堵したような笑みをもらした。ろうそくがこれまでになく盛大な炎をあげ、純白に輝いたかと思うと、たちまちもえつき、闇に吸いこまれていった。

そのときから京子は身内の炎をもえつきさせたかのように気力を失い、眠ってばかりいた。

ときたまトイレに起きてきたが、目が覚めきっていないふらふらした足どりで用をたすと、またばったり床に倒れこんだ。ついでに水やジュース、牛乳を呑んでいくことがあったが、このときも意識は不確かで、言葉をかけてもまともな返事はかえってこなかった。ときどき悲鳴をあげたり、ドタバタ暴れたりしたが、駈けつけて身体を抑えると、きょとんと一瞬目を見開き、すぐにまた深い眠りにおちていった。根川は毎日欠かさず電話をかけてきたが、そのたびに眠っているという答えなので、しまいに笑い出した。京ちゃんは眠りの女王だからな。楽しい修学旅行のときでさえ往きの乗りもののなかから眠りつづけていたもの。

一週間たつと、さすがに寝足りたとみえ身体を起こしたが、意識は完全には目覚めていないらしく、部屋のなかを朦朧と徘徊し始めた。目を見開き、正面をみすえて、能役者のようにすり足でそろそろ歩いていた。見開かれたまま瞳の動かない目が不気味で、大丈夫かと声をかけたが、反応は眠っているときより鈍かった。正面からつかまえて肩をゆすると、嫌、やめて、これ以上いじめないでとかすかな声をあげ、顔を両手でおおってくずおれた。身体がぐにゃりと芯がなく、やせ細った手足は冷たく凍え切っていた。救急車を呼ぶと、救急隊員のあわただしい動きで意識を正常にとり戻した。玄関先で点滴を受け、顔色にも赤味がさした。また死にそこなったみたいね、ぼそりと呟き、ゆらゆら台所に立っていった。冷蔵庫をかき廻し、オムレツと野菜サラダをつくり、がつがつ口にした。

それからは一日中台所にこもり、買いこんだ料理本のレシピをつぎつぎと試し始めた。食卓にはとても食べきれない数の皿が並び、げんなり眺めていると、京子は手あたりしだいに平らげていった。三時には甘ったるいケーキをやき、昼食でまだ満腹なはずなのに、目を細めて味わっていた。

京子は日に日に調理にのめりこみ、あれほど楽しみにしていた根川からの電話がかかっても、いまは上の空だった。根川は思案顔で一度訪ねてきたが、テーブルに並んだ料理をみて嘆息をついた。京ちゃんは大人になっても料理のセンスないな。家庭科の先生に言われたやろ。料理は盛りつけが生命。すがすがしくないと食欲もわかん。京ちゃんは一途のようでいて、投げやりだな。京ちゃん、逃げないで、自分の宝ものを一心に磨こう。京子は根川を前にしてもいぎたなく食べつづけていたが、口をいっぱいふくらませたままぼそりと洩した。人間なんてそんなに尊くないよ。うじゃうじゃいて、ゴキブリと同じだよ。根川はぎょっとして京子の顔をまじまじとみた。京ちゃん、疲れているんだ。むりしたらあかん。京子はそ知らぬ顔で黙もくと食べつづけていた。根川は首をふって肩をおとした。先生にお預けします。手のつけられない甘えん坊ですが、優しく受けとめてやってください。それきり、電話もかけてこなくなった。

根川を前にしているときはとくに目立った反応をみせなかったのに、根川があたふた帰るとすぐ京子は顔色を変えた。ご馳走つくってんじゃないよ。生きていく浅ましさを形にしていたんだよと憎にくしげに毒づき、二度と台所に立たなくなった。できあいのお惣菜や折りづめ弁当を買ってきて、長い時間をかけまずそうに食べるようになった。折りづめにこびりついたごはん粒を一粒一粒はがしては口に運んでいたが、猿が蚤をつぶして口に放りこんでいるさまと重なって、いじましく、気が滅入った。いつみても口を動かしているのだが、それでいて肉がつくことはなかった。それどころか、食べれば食べるほどいよいよやせ細ってきた。食べたものは消化されず、逆に体内の養分を誘って、外に連れ出すようにみえた。骨格が浮き出し、動作は緩慢で力なく、すぐにも倒れそうだった。死にたいと嘆息をもらしながらのろのろ室内を歩くのをみて、これは入院させるよりほかないなと腹を固めたとき、京都の姉が急死したという電話が入った。京子の現状からすると話すのがためらわれたが、知らせないわけにもいかないので、世間話のなにげない口調で事実を告げた。京子は電流を流されたように全身をひくつかせ、先越されちゃったねとヒステリックに笑った。すぐに旅支度にかかり、またたく間にボストンを用意したが、なにを着ていくか、旅衣裳の選択で手がとまった。外出用の衣服は多くがぶかぶかで身に合わず、なんとか袖の通せるものは襟ぐりが広く、皺の寄った胸が目立った。

さんざん迷ったすえに、トックリのセーターにジーンズという遊びの恰好に落ちついた。葬儀に行くというより祝儀に出る出立ちだった。家を出ると、身体はときどきふらついたが、意外と地についた足どりで、東京駅のコンコースもなんなく歩き切った。しかし、新幹線の座席に腰をおろし、ホームで見送るこちらに一度手をふると、すぐに座席からずり落ちそうになって眠りこんだ。京都でぶじ下車できるか心もとなくなってきたので根川の救いを求めた。さいわい根川は非番で、京都駅まで迎えに出ると請け合ってくれた。安堵して電話を切ろうとすると、あらたまった口調で問いかけてきた。先生、すいません、ひとつだけ伺っていいですか。先生は京ちゃんのことほんとうに好きなんですか。うんと明解に答えられない引っかかりがあって、うーんと唸り声をあげた。思ったとおりだと勝ち誇った気配がはっきり伝わってきた。いやねえ、京ちゃんを好きなことは好きなんでしょうが、それだけでは終わらなくて、その先になにか探している気がしてならないんです。京ちゃん、道具として利用されるから、おかしくなるんじゃないですか。思いがけない指摘だったが、すぐにパリの少女の目が思い浮かび、反省してみますと電話を切った。パリの少女から逃れるために京子にすがっているのではなかったが、京子を本体にパリの少女をその影にして目の秘密を解き、その呪縛から解き放たれたいと願ってはいた。この企みが京子には重荷で、京子を狂わせているのだろうか。

二週間たって、京子はふらりと戻ってきた。出かけたときと違って、角がとれて落ちつきをとり戻していたが、今度は引っこみ過ぎていまにも絶え入りそうだった。一週間まえ根川から電話があり、京子が思ったより元気で、葬儀もとどこおりなくとり行ない、喪主としての挨拶も立派だったと知らされていた。お姉さんのあと引きついで、旅館を盛りたてていくのと違いますか。それが京ちゃんには似合いの道ですわ。こんな報告を受けていたので、京子はひょっとすると東京にはもう帰ってこないかもしれないと思い定めていた。玄関先に立つ京子をみて、幽霊と一瞬怯えたのも、根川の電話の声が耳に残っていたからだった。実際、京子は幽霊といってもおかしくないほど悄然としていた。なにを訊いても生返事ばかり返してきて、心はまるでここになかった。二、三日腫れものに触るように細心の注意で接していると、やがて京子の方から頭をもたげ、問わず語りで、心にかかっていることを少しずつ吐き出し始めた。最初に口にしたのは姉の旅館経営に対する単純な疑問だった。姉は一見さんお断りの由緒ある旅館をツアー団体客に開放したのだが、思うように客筋がつかめず、多額の借金を残していったという。家も土地も売り払って返済にあてなければならないの。団体客なんて顔もみえない数でしょ。なにがおもしろくて、お姉ちゃん、そんな客に狙いをつけたんだろうね。どうやら京都老舗旅館の女将に収まる夢がこわれてしまい、それで放心したらしかった。姉が大胆に昔からの建物を近代風に改築したのもまた許せないようだった。母のときは、門から玄関まで深い前庭が広がっていて、落ちついた構えだったでしょ。人目を忍ぶカップルがそれ用の宿と間違えて案内を乞うぐらいひっそりしていた。それがいまは玄関が道にまでせり出していて、たたき売りの商店みたい。かわいそうなのは門にかぶさって枝を広げていた桜よ。ほんとうは伐り倒したかったんでしょうけど、京都市指定樹木だからそんな乱暴もできず、一応は残されているの。でも、ゆったりのびたはずの枝ががさがさ建物につっかえて、窮屈そうに縮こまってみえるの。根もともアスファルトで固められて、囚われた巨人が身をよじって叫んでいるみたいだったわ。桜樹の痛いたしい姿は生なましく目に浮かび、心に突き刺さってきた。三十年まえ、その咲き誇った満開の花の下で一日を過ごしたことがあった。陽がかすかでも移ると花の色合いは微妙に変わり、まるで万華鏡のように刻一刻と移り変わっていった。一瞬も同じ花にとどまっていないので、最後には満開の桜はその花びらの衣裳を脱ぎすてて、裸身の正体を露にしそうでおののいた。胸騒ぎがし、息苦しく、すぐにも立ち去りたかったが、腰があがらなかった。あのときあなたは目を見開いたまま眠っていたでしょ。わたしが目のまえに手をかざしても瞳を動かさなかった。心配になって肩をゆすったらやっと正気にかえって、みたことがない人なんだけど、他人とは思えない女性から呼ばれていたんだ、だれかと思ったら、京子さんだったのかなんて寝言を言うじゃない。わたし、あなたなんか呼んでないわよ。桜のなかからぼんやり浮かびあがってきた影法師は明確な像に定まるまえに京子の姿に乱れたのだが、それで魔の手から逃れたように安堵したのだった。そのときのほっとした思いを伝えようとしたが、京子はちょっと間を入れただけといったこだわりのなさでさっさと姉に話題を戻した。そういえば、お姉ちゃんも目をむいたまま逝っちゃったの。トイレでばったり倒れたんだけど、なにに怯えたのかしらね。お医者さまがどうやっても閉じられないのよ。しかたないからお別れのときも白布をかぶせたままと決めていたの。そうしたら葬儀の終わるころ大きな楽器を抱えた気品漂う初老の紳士が入ってきて、京都フィルの宅﨑と申します、すみれ姉さんのお顔を拝ませてくださいと頼むのよ。事情を話してお断りしたら、いいえ、大丈夫です、いつもコンサートでぼくの演奏を目で聴くみたいにぱっちり見開いてみつめてくれていましたからと引きさがらないの。根負けして、お姉ちゃんがかわいそうだとは思ったけど、白布をとったら、ああ、この目だ、童女のように無垢で澄みきっているとオペラのアリアを歌うみたいに声を張りあげるの。それからお姉ちゃんの上に屈みこんで、今生のお別れに君の大好きな曲を弾くよと甘く囁くと、やおらバッハ『無伴奏チェロ組曲第一番』を弾き出した。それがぐんぐん前へ前へと押していく力強い演奏でね、感動したわ。弾き終わったら、今度はぞくっとくるほど優しい声を出して、これで思い残すことはないだろ、目をつぶってゆっくりお休みと愛しそうに両頰に頰ずりし、両目に接吻したの。そうしたら、お姉ちゃん、すっと目を閉じたのよ。びっくりしちゃった。宅﨑は満足そうに大柄な身体をすくっと起こし、きれいな人だったな、一度抱きたかったと天を仰いで臆面もなく絶唱したの。そして、深ぶかと通夜の客に礼をすると、ステージを去る足どりですたすた立ち去っていった。芸術の力だなと感激のあまり口走ると、違うわよ、愛の力よと京子は力強く言いきった。きっぱり言ってしまってから、自身の激しい口調に打たれたように身悶えして、お姉ちゃん、あんなにすてきな男性となんで一緒にならなかったんだろうと嫉妬をむき出しにした。生活をともにすれば、汚くて、嫌な面もみざるをえないからね。お姉さんはロマンチストだったんじゃないかな。言ってしまってからしまったと後悔したが遅かった。京子はあからさまに仏頂面をし、じっと睨んだ。わたしたち、毎日、汚くて嫌なところをこすり合わせているわけ。あなたってほんとうにマイナス志向ね。これからが思いやられるわ。わたしにはもう帰るところがないのよ。京子はさめざめと泣き出した。抱きすくめて肩をさすったが、ふわりと軽くて頼りなく、冷えきった身体はいつまでたっても温まってこなかった。

涙を流すだけ流してしまうと、京子はさばさばした顔つきになり、色気の抜けた五十女の枯れ果てた風姿をみせ始めた。歩き方も口のきき方もしまりなくせかせかとし、髪も面倒臭そうにうしろでひとつに束ね、服装もくすんだ色合いを身につけるようになった。朝起きるとすぐに塗りたくっていたランコムの化粧水にも手をつけず、まず老眼鏡をかけてスーパーの安売りのチラシを仔細に物色したりした。根なし草になったと二言めには嘆いたが、水に流されてくるくる漂い、落ちつけないようだった。

そんな京子の一日はとりつく島がないほど規則正しかった。朝六時に目覚ましで起き、夜十時にテレビのスイッチを切って寝に行くまで、連日ほぼ同じスケジュールで組みたてられていた。四人の日日の方がまだしもゆとりがありそうなくらい、細かいところまで定められていた。朝六時起床のさい、三つの目覚ましが五分感覚で鳴る。第一の目覚ましで深い眠りの底からゆったりと浮きあがり、第二の目覚ましで起きあがって着がえ、第三の目覚ましで寝室を出るのである。第一の目覚ましでとび起きたり、第三の目覚ましでしぶしぶ起きあがったりしてはならなかった。別に決まった時間に決まった場所で決まったことをするわけではなかった。ただ、そのようなリズムで起きようといったん決めたので、あくまでその決定を守ろうという話だった。いちど第三の目覚ましでやっと目を覚ましたことがあった。とりかえしのつかない大失敗を犯したようにいつまでもくよくよ気に病んでいるので、なんでそんな窮屈な生き方をしているんだと声をかけた。外から身をしばりつけるのがいちばん楽な生き方だからよ。頭がまひして、なにも考えなくなるの。寝て過ごせれば理想だけど、頭が冴えてきて、あれこれつらいことを思案しそうだからね。

じっさい、京子は忙しそうにくるくる動き廻っていたが、はたからみると夢遊病者が空しくあがいている風にみえないこともなかった。毎日磨くので汚れひとつないガラス戸を念入りにふいているときなど、集中しているというより放心しているようにみえた。

根川はまめに電話をかけてきたが、京子は露骨に迷惑そうな声を出し、知らん、関係ないわとそっ気なく答えてはすぐに受話器をおいていた。あれほど心を開いていた根川とももはや通じ合わないのかと嬉しいよりもさすがに気にかかった。根川も京子の無愛想な応答には面喰らったらしく、思いあまってとうとう訪ねてきた。春の陽が明るい朝だったので、根川のふさぎこんだ顔はことのほか暗く曇ってみえた。しかし、ひとたび口を開くと、いつもの気さくな根川にかえっていた。年とったんやろね。この頃出かけるのが面倒でね。ガイド失格ですわ。以前はひとつでも多くお客さんにみせたいと張りきっていたのに、いまは早う切り上げて帰りたくてと、まともに無沙汰を詫びずに、ぼやいてみせた。京子はつまらなそうにそっぽを向いていた。京子がのってこないのをみて、根川は思いきって正面から切りこんでいった。どないいしたの、京ちゃん。いくら主婦という汚れ役に徹しているからって、そないに影まで落とすことあらへん。すけすけやないか。なんでそこまで自分を殺すの。なあ、京ちゃん。舞台おりて楽しようたって、そうはいかへん。生まれながらの役者さんは死ぬまで出ずっぱりや。京子は深い眠りから揺り起こされたようにぼんやり答えた。違うわ。ずるけてるわけやない。わての人生、なんやったんやろ、考えているうち、空っぽになったんや。京子の声はか細く、心もとなかった。京子が思わぬ遠くから切りかえしてきたので、根川は一瞬おたおたしたが、すぐに立ち直って、ガイド口調で押しかえした。空っぽといえば、京ちゃんの家ね、とり壊されて、更地になってますわ。桜だけは、市指定の記念物やさかい、健在で、がらんとした空地で気もちよさそうに枝のばしてます。まもなく満開やから、そのたったひとりの花やぎをみにきたらどうです。空っぽがどんな充溢(じゅういつ)を生み出すか実際に目にしたら少しは気力がわくかもしれへんし。思うさま枝をのばした桜の大樹が街にぽっかり穿たれた穴のなかでひとり芳醇に咲き誇っている気高さを思い描いたのか、京子は身体をぞくっと震わせた。それで目が覚めたように、その桜も見収めかもしれへんしなと口を歪めて笑った。顔中に大小さまざまな皺が走り、紛れもない老婆の顔だった。根川は首をすくめ、冷気を追い払うように早口でまくしたてた。ほら、京ちゃん、小学四年のとき、ぼくら、桜がはらはら散る下を、ヴァージンロードにみたてて、腕組んで歩いたやないか。あのときの京ちゃんの腕のぬくもり、まだここに残っているわ。京子はにこりともせず、また焦点の定まらない目つきに戻った。あのまま大きくならへんかったら、よかったのにな。ふたたび遠くに行ってしまった京子を引き戻そうと、根川は強引なガイド口調で一気に引っ張りに出た。あの桜、図抜けた貫禄やけど、京ちゃんちのへそなんやね。その土地に根づいた生きものでありながら、京都市に指定されて社会的存在としても認められている。われわれ人間と同じやないか。あの桜には魂が宿っている。たんに花をつけるのではなく、泣いたり、ほほえんだりしてるんや。こんど満開のとき、その多彩なメッセージを読みとりまへんか。根川が熱っぽく説いているのに、京子の反応は鈍かった。いぜんかなたに行き放しの渺とした声で答えた。うちのへそは桜じゃない、池や。まだ池はあるやろか。会いたい鯉がいるんやけど。根川は話が通じたのか得心がいかない表情だったが、池の鯉めあてでも、ともかく帰る気があるのをみて満足し、座を立った。玄関まで見送ると、靴をはいてからふりかえり、やれやれといった調子で呟いた。京ちゃんはどうやら老いという荒野にさ迷い出たようですな。桜の老樹と話がはずむでしょう。

桜が散り始めたから早くと根川がせきたてる電話をかけてきてから二日後、京子はやっと腰をあげた。足どりは重く、不機嫌に黙りこんで、よんどころない用事で旅に出たというふてくされ方だった。新幹線のなかではいらいらと落ちつかず、いつもと違って車内販売のコーヒーにも見向きもせず、ひたすら車輪の音に耳をそばだて、すこしでも速度が落ちると露骨に舌うちした。京都駅におりたつと、春の突風が足もとに渦を巻いた。なんだよ、無粋な風だね。これじゃ荒んだ関東と同じじゃないか。まわりの人がふり向くほど激した声だった。迎えに出ていた根川も立ちすくみ、探る目つきになった。

根川の車は行き交う車で埋まっただだっ広い堀川通りを北上していったが、京子はきょろきょろ左右を見廻しては首をかしげていた。異邦人になったんだね、目線が京都の低い街並みと合わなくて、見知らない街に迷いこんだみたい、と途方に暮れた声を出した。二条城を過ぎて最初の小路を東に入ると、京子の実家はそこにあった。賑やかな大通りからいかにも古都らしくひっそり静まりかえった小路に入ると、京子はとうとう来ちゃったと溜息をもらし、観念したように大人しくなった。二十メートルほど先、左手に桜の枝がたわわに張り出しているのが目に飛びこんできた。真昼の陽を浴びて乳白色に盛りあがり、泡があふれ出るように花びらが散っていた。その花の笠のなかに車がとまり、花のなかに封じこめられて息をのんだ。人心地がつくと、桜の背後に目がいき、花のカーテンを透かして、なにひとつない空地があっけらかんと広がっているのが眩しくみえた。桜に吸いこまれるはずが、漠とした空間に誘い出され、漂い出した。根川が緋毛氈をしき、お重や酒を並べたが、腰をおろす気にはなれなかった。京子は車からおりると茫然と立ちつくし、桜吹雪を浴びても表情ひとつ変えなかった。根川はひとりおろおろして、京子の気を引き立たせようとさかんに語りかけていた。ぼくらの思い出がはりついていた記念物はきれいさっぱり消えてしまいましたわ。石を投げ入れて運勢を占った灯籠もないし、よじ登って得意になった石組みもない。ぼくらは過去から解き放たれて、寂しいけど、身軽な大人に脱皮したんやろか。そうや、京ちゃんが気にしていた池はご健在ですわ。ほら、あそこにのっぺり光ってます。京子はぶるっと身体を震わせ、深い眠りから覚めた顔であたりをものめずらしそうに眺め廻した。影ひとつなく、みごとに空っぽだね。死にかけた老人の心のなかみたいだ。そう呟くと、引き寄せられるようにのろのろと池の方に歩み寄った。池の端までくると、はまらないように身をそらせ、こわごわなかを覗きこんだ。池に映った京子の影がもこもこ動いた。大きな鯉が群がって、思いきり口を開けていた。しぶとく生きているよ、こいつら。貪婪にうごめいていて、石だって食べそうじゃないか。京子は身を屈め、小石を手いっぱい握り、水面に投げこんだ。ぐしゃと肉にめりこむ鈍い音がして、池面が激しく乱れ、大小さまざまな波紋が立った。京子はしまりなく口を開けて笑っていた。長い時間をかけて池はやっと滑らかに収まった。動く影もなく静まりかえった池を見下ろして京子がしたり顔でいると、新たな波紋がまたひとつ生まれ、しだいに大きくふくらんで、思いきり開いた口が現れ出た。あいつだ、まだ生きている。京子は金切り声をあげ、しがみついてきた。巨大な緋鯉が一尾のろのろ泳いでいた。頭部は鯛ほどに発育して堂堂とした押し出しだったが、尾がくの字に曲がり、稚魚のままの矮小さで、白い骨がむき出しの部分があった。わたしが子どものとき、すくいあげて、石でたたいたの。こうしていつまでも生きつづけて、わたしが血も涙もない残忍な犯罪者だと告発しているのよ。ぶざまに泳ぐ歪んだ緋鯉を目にしていると、そんな怪談も真らしく思えてきた。京子はしがみついた胸に顔を埋め、とめどなく震えていた。その震動が鯉のあえぐような口の開閉と同じリズムを刻み、一瞬鯉を抱きしめている錯覚にとらえられた。奇形の鯉に対するおぞましさは消え、痛ましさがじょじょにこみあげてきた。抱きとめた腕に力をこめ、顔を京子の頭に近づけると、あのひなた臭い匂いが香ってきた。その嗅ぎ慣れた匂いを吸いこんでいると、京子が老い疲れた体と心を抱えているのが切なく伝わってきた。この匂いにまみれ、この匂いになりきることが京子を愛することではないかと思いあたった。おふたりが仲良く決まったところで祝宴といきませんか、根川がしびれをきらして緋毛氈から声をかけてきたが、京子は顔もあげず震えつづけていた。満開の桜は真昼の白熱光線を浴びて真綿のようにふくれあがってみえ、そのままふんわり浮かびあがりそうだった。少し強い風が吹けばいいのにと念じたとたん、東山の吹きおろしが駆け抜け、花びらを帯状に舞いあげ、ひねりを入れて滝を出現させた。桜が君に歓迎の舞を舞っているよ。京子が顔をあげると、風の勢いが急に衰え、花帯は滝となって池のなかに落下していった。傷ついた緋鯉が萎えた下半身まで露にして花びらの滝に飛びついた。京子は息をのみ、前よりも強くしがみついてきた。たじろがずに受けとめ、まんまるに見開かれたままの目をふさぐようにやんわりと唇を押しあてた。こわいものみないように守ってあげるよと囁くと、この日初めて京子は笑みをもらした。お姉ちゃんのカレシもそうだけど、男ってみんな甘ちゃんだね。女はね、だれしもね、心のなかに底なしの泥沼を抱えているんだよ。京子の家に池があることすら今日まで気づいていなかったのだから、ましてや京子の心のなかの池など意識の外だった。今日から一日一日その泥池に足をとられ、そのうち溺死させられるのかと思いが働き、さきほどからの覚悟は吹き飛んで、激しい震えに襲われた。京子は哀れむようにみて、身体を離し、もっそりと立ち、なんだよ、あいつは、わたしがこんなに苦しんでいるのに、のうのうとしやがって、なにが心の通い合った幼な友だちだよと、待ちくたびれて緋毛氈の上で大の字に寝ている根川を指さした。眼鏡が陽を反射して輝き、お腹がぽっこり出て、狸にそっくりだと嫌悪感をむき出しにした。

横たわる根川の上に桜が間断なく散っていた。遺体が安置され、散華がおごそかにとり行われている静かさだった。茫然と魅入られていると、京子が許せない、池のなかに突き落としてやると目をむいて駈け寄っていった。やめろと叫んだつもりだったが、やめてと弱弱しい声しか出なかった。うおっと根川の悲鳴が聞こえ、京子が根川の上に倒れこんだ。ふたりはもつれ合い、積もった花びらを踏みにじりながらごろごろと池の方へ転がっていった。かたく和合して軽やかに転がっていくふたりのなかに入りこめず、立ちつくしていると、三十年まえパリで目を閉じようとしない少女を前にうろたえた記憶がよみがえってきた。激しい悲哀が身体の奥底からこみあげ、金切り声となってほとばしり出た。

仮の宿

根岸の「笹の雪」で豆腐料理の昼食をすませて外に出ると、雨が一滴頬にかかった。降り出したかな、と暗い空を仰いだが、つづいて降りかかる雨滴もなく、しばらく空を睨んでいると、黒灰色に濁った空の奥から逆に鈍い微光が滲んできて、いまにも雲を破り、空の青を滴らせそうにみえた。予定どおり文学散歩を続けることにし、「笹の雪」の角を曲がり、心もち身体を硬くしながらラヴホテルが建ち並ぶ横道に入っていった。連れの美輪子が立ちどまり、空を仰いだ。朝より空は明るくなっているよね、と声をかけると、彼女は身体を揺すって笑い出した。違うの。あのね、尖塔の天辺に展望台みたいなガラス張りのお室（へや）があるでしょう。あそこに泊まったら雲の上にふんわり寝ている感じになるのかなと思って。たしかに左手の五階建てラヴホテルの屋上にはミニ東京タワーといった、鉄骨、ガラス張りの塔がそびえていた。ラヴホテルの建物は城やらケーキやらに象（かたど）られ、どれもどぎつかったが、その誇張にメルヘン的な愛嬌があるのに、曇り空のなかで鉛色に光るこの塔だけはむき出しで、不遜な開放感を漂わせていた。ガラス張りの高みで抱き合うなんて、いかにも特殊な人種の業で、美輪子がこんな変わった装置に夢を誘われたのが意外だった。意外といえば、彼女がラヴホテルの林立する通りをきょろきょろと面白そうに行くのも解せなかった。それもすれっからしのときめきではなく、未知のワンダーランドに迷いこんだ子どものはしゃぎ方だった。それも気恥ずかしくなるほど大らかな反応だった。根岸の里へ誘いこむのは、いくら文学散歩とはいえ、不謹慎かなとためらったのが、むしろ滑稽なくらいだった。美輪子は服装にも物腰にも奇矯なところはなく、ふっくらと色白な雪国の少女だが、端正な外観からは窺い知れない深い淵を抱えているのかもしれなかった。午前中、龍泉寺の一葉記念館を訪ねたときからすでに軸のずれた受け応えだった。卒業論文の主題が一葉なのに、記念館も知らないというので案内したのだが、陳列室に入って『たけくらべ』の自筆原稿を前にしてもときめくこともなく、逆に固まってしまった。違うんだな、一葉って、もっと思いきって暗い場に おかないと強さが輝かないんだな、と展示品をとくにみようともしなかった。自分の感受性を貫く頑固な子だとそのときは思った。地下鉄の浅草駅から一葉記念館まで、仲見世を抜けて旧吉原のど真中を突っ切った。ソープランド、クラブが軒を接する一画に息をのむのではないかと気づかったが、映画のセットみたいとことももなげに片づけられて、かえってとり乱してしまった。閑散とした朝の歓楽街は羽根を抜かれた鳥のようで、埃っぽい風が吹き、廃墟を行く苦さがあった。だらしなく半開きのソープランドの入口に黒猫がべったりと寝そべっていた。美輪子が撫でても、まるで知らん顔だった。縫いぐるみみたいと美輪子はいい気になっていじくり廻したが、黒猫はうるさそうなそぶりさえみせなかった。変なのと美輪子はしぶしぶと立ちあがった。引っかかれなくてよかったじゃないかと慰めたら、まるで過保護なママといるみたいと顔をくちゃくちゃに歪めた。赤子のむき出しの表情で、泣いたのか笑ったのかつかみかねた。ホテル街まで連れこんだのも、その謎にいま一度向き合いたい思いもあった。

ホテル街を抜け、目的地、子規庵の前に出た。露出したラヴホテルを見慣れた目には平屋の建物はひっそりと身を隠した後暗さがこもってみえた。格子戸をくぐりながら、待合いに入っていく身のこなしになった。玄関先に立ったとき、首筋に大粒の雨が二、三滴ふりかかってきた。五月半ばにしては、思わず首を縮めたほど冷たい雨で、腹に滴った。とうとうきたかと朝からの気がかりに予定どおりの決着がついたのをみて、かえって気もちが落ちついた。子規庵は八畳の客間と六畳の病間のこぢんまりした構えだが、天井が比較的高いのと、庭に向けてガラス戸が切ってあるのとで、こごまった外観から思い描くほどじめついてはいなかった。庵といっても、趣向を凝らして洒脱に走った嫌味はなく、当たりまえな病人が横になっていた素朴な親しさがあった。一葉が陳列棚のなかにきれいに収められたのに対して、遺品ひとつないがらんとした部屋に立っていると、子規はいまだに現実のなかに横たわっている生々しさだった。

「子規って、開かれた人だよね。病に倒れてからも、来客を待ち焦がれていたし、俳句や短歌の革新運動を主導しつづけていた。死ぬまで外向きだったので、この庵もあっけらかんと明るいんだ。古典として整理されてなくて、現在進行形なのがみごとだよね」

一葉にとって龍泉寺はいつでも逃げ出せる仮の出店に過ぎなかったが、死病を養う子規はここでひたすら耐え、つもる憤懣を言葉の花火にして爆発させ、なんとか持ちこたえていた。地獄のなかでも音をあげず、冷静に身を持していたが、その我慢のつらさが庵のなかに入ると実感できた。庵の周囲は子規存命当時の草深い隠れ里の俤(おもかげ)はなく、ラヴホテルが乱立して上野の山もみえなくなり、耳を澄ましても鶯やふくろうの鳴声は聞こえず、街を行く車の音ばかりが耳についた。縁側から外を覗くと、右側はなんの風情もない仕もた屋で、二階の窓のてすりに吊りさげられた洗濯ものが雨にうたれてはためいてた。正面と左手はラヴホテルの裏側の壁で、窓が銃眼のように連なり、視線を弾きかえした。入庵料を支払って目にしたい眺めではなかった。別天地で癒されたいという期待ははぐらかされ、俗に汚れた風景を突きつけられて、不愉快さは募るばかりだった。縁側に坐ると、井戸の底に突き落とされた孤独感を覚えた。狭く穿たれた空から矢のような雨が降ってきた。庭の土をえぐる、強い雨脚で、縁側にまではねをあげた。小降りになるまで待とうと、客間に坐りこんだが、居心地は悪かった。となりの病間の壁に子規の写真が無造作にたてかけられていたが、半身を起こし、いざり寄った、そのポーズが気にかかった。まるであざらしだなと不敬なイメージが頭を過った。こちらを凝視する目の光が強く、まとわりついて離れなかった。くりかえし案内放送が流されるのもまた落ちつかない一因だった。子規の遺品で語らせられないので、そのぶんエンドレステープでしつこく子規庵の由来を説くのだが、おかげで勝手気ままに子規を夢みる自由は奪われた。テープが終わるたびに、早く出て行けと追いたてられている慌ただしさだった。子規庵に入ってから、美輪子が終始うつ向いて、不機嫌に黙りこんでいるのも気がかりだった。自分でもうるさいと思いながら、ことあるごとに、どうしたのと訊かずにはいられなかった。そのたびに美輪子は下を向いたまま首を横にふっていたが、何度めかの問いかけに、身体を硬くしたまま、やっと応えた。

畳って、久しぶりに踏んだの。じゅうたんと違って、しっかり受けとめてくれて、腰がおりるのね。それに、この部屋、がらんとしているから、土俵にあがったみたいで下半身が張ってきちゃって。たしかに、家具ひとつない部屋は生活の臭いがなくて、隠れ処といった風情だったが、かといって艶めいた情緒はまるでなかった。床の間にも子規直筆の軸ひとつなく、壁はむき出しで、素っ気なかった。美輪子がこのように簡素な庵のどこに刺激されたのか見当がつかなかった。もともと子規は脊椎カリエスを病んでいながら、結核患者特有の、熱に浮かされた乱れがなく、最後まで純粋な精神でありつづけた。こんな乾いた場でぬめぬめともえあがるとは変わった感性だなと美輪子をみると、顔をあげた。目が妖しく光っていた。写真の子規と同じ、思いが強く籠もった目だと妙な連想が働き、思わず引きこまれて手を握ると、氷のように冷たかった。玄関先で首筋にかかった雨滴のぞくっとする感触が蘇り、身体が凍りついた。ここで子規は寒さに震えていたんだなといまさらながら気の毒になり、同時に美輪子が抱えている氷の塊をなんとか溶かしてやりたくなった。天空に目玉のように光っていたガラス張りの室が目に浮かび、あそこなら美輪子も落ちつけそうな気がした。行こうかと嗄(しゃが)れた声で囁くと、美輪子はぶるっと身体を震わせ、立ちあがろうとして、へなへなともたれかかってきた。ここで寝るんじゃないんだからと抱き起こして、玄関に出ると、受けつけの中年女性が険しい目でにらんでいた。玄関を出ると、大粒な雨が顔にかかり、美輪子はまた身体を震わせたが、今度はそれでしゃんとした。こちらの手をしっかり握り、身体をぴったり寄せてきた。二人三脚の要領でホテルまで小走りに走った。がたがた揺れていまにも止まりそうな二人用のエレヴェーターでタワーの天辺の室にたどりついたが、そのときにはもう気分が萎えていた。狭いエレヴェーターのなかで雨にうたれた美輪子の髪や衣服から熟れた果実のような体臭が臭いたち、その肉体の濃さに誘われるより押しひしがれた。室はあたりのビルより頭ひとつ突き出た高みにあって、三方の壁が一面のガラスなので展望台にあがったときめきはあったが、それでかえって集中できなかった。密室にこもった親しさがなく、動物園の檻に入れられた逃れられない切迫感を覚えた。好奇の冷たい目に曝されている息苦しさで、万座で裸踊りを強要された恥ずかしさだった。支配人が鍵を渡すとき執拗に目を凝らしていたのを思い出した。ときどき雨が強風に煽られて、ガラスに激しく叩きつけられた。ホースで水をかける勢いだった。悪戯されているみたいで、じっくり向き合う気にはなれなかった。八畳間の真中にしかれた紅いふとんの上に並んで坐って、正面にみえる寛永寺の御霊屋の跡を眺めていた。初夏とは思えない、寒ざむとくすんだ景色だった。杉の大木が五、六本塀越しにのびていたが、ひょろひょろと背が高いばかりで、枝ぶりにわっとわきかえる生命力を欠き、重ねた年月の疲労を痛々しく曝け出していた。そういえば、今日は吉原、根岸と終わった祭のあとばかり廻ってきたなと侘しい思いがつきあげてきた。重い疲れがのしかかってきて、ふとんの上に仰向けにひっくりかえった。美輪子もこちらの顔をちらりと覗きこんでから同じようにひっくりかえった。手が触れ合い、手をとり合ったが、そのまま天井をみあげてじっとしていた。美輪子の手は血の通った温かさに戻っていた。ほっと安堵して、その手の温みにすがりついた。先ほどの逸(はや)る思いは静まっていた。幼いとき、姉に手をつながれて歩くのが楽しみだったが、その姉の手の穏やかな感触が蘇ってきた。遠くに誘われていくように、身体から力が抜けていった。なんのもの音もしなかったが、静寂のなかに身をおいた安らぎはなかった。外のざわめきは肌に伝わってきて、耳の奥で鳴り響いた。ときどき雨がガラスに激しく叩きつけられて、室全体が軋んで揺れた。小舟で嵐の海を漂っているみたい、と美輪子は心細そうな声を出した。抱き寄せるタイミングだったが、身体は空っぽで動かなかった。意外に間近にみえる雲の激しい動きに気を呑まれていた。いまここで美輪子の身体を開くほど、まだそれほどは親しくないとおよそこんな場にふさわしくない間抜けな反省が浮かんだりした。フランスに五年いて、帰ってから半年たつが、まだ身も心も完全には帰り着いていないのかもしれなかった。ときとしていまだに肉体感覚が麻痺したままで、現実との間に薄膜が張られたような覚束なさが残っていた。帰ってすぐは足が地に着かずふわふわ漂っていたが、さすがにこの頃は日本の舗装道路の滑りそうになめらかな感じにも慣れてきた。フランス女性の彫りの深い造作になじんで、日本女性ののっぺりした表情にたじろいでいたのが、美輪子と知り合ってからは、踏みこみたい気もちが動くようになっていた。それが、ふたりきりになったいま、もえあがらないのは不安だったが、同時に、美輪子と会うのはこれで四度めでしかないのに、ラヴホテルに同伴するから罰があたったのだと自嘲の念がわいてもきた。

昨秋、美輪子が大学の研究室を訪ねてきたのが始まりだった。二月ほどまえフランスから帰ったばかりだったが、朝九時から研究室につめていても、週五コマの簡単なフランス語の授業のほかは、これといった用事もなく、訪ねてくる客もめったになかった。フランス語の本を気ままに読み、フランス語のひとり言を口にし、人にぶつかって、思わずフランス語で詫びを言ったりした。その日も朝から読み出した中篇小説を丁度五時に読み終えたところだった。最後は恋人に首を切られる血の気の多いヒロインの俤を思い描きながら、帰り支度にかかってい た。扉がノックもなしにおずおずと開き、わずかの隙間から女子学生の首がひょいと出た。いま思い描いていた女主人公の首がにゅっと出たぶきみさだった。生首はいきなり満面に笑みを浮かべた。愛想笑いと読めたが、あまり惜しげなくばらまかれたのでますます妖怪じみてみえた。呆気にとられていると、許しも得ないで、するりと扉の隙間から滑りこんできて、両手を膝にそろえ深ぶかと礼をした。国文科三年佐渡美輪子と申しますと声を張りあげて名乗りをあげ、また思いきり笑ってみせた。動作がひとつひとつメリハリよく大振りなので、ぎくしゃく不自然に映った。ここ一月ほどフランス文学科の女子学生とは主として教場で接してきたが、それこそ先生と生徒の関係で、美輪子のように、虚構の隙間からするりと滑りこんできて、有無を言わさず居坐った女子学生には出会っていなかった。もっとも、美輪子も教場で黙って坐っていればそれほど目立たない学生かもしれなかった。化粧がとくにどぎついわけではなく、身なりも秋らしく茶で統一されていて、奇矯なところはどこにもなかった。どうみても魔性の女ではなかったが、ただ目の光にからみつく粘りがあって、過剰な思いを誘われそうになった。

美輪子が持ちこんだ用件は、謎めいた彼女にふさわしく奥行の深い問題だった。近代文学特殊研究ゼミで永井荷風の訳詩集『珊瑚集』を勉強しているのだが、なかでランボオ「そぞろあるき」がどこまで忠実に原詩の雰囲気を伝えているか教えて欲しいというのだった。荷風訳で読むといかにも古色蒼然としていて、小林秀雄訳『地獄の季節』が伝える突っ張った少年詩人のイメージからはほど遠い。『地獄の季節』を生きる前のランボオはこんなにすなおな詩を詠んでいたのかと訊いてきた。目を輝かせ、息を弾ませて迫ってきて、人生の一大事を相談する意気ごみだった。気圧されて、つい身を入れて考えこんでしまった。荷風訳は文語体だから、一読すると古めかしく感じられるかもしれないが、よく読むと、暮れやらぬ夏の夕暮れ野原をぐんぐん歩いていく爽快感はじつにさわやかに言い表されている。

「蒼き夏の夜や／麦の香に酔ひ野草をふみて／小みちを行かば／心はゆめみ、我足さはやかに／わがあらはなる額、吹く風に浴みすべし」

ただ、この訳に問題があるとすれば、歩行を詠っている詩なのに言葉が動いていない点だろう。この点、後の堀口大學訳は歩くにつれ思いが高ぶっていくクレシェンドを詩のフォルムにきちんととらえていると思う。

「夏の夕ぐれ青い頃　行こう楽しく小径沿い／麦穂に刺され、草を踏み／夢心地、あなうら爽に／吹く風に髪なぶらせて」

しかし、この大學訳にも問題はあって、原詩のもつ いまひとつ大事な特徴がすっぽり抜け落ちているんだ。じつは、原詩は動詞がすべて未来形でね。つまり、この詩は過去の体験とか現在の事実とか実際に起こったできごとを詠っているのではなく、想像のなかの風景を描いているんだ。そうした想像をめぐらす詩人の心の昂揚が原詩からは伝わってくるのだが、荷風、大學訳ではこの高ぶりが目にみえてこない。これに対して、粟津則雄訳は詩人の内面の動きを映していて、原詩により忠実かもしれない。

「青い夏の夕暮には、小道伝いに／麦にちくちく刺されながら細い草を踏みにゆくんだ、／夢みながら、ひんやりとしたその冷たさを足もとに感じるんだ、／帽子もかぶらぬこの頭を吹く風に浸しておくんだ」

この主体的な粟津訳にくらべれば、荷風訳がいかに抒情的かがみえてくるだろう。「そぞろあるき」という荷風独自のタイトルも、いかにも散策好きな荷風らしく、出奔、放浪のイメージが強いランボオにはふさわしくないかもしれない。荷風はランボオの全体像を摑んでいなくて、ごひいきのアンリ・ド・レニィエと同類の世紀末逸楽詩人とみなしていたのだろう。ここまで説明してきて、美輪子の方に目をあげると、彼女はまじまじと目を見開いて、こちらの顔をじっとみつめていた。魔法にかけられて凍りついてしまったようで、尋常な反応ではなかった。こちらも凝固して、目を見合わせていると、美輪子は表情を変えずに口だけ動かした。

「びっくりしちゃった。わたしの質問を待っていたみたいに澱みなく答えるんだもの」

ふいの好奇心に突き動かされ、書架にあったランボオの原詩集、訳詩集をあれこれとり出して、一応の答えをまとめあげただけだが、それにしてもこの反応ではこれまでの説明はなにひとつ頭に入っていないなとがっかりしていると、美輪子は張りつめていた表情を崩した。

「金子光晴訳のタイトルは原題のままサンサシオンですけれど、註があって、感覚、感動と解いていますね。荷風訳は後の中原中也訳も含めて感動系統の解釈なんですね」とこともなげに言ってのけた。きれいに挨拶を返された恰好で、これは油断のならない子だと今度は自分が目を見張る番だった。

美輪子に出会ってからしばらくの間、すれ違う女子学生に目がいくようになった。それまで下を向いてとぼとぼ歩いていたのが、周囲にきょろきょろ視線を走らせるようになった。美輪子その人を探しているわけではなく、彼女のシルエットを探し求めていた。スタイルのいい女子学生にみとれたり、かわいらしい小柄な少女に思わず頬をゆるめたりしたが、それも彼女たちが発散する優しい温かさに感応したからだった。先生って、臭いがなくて、宇宙人みたいですね。はるか遠くをみていて、心がここにありませんね。コンパで隣りに並んだ女子学生が思いあまったように口走った。こいつは若いくせに本の読み過ぎで眼力はあるが男力はないのさ、と狸談の得意な老教授が聞きとがめてコメントをはさんだ。すぐに美輪子を思い浮かべたが、会いたくてじりじりするわけではなく、絵に描かれた動かぬ肖像に思い焦がれる遥かさだった。ただ、身体の奥に一点ほのかに温いしこりが灯り、懐かしさがじわじわとにじみ出てきた。年を越して、学年末試験、入学試験と煩わしい雑務に巻きこまれると、そのかすかな灯りも消えた。問題用紙を機械的に配ったり、頭を働かせずに答案用紙を採点したりしているうちに、物腰だけはめっきり教師臭くなった。決まった道を同じ姿勢で行き、教員食堂で坐る席が定まって、カレーやカツ丼のしょうゆ臭さが気にならなくなった。鼻の奥にこびりついていたパリの地下鉄や劇場の香水にむれた温気もすっきりと抜け、額が秋空の軽さに澄んだ。代わって、研究室がふいに埃っぽく臭いたち、書棚につまった本から乾いた腐臭が漂い出して、やたらに咳ばかり出た。索然として、虚ろな身体を持てあましていると、美輪子がまた前触れもなく、ぬっと現れた。その日は雪の舞う底冷えの空で、研究室に入るなり、靴を脱いで足をスチームの上にのせ暖をとっていた。研究室の扉がノックもなしに大きく開き、美輪子が披露宴に入場する新婦の晴れやかさで立っていた。素足をスチームにおいたぶざまな恰好だったので大慌てでかしこまったが、そんなとり乱しようも目に入らないらしかった。真紅のコートが、内心の歓びをあふれ出させた華やかさで、輝いていた。顔いっぱいに微笑が拡がり、コートと同色の口紅がその明るさを滴らせているようにみえた。この間はありがとうございました、と当たりまえの挨拶をしたが、あまり声が弾んでいるので、わたしは幸せです、と宣言したように聞こえた。さし出されたお礼の品物もまた真紅の包装紙に包まれていて、祝いの品の高ぶりがあった。結婚するのか、と嬉しさでほころぶ顔に引きこまれて思わず踏みこんだ。美輪子は水をかけられたように一瞬しらけた顔をし、結婚なんてあほらしいと吐きすてるように言った。憧れのデパートに就職が内定したの。しかもこの三月からアルバイトで案内嬢をやるんだ。美輪子のはしゃぎぶりをみていると、新入社員に採用されたというよりも経営に参画するような意気ごみだった。

「デパートって、ついこの間まで、ものがあふれ、欲望をかきたてる消費の場とみられていましたよね。なんでも手に入る便利な店と軽く考えられていたんです。でも、いまデパートは価値観を形にする場に変わったと思います。そこに並べられた上質な商品を通して、お客は自分を再発見し、新たな自分を創り出していく。美術館と同じ芸術空間じゃないでしょうか」

どうせデパート受験用に急造した空論なのだろうが、あまり熱っぽくまくしたてられたのでつい調子に乗せられてしまった。

「なるほど、デパートって情に係る女性原理の世界なんだな。知を主体とする男性には入りこめない迷路なんだ。男が売場をうろうろしていると、みじめだからな」

「だから、うちには男性の方がどっしり落ちつけるフロアーがあるの。紳士服売場の隅にカウンターが設けてあって、シャンパンが呑めるのよ。この間初老の紳士がゆったりとグラスを傾けていて、すてきな貫禄だった」

「真っ昼間からシャンパンなんか呑んで、なにをやっている奴だ。色事師か詐欺師じゃないのか。よく無事に帰れたな」

「先生は余裕ないんですね。書物しかみえなくて、すてきな女子学生が目の前にいても、目に入らないんでしょ」

「そんなことはありません。シャンパンはあけませんけれど、熱いコーヒーを入れましょう」

コーヒーをドリップしながら、こんな風に朝から女性とコーヒーを飲むのはそれこそ一夜をともに過ごした証しではないかと頬が火照ってきた。コーヒーの薫りに誘われて、美輪子の身体からソープやリンスの香が立ち上ってきた。

美輪子は目を細め、口をすぼめて、一心にコーヒーをすすった。あられもない忘我の相で、居たたまれなくなるほどむき出しだった。そうして、カップをのみほすと、夢から覚めたように身震いした。おいしいコーヒーね。お腹のなかから温まったわ。ひと踏んばりしてこようと勢よく立ちあがり、後をもみずに出ていった。それきり二度と研究室に現れなかった。ふた月が過ぎ、学年末の行事がことごとくすんで、キャンパスが閑散としてくると、美輪子が学生をみな引き連れて遊びに行ってしまったような淋しさを覚えた。空席ばかり目立つ食堂や図書館で、気がつくと、真紅のコートを探していた。あのとき入れたコーヒーは粉が多過ぎて苦かったなと悔まれ、その苦みが口のなかに蘇り、コーヒーをすする美輪子の一途な顔を思い出させた。彼女の電話番号を聞き出そうと教務課へ足を運びかけて、このままではストーカーに堕ちてしまうと目が覚めた。おりから新学期でさまざまな色が目のまえで踊り、真紅へのこだわりは薄れていった。なにかといっては噛みしめていたコーヒーの苦みも新来の客をなん人ももてなしているうちに紛れて、もはや思い出そうとしても覚束ない過去の味に遠のいた。ゴールデンウィークが明けて、キャンパスに学生の数がめっきり減ると、そこここに植えられた樹木の濃淡鮮やかな緑が目に飛びこんできた。書物に目を落としていても、光のなかに緑が戦ぐ感触があった。キャンパスを隅から隅まで歩き廻り、その場その時で微妙に変わる葉叢の映えを楽しんでいた。とくに裏門に通じる樹木の多い坂道は多彩な輝きに響き渡っていて、一日中佇んでいても飽きなかった。その日もぼんやり緑を身一杯浴びていると、目の端に鮮やかな黄が飛びこんできた。連翹か山吹きか、あんなところに花があったのかと目をこらすと、それはそろそろと動き出し、坂道をゆっくりと登り出した。ワンピース姿の女子学生だった。五月晴れの浮き浮きした午後だというのに、背を丸め足もとに視線を落として、スローモーションの緩慢さで足を運んでいる。いまにも倒れるのではないかと気をもみながらみていると、一歩踏み出すたびに肩をあげ、つぎの一歩でがくりと落とすその上半身の不安定な揺れで美輪子と知れた。長いこと待って坂を登りきったところで、どうした、病気なのかと声をかけた。びっくりして顔をあげ、焦点の定まらない目でにらんだ。一晩泣き明かしたらしく真赤に充血した目だった。「あら、先生、会えてよかった。話を聴いて欲しかったの。しくじっちゃった。アルバイトでドジ踏んで、内定までとり消されちゃったの」

いまにもわっと泣き出しそうな女子学生とキャンパスで立話もできないので、まだ陽の高い午後だったが、学校裏のなじみのバーにむりを頼んで開けてもらい、とにかく心を落ちつけてとシャンパンを呑ませた。アルコールには弱い質らしく、一口含むと、血走った目がとろんと眠そうに引っこみ、突っかかってくる話し方が投げやりな口ぶりにしぼんだ。おかげで失敗談は他人ごとのように淡々と語られ、悲劇のはずがなんとも滑稽な喜劇に変じた。美輪子はデパートの地下鉄口の案内嬢をしていたが、つい居眠りをしてしまったという。悪いことに、そこを写真に撮られ、その写真が新聞の読者写真サロンに掲載されたため、ことが公になって、首になったというのである。美輪子はその新聞を大事に持ち歩いていた。みせてもらうと、写真の彼女はつい天使が一休みといった態で、あどけなく撮られていた。左に大きく首を傾けて無心に眠りこんでいるのだが、口もとには微笑がたたえられていて、いかにも満ち足りた表情だった。

「よく居眠りしていたの」

「自覚ないのよ。暇なことは暇だったけれど」

「どんなことをいちばん訊かれるの」

「それはトイレの場所ね」

「いままででいちばん印象に残った質問は」

「ここは幸せを売るデパートって広告しているけれど、その幸せって何階で売っているんですか」

「それで、なんて答えたの」

「各階すべて幸せを売る品ばかりですが、一、二商品名をあげさせて頂きますと、地下一階食品売場には栄屋の幸せせんべい、一階アクセサリー売場には盛商会の幸福のハンカチ、二階紳士物売場にはデザイナー、トムソンのラッキーソックスなどございます」

「そんな問答しているんじゃ眠くなるよね。それにしてもこの写真の寝顔、みればみるほど、邪気がなくてすがすがしいね。こんな写真が出たら、プロポーズがあいついだだろうね」

「それどころか眠り姫って渾名がついて、学校でも職場でもまともに扱ってもらえないのよ」

肩を落とし、虚ろな目をさ迷わせて、寒そうに身をすぼめているところは、いかにも進路を見失って漂っている頼りなさで、このまま放り出すわけにはいかなかった。会っている間中またやり直せばいいじゃないかと無責任な景気づけの言葉を連発し、別れ際には次に会う約束まで交わしてしまった。仕事のひきつぎで最後にデパートへ行くのが五月十七日土曜だというので、午前十時にデパートの前で待ち合わせ、上野から龍泉寺へ出て、根岸で雨宿りの道筋になった。卒業論文の主題に合わせた散策だったが、ほんらいは教育的なはずの一日が男女のひそやかな時間に澱んでみると、それが自然の流れというより巧妙な罠に思えて自分の下心がいかにも浅ましく、男としての行動をなかなか起こせなかった。それに、ここで美輪子を抱いてしまえば、三十になる今日までいくどかくりかえしてきた安易な女性関係をいま一度復習するに過ぎないと殊勝に反省したりした。今度美輪子と交われば立場上責任をとらなければならないと思うと、美輪子の肉体をしゃにむに貪るのではなく、その美しさを愛で、知りつくしたうえで、敬虔に交わりたかった。しかし、それだけではなく、美輪子の側に、いきなり抱いてしまうと、それきりバラバラに壊れてしまいそうな脆さが感じられた。無防備で、思いがそのまま外に表れ、すぐに深傷を負いそうだった。欲望よりも同情をそそられ、脱がせるよりも衣服を着せかけたかった。「笹の雪」で食事をしたときも、悲しくなるぐらい、気どりのない食べっぷりだった。料理が運ばれると、あんかけ豆腐の小鉢を二皿瞬く間に平らげ、息もつがずにこってりした胡麻豆腐をぺろりと食べつくした。呆気にとられてみていると、つづいて冷やっこを頬ばったが、さすがに視線を感じて顔をあげ、みるみる赤くなった。左手を前に突き出してこちらの両目をおおい、みないでと思いきり甘えた声を出した。美輪子の動作が大袈裟で思いもかけない色気にあふれていたので、とたんに、目を閉じてよ、なんでそんなにみつめるのとわれを忘れる前に、合図のように叫び出す女がいたのを思い出した。骨細で、肉の薄い、いまにも消え入りそうな女だった。弱みにつけこんで、いい気になって苛め抜き、あげくの果てに捨て去ったが、そんな若気の非情さが今になって居たたまれないほどこたえた。今度はこちらが赤面する番だった。美輪子はふっと肩の力を抜き、左手をひっこめ、冷やっこの残りをそそくさと口に流しこんでから、初めて箸をおいた。

「おいしい。ここ三週間ほど食事が喉を通らなくてね、お豆腐みたら倒れそうなくらいお腹が空いたの。自分でも浅ましいと思いながらも、ついがつがつと、ごめんなさい。それに、お豆腐って懐かしくって。十年ぶりかな、食べるのは。小学校六年生までは毎朝欠かさずに食べていた。朝起きると鍋をもって前のお豆腐屋さんへ買いに走るのがわたしの日課だった。母が家を出た日からその習慣がばったりなくなって。その日いらいかな、お豆腐を口にするのは」

美輪子は遠くをみる目つきになった。知らぬこととはいえ、たかが豆腐で彼女の心まで裸にしたらしいのに、すれ違いざま刃もので切りつけてしまったような後味の悪さを覚えた。「笹の雪」を出てから空模様が怪しいのに予定どおり子規庵を訪ねることにしたのは、計らずも美輪子の心に開けてしまった穴をなんとか塞ぎたい焦りもあった。子規は「笹の雪」の豆腐を好んで、句にも詠みこんだほどだし、その病者らしからぬ健啖ぶりも『仰臥漫録（ぎょうがまんろく）』などに精細に書きとめられていて、豆腐で喚起された美輪子の暗い記憶を紛らすのに効果的な手と思えた。

じじつ、子規の大食の話になると、美輪子は簡単に食らいついてきた。

「子規は病床で朝から粥を四椀平らげたり、暴食しては苦しむんだけれど、なんであんなにがつがつ食べたんだろうね」

「なんとしてでも生きたくって、阿修羅になったのかしら」

「食欲ばかりでなく創作欲も旺盛だね。俳句でいうと、最盛期は明治二十年代後半の五年間だろうけど、年に少ない年でも二千三百ばかり、多い年には四千六百句ほど詠んでいるものね。子規は量で押した作家なんだ。実作に実作を重ねて果ての果てまで歩いていったんだ」

「作品第一主義ではなくて、精神の営みを持続させることこそ大切というわけね。そこが一葉との違いね」

子規庵に立ち寄ってみれば、そこに往時の面影はなくても、病苦に苛まれながら活発な精神活動を展開した子規の頑張りは偲ばれるはずだった。死に抗う子規の必死なあがきは落ちこんだ美輪子を奮い立たせずにはおかないはずだった。それが空中のクリスタルルームにこうして並んで横たわる落ちになってみると、五年の学究生活で教育者に脱皮したとうぬぼれていたのが、あい変わらずそこつ者と思い知らされた手痛さだった。しかし、温くふくらんだ美輪子の手を握っているのは心地よかった。腕からはじまって身体がどんどんとけ出し、いま生まれ出てきたように、幸せだった。美輪子の手が激しく痙攣する動きで目を覚ました。身体がばたばたた波をうち、鋭い叫び声が切れ切れに口からもれた。どうした、大丈夫かと声をかけ、抱きかかえると、美輪子はすぐに静かになって、きょとんと目を開けた。身体はじっとり汗ばんで、熱っぽかった。むろのように熟れた熱気に誘われて思わず腕の力を強めると、美輪子は身体を縮こませ、唇の端をぴくぴく震わせて、困惑の微苦笑を浮かべた。はにかみ、怯えているのが露で、淫靡な力にはやったのが、いかにもばつが悪く、うわずりながらまともな口をきいた。

「こわい夢でもみたのか」

美輪子は大きく息をつき、すがりつくように喋り出した。

「ええ、不用意に眠りこむときまってみる夢なの。突堤を歩いているのよ。海が穏やかで、微風が頬に心地よく、それはいい気もちなの。下を覗くと、打ち寄せられた貝殻の間を蟹が這っていたり、浅瀬をぼらの群れが泳いでいたり、のんびりした海辺が開けている。気分よくどんどん歩いていくと、波が堤防にくだけて、足が飛沫で濡れるの。ずいぶん沖に出たな、と引きかえそうとして振りかえると、歩いてきた堤防は海に没して、前へ進むよりほかに道はない。追いたてられるように行くと、いつの間にか雲の上に出て、目がくらむ高さに達している。足がすくんで、綱渡りみたいに両手を広げておずおず行くの。怖くて怖くて、いつもだとそのうち頭から転落して目が覚めるんだけれど、今日は天使が飛んできて地面にそっと運んでくれたわ」

美輪子が段どりよく話すのを聴いているうち、ヨーロッパのどこかの美術館で目にした一枚の絵をありありと思い浮かべていた。黒い影に塗りこめられた女が尖型円塔の周囲に造られためくるめく高さの石段に不安定な姿勢で立っている。あと二段で頂上というところまで駈けあがってきて、ふと下を振り向き、あまりの高さに驚きとためらいを覚えたのだろうか。あるいは始めから歓びにあふれて力強く登ってきたのではなく、恐怖にかられてこんな高所まで追いあげられてきたのだろうか。上から二段めに右足、その一段下に左足を踏んばっているが、その細い足は、緊張と不安とでいまにも崩れ折れそうだった。風が吹き荒れていて、髪だかえり巻きだかがうなじから後ろに大きくはためいている。このときは嫌な絵だとろくにみなかったのだが、たしか『めまい』と題されたその絵はそれでも心にやきついて、不吉な影に育っていった。不徳を重ねて不幸におとし入れた女たちの怨みがこり固まって、異国まで追いかけてきたと胸苦しかった。パリの下宿に深夜ひとりでいて、階段を登ってくる足音が聞こえてくると、怨念が訪ねてきたと硬く身構えた。高みに追いあげられる夢にうなされるところをみると、美輪子の正体は黒い女なのかもしれなかった。こわごわ顔を覗きこむと、鼻翼をふくらませて大きく息をついていた。そのふくらんだ小鼻の女らしさに救われて唇をあてると、身をよじって笑い出した。大柄な美輪子らしい鷹揚な笑いだったが、呆気なくしぼんで、横目でつぎの動きを窺う構えとなった。暗くすわった目でみつめられ、踏みこみかねていると、美輪子はふっと力を抜いて、寒そうに肩をすくめた。雲間から夕陽がもれ、美輪子の顔を正面から照らし出した。能面のようにのっぺりした顔が浮きあがり、一瞬死に顔と対面している幻覚にとらわれた。美輪子はまぶしそうに目を細め、しぼり出すように涙を流した。思いがけない涙に胸をつかれ、啜ろうとすると、激しくかぶりを振って拒みつづけた。つけ入る隙のない拒絶で、美輪子とつき合うのもこれかぎりと得心がいき、終わった祭の疲れを覚えた。

街に出ると、大通りの向こう側を神輿が渡っていた。行儀よくしずしずと進んでいて、担ぎ手がすこし高ぶってきて、神輿が道の真中にあふれ出すと、付き人たちが急いで道端に押し戻した。交通整理の警官が横に張りついて車をさばいていたが、その吹き鳴らすホイッスルが担ぎ手の囃し声を圧して耳についた。祭列というより葬列に近く、いつまで練り歩いても心の躍るリズムにふくらみそうにはなかった。ただ、道がまだ濡れ残っていて、担ぎ手の踏みしめる足が陰にこもった音をたて、懐かしく耳に響いた。祭のざわめきが雨に水をさされて暗くたゆたうのをみて、元三嶋神社の祭礼だと思いあたった。子どものときから三嶋さまの祭といえば決まって雨だった。氏神さまの小野照崎（おのてるさき）神社より二週間前の祭礼なので宵宮を楽しむ浮かれ方でそわそわ待っていると、期待を打ちひしいで冷たい雨が街を包んだ。ハレの日らしくなく沈みこんだ街を未練がましく神輿の後にくっついていくと、雨にうたれて全身びしょ濡れの担ぎ手がしだいに切なく荒ぶれてきて、胸が騒いだ。ぎらぎら輝く夏の太陽に射抜かれて身も心も開け渡した小野照さまの祭とは違って、元三嶋さまの祭礼は足もとに目を落として、影を踏む、無頼な行事だった。さすが氏子が色街の神さまだなと雨のなかで身悶える神輿をみて子ども心に怯えた。まことに、時雨れることの多い根岸の里の守り神らしくはるか江戸の昔から元三嶋さまは雨を運ぶ神だった。没年の明治三十五年子規は『病床六尺』に書く。

「〇五月十五日は上根岸三嶋神社の祭礼であって此日は毎年の例によって雨が降り出した。しかも豆腐木の芽(こめ)あへのご馳走に一杯の葡萄酒を傾けたのはいつにない愉快であったので、／この祭いつも卯の花くだしにて」

なんのことはない、「笹の雪」で豆腐料理を楽しみ、通り雨に降りこめられた半日は、百年も前に子規がすでに味わっていた愉快のくりかえしだった。根岸ってみかけほどは変わっていないんだなと思ったとき、小学生まで住んでいた生家をみておきたくなった。美輪子にその旨を告げて別れようとすると一緒に行きたいと離れなかった。

言問通りを浅草方面にしばらく行き、要傳寺(ようでんじ)の手まえの路地を折れて、さらに左の小道を入った奥に生家はあった。この辺は関東大震災にも空襲にも無傷だったので、大正時代のモダンな建築が生い茂った樹木に埋もれて見え隠れするひっそりした住宅街だった。路地を曲がると、通り雨に洗われた緑に吸い寄せられるはずだったが、目前には二十年まえにはみかけなかったクリーニング店、ドラッグストアが空虚に輝き、家も庭もとり壊されて駐車場にぽっかり開けている空地もあり、懐が深かった住宅街は歯が抜けたように無残に明るかった。生家もまた跡形もなかった。二十年まえ父が他界して、維持できなくなり銀行に買いとってもらったのだが、いまはその社員寮となって五階建てのマンションが建っていた。こんなに大きな建物が建つ地所だったかと驚いたが、そういえば、広い庭の大半は雑木雑草が生い茂るままに放置されて、子どもの入りこめない荒地だった。禁を犯して一歩踏みこんでみると、水がわくのか、地面はじとっと柔らかく、靴が泥のなかに沈んだ。門を入ったところに水たまりみたいな池があったが、すこし強い雨が降るとあふれて、床下まですぐに浸水した。秋晴れのからっとした日が続いても、湿気臭さは家にこもり、畳がじめじめとふくらんでいて、力を入れて踏みしめると水がにじんできそうだった。父が若死したのも水気にあてられたからだと囁かれたが、そんな湿地に高層住宅など建てて、沈まないのだろうか。地下は駐車場らしいが、二、三日雨でも降れば水槽と化し、車が浮かびあがるのではないだろうか。この頃の車は蛙みたいなデザインだからお似合いかと埒もないことを考えてひとりおかしがった。蛙といえば、庭の池には春になるととりきれないくらいのおたまじゃくしが発生したが、あのおびただしい生命を葬ってこのマンションが建てられたのかと思うと、コンクリートの建物が巨大な墓石にみえてきた。墓まいりに来たわけかと口に出してみて、じつは最初から生家ではなく、すこし先にある墓地沿いの道が目あてだった気がしてきた。生家まえの道を三十米（メートル）ほど奥に進むと突きあたりで、そこは遠巻精神病院だったが、道は右に折れて万寿院の墓地に沿い、五十米ほどつづいて金杉通りに出た。この左手に墓地を抱え、右手に板塀のつづく路地を歩いてみたかった。ここは子どものころ肝試しの場所だった。昼日中でもめったに人通りはなく、夜になると鈍い外灯の光でかえって闇は濃く凝った。毎日通ってもなじめず、いつ通ってもどぎまぎした。万寿院の墓地は石塀に隠されていたが、塀が低く、高低ふぞろいで形状もさまざまな墓石の頭がいくつもみえた。しかも、それらが、みるたびに、光の具合で形状を変え、場所まで変えて、定まった風景として収まらなかった。胸騒ぎはこれだけでぞくりとこたえたが、さらに凝りつくほどぶきみだったのは、道が大通りに出るその角に上半身をみせてあたりを睥睨している地蔵だった。仁王と違って温和に微笑んでいて威圧感はないのだが、その穏やかな微笑が周りの暗さと隠微にからまり合って解けない謎にみえた。みつめていると、しだいに胸がしめつけられてきて、やんわりと首がしめあげられる圧迫感があった。優しい顔立ちなのに、残忍な印象が勝った。いつみても、影のある顔だった。朝は顔の左半面が影になり、光を浴びた右半面と鮮やかな対照をなし、紛れもない二重人格者にみえた。夕方には顔の明暗が逆になったが、光が弱まっているせいか対照が朝ほど明確ではなく、優柔不断で、善人にも悪人にも転びそうな陰険さだった。真昼に正面から光を受けたときには目の奥、鼻孔、口の端に濃い影ができて、いかにも底意地悪そうだった。この地蔵に対していると、モナリザの微笑をはじめ、世の微笑という微笑がうとましく思えた。それだけではなく、この路地がたまらなく異様なのは人間の声や生活音が聞こえてこないところにあった。いつ通っても、耳に入ってくるのは墓場を吹き抜ける風の侘しい音と墓場に住みついた烏（からす）の勝ち誇った鳴声と精神病院からときおり洩れる獣が吠えたとしか思えない叫び声ぐらいだった。道はいつもひんやりと冷たく、真夏でも汗がすっとひっこみ、異界に入った戦き（おののき）があった。人の声が満ちて懐かしい道はいくらもあったが、影の濃さで心に残るのはこの道だけだった。これまで目にしてきた街の変わりようから万寿院沿いの道だけが昔のままとは考えにくかったが、かといって、墓地ががらりとさま変わりしているとも思えなかった。早くその現状を見極めたくて足を急がせたが、美輪子がついてこなかった。マンションのまえにしゃがみこんで上機嫌にたわむれていた。また猫をかまっているのかと呆れてとって返すと大きな蝦蟇（がま）が相手だった。堂堂たる貫禄で、美輪子がいくらなで廻しても目を閉じたまま微動だにしなかった。生家の庭にも同じような蝦蟇がいた。家の天井裏に住む青大将が挑みかかったことがあった。鱗を逆立てて威嚇しながらまわりをぐるぐる廻ったり、身体をしなわせて鞭のように打ってかかったり、牙をむいて襲いかかったりした。が、蝦蟇は平然と石の上に坐ったままでいた。青大将が根負けして縁の下にもぐりこむと、閉じていた目をぱっちり開けて思いがけない跳躍で池のなかに飛びこんだ。そのまま不浄を清めるといった風に目だけ出して水にじっと浸かっていた。その同じ蝦蟇かその子孫かが生きのびて、訪ねてきた以前の住人を歓迎して顔を出したと思うと懐かしかった。美輪子のそばに屈もうとすると、彼女が息をのんで立ちあがった。嚙まれちゃった。すごい吸引力、と右手の人さし指をしげしげとみていた。蝦蟇の油は美容にいいというから、この指、きれいになるかなと指をつき出してみせた。すらりとのびて、しなやかな指先が赤むけてみえ、口に含んでしゃぶってやりたかったが、蝦蟇の後ではさすがにためらわれた。ぼんやり突っ立っていると、美輪子は、とんぼをとるときのように、真顔でその指をぐるぐる目の前で廻しつづけた。

二十年ぶりに遠巻病院の前まで来て、万寿院の路地に目を転じたとき、深い困惑にとらえられた。記憶のなかの凍てついた風景とは似ても似つかない明るい眺めが開けていた。墓石も地蔵もみえず、ただ白壁だけがのっぺりと続き、どこにでもある一本道がすっきりと通っていた。墓地の塀が漆喰で真新しく塗りかえられているのだが、よくみると嵩上げされた跡がみえ、地蔵も隠す高さに届いていた。寺院の低い土塀というより刑務所の高いコンクリート塀だった。歩き出すと、湿気が身体を包み、生活の臭いが鼻をついた。右側に続いていた板塀はほとんどがとり払われ、むき出しになった庭に二階建てのアパートが二棟建っていた。人の姿はなかったが、洗濯機やゴミバケツが軒下におかれ、雑然とした日常の営みが目に飛びこんできた。夕飯の支度か、脂を熱する音が耳につき、魚を焼く臭いが鼻を刺した。この通りにしみついていた線香の匂いはきれいに拭われていた。下町ならどこにでもみられる庶民の住む路地だった。はぐらかされた思いで足早に通り過ぎようとすると、美輪子が二軒めの新築のアパートの前に立ちどまって動かなくなった。身をおとして一からやり直すにはいいところねと僧房にでもこもる口ぶりだった。六室のうちわずか一室がふさがっているだけで、間どりも八畳一間に台所、トイレの造りで、いかにも一時しのぎの住まいだった。おまけにバスがなく、すぐ近くの金杉通りに快適な銭湯があるとわざわざ案内があった。いま住んでいるマンションに十万近い家賃を払っているのが、ここに移れば三分の一の三万ですむ、と今度は思いきり俗っぽい銭勘定をしてみせた。樋口一葉ゆかりの土地でもあるしねと応じると、教師らしい皮肉を言われたと思ったのか、口を歪めたが、すぐに気をとり直して、意表をつく頼みごとをしてきた。先生は書斎を探していると仰ってましたが、となりの室をお借りになりませんか。わたしの荷物をすこしおかせて欲しいんです。これにはさすがに面喰らった。図々しいと美輪子の非常識にむっとしたのではなく、いきなりべったりと甘えてきたなれなれしさに、すでに肌を許した女の親しさがみえて、不意をつかれたのである。踏みこめない女とあきらめをつけたのに、気がつけば懐に飛びこまれていた。わけがわからなくて、うっとうしくもあり、それだけになお惹かれもした。あらためてよくみると、しみひとつない白い肌は少女の清純な輝きとも成熟した女の芳醇なふくらみともとれ、はっきりさせたい誘惑にかられた。襟足から肩にかけてのなだらかな線も少女らしく細やかに際立っていながらすでに臈たけた色気をたたえていて、目を惹きつけて離さなかった。美輪子はやはりあわいの女だとあらためて納得がいき、その隙間から潜りこんで正体を暴かずにはいられなくなった。同意のしるしに首筋に唇を軽く押しあてると、美輪子は悪戯っぽく首をすくめてみせ、余勢をかって生意気な口まできいた。先生のキスって、さすがですね。唇の感触が首から下半身にすっと落ちていってぞくっと震えました。いつだったか、若いのにされたときには、なめくじに這いずり廻られたみたいでべとべとと気もちが悪く、シャワーでごしごしなんどこすってもぬるぬる感がとれなくて往生しました。わざと蓮っ葉な口をきくとかえって育ちのよさが浮き出してきてなんとも可愛らしく、あまり本を読めそうになかったが、美輪子のとなりに住もうと腹を固めた。それにしても、幼時から気にかかっていた場所にこんな形で引っかかるのがなんともおかしかった。とつぜん腹をおさえて笑い出したのをみて、美輪子は思いきり眉をひそめた。

昨秋フランスから帰国して、谷中の義兄の家にころがりこみ、そのままずるずると居候を決めこんでいたが、これでどうやら独立するふんぎりはつきそうだった。夕飯のとき、万寿院のとなりのアパートへ書斎を移すことにしたと告げると、給仕をしていた姉があらと顔をあげ、夕刊に目を落としていた義兄も不審そうに目をあげた。生まれた土地へ帰りたくなったわけと姉が給仕の手を休めたまま言った。甘川質店の庭をとりつぶして建ったアパートかと義兄は遠くをみる目になった。それからふたりはしばらく顔を見合わせていたが、意を決したように姉が口を開いた。元ちゃんは知らないらしいけど、この冬、甘川の奥さん、あの庭で首をつったのよ。ご主人が外に女をこしらえていて、子どもまでいたんですって。不吉な庭だとアパートに建て替えたんだけど、奥さんの幽霊が出るとかで、家賃をさげても借り手がつかないそうよ。そういう因縁があるの。予め知っておく方がのちのちのためかなと思って、余計なことかも知らないけど、耳に入れておくわ。この九つ違いの姉はなにかにつけて因縁話が好きだった。それこそ箸が転がってもその因果をはるかな過去にまで探らなければ気がすまなかった。この世は宿命の糸が縦横に張りめぐらされた場なので、そのつながりを知ることがとりもなおさず認識だと確信している様子だった。大概の場合糸の結び合わせはなんとか認められたので姉はいつも幸せだったが、その幸福の大根には自分たち夫婦が例のない必然で一緒になっているという揺るがない自信があった。姑から話を聞いて姉が発見したところによると、姉が産声をあげたまさにその朝、一歳になったばかりの夫は初めて立ちあがって歩き出したのだという。自分の産声に押されるようにして一歩を踏み出した男児を夫とするめぐり合わせに、姉は女としてこれ以上はない好運に恵まれたと信じていた。夫に献身的に仕え、夫のことしか眼中になかったが、あまり仲が良過ぎるのか子宝に恵まれなかった。なんでも因縁話にしたてあげる姉が自分の不妊だけは話題にしないのが哀れであり、そのコンプレックスで彼女の毒舌は冴え渡っていた。

義兄は万寿院の並びにある根岸中央病院の産婦人科医だったが、患者思いで、真夜中に急患でたたき起こされても嫌な顔ひとつせず、自転車にとび乗って病院へ駆けつけていた。出産は暁方になることが多く、病院に終日つめる日がしばしばだったが、柔道で鍛えあげた身体に疲労の影を宿さなかった。家にいるときは、ときどき場所を変えながらたえず横文字の医学書を読んでいた。天性の医者で、医療にしか関心がなく、食卓で口を開くと決まって病院のできごとを話題にした。

「臍の緒を首にしっかり巻きつけて出てきた子がいてね。なんとか生命はとりとめたが、脳にダメージが残らなければいいがと心配だな」

「妊婦さんは若いの」

「三十三で初産だ」

「厄年で子どもなんか生むからよ」と姉は因果関係がみえたので安心して言い放った。この姉の決めつけでどの話題も封印されるのが常だったが、甘川質店の一件にかんしては姉のみたてでは終わらずに話は意外な方面へ転がっていった。

「甘川の奥さん、病院にかつぎこまれたときには手のほどこしようがなかったな。おれがちょうど当直でね。とても正視できない、壊れた顔だった。難産の妊婦さんもまれに鬼面に堕ちるが、あれは特別だったな。今でもそこの壁にありありと浮き出してくる。あの人はもう二度と生まれ変われないいな」

医学しか信じない合理主義者の義兄にしてはめずらしい発言で、その感性が思いのほか柔からしいのが覗けて救いだったが、姉は見知らない義兄をみるのが不安らしく、すかさず押し戻した。

「甘川の奥さんて、怨みが深いのではなくて、深く怨まれて成仏できないのよ。近所の奥さんに高利でお金を貸して、返せないと客をとらせたという噂よ」

幼時の印象どおり、やはりあの路地は影の濃い場所だったかとなんとなく腑に落ちたが、同時にそんな危ういところで影の濃い女と暮らしていくこれからが心もとなかった。美輪子が別れ際にみせた険しい顔が心に残った。

荷物はそのまま姉のところに預かってもらったので、引越しといっても手間はかからなかった。新しく夜具、机、椅子、小型冷蔵庫を買いそろえただけでことは足りた。窓際に机を寄せて坐ってみると、本をバリケードに立て籠っていた姉の家の書斎とは違って、がらんと開けっぴろげで、首筋がうそ寒く、なかなか集中できなかった。姉のところでは一階の奥にもぐりこみ、窓を開けても隣家との境のコンクリート塀に目路を遮られていた。アパートの室は二階で、万寿院の墓地全体が見渡せ、その先に義兄の勤める病院をはじめ、いくつかのビルがみえた。展望台にあがった具合で、まず視線は外へ導かれ、しばらくぼんやり墓地を眺めあかしたあと、初めて活字に目が落ちた。活字を追いながらも、外の光の移り具合が気になり、ともすれば考えの筋道は見失われた。不動産屋の主人が、眺めが特別なので、なかなか借り手がなくてとこぼしていたが、すくなくとも読書に適した室ではなかった。しかたがないので、ここではもっぱら詩集を開くことにし、五、六行読んでは、視線を外へさ迷わせ、いま読んだ詩句を反芻していた。多くの詩は墓地の風景にしっくり合い、墓地の空気にふさわしい詩句が頭に残った。夕刻、光が濃さをまして、墓場に大小さまざまな影ができると、詩の言葉も陰影をおびて内側から濃く立ちあがってきた。そんなたそがれどき、きまって六時すこしまえ、詩から抜け出たような、艶やかな女が墓参に現れた。女はいつも粋に和服を着こなし、せかせかした足どりで墓地の奥まで進み、毎日同じ墓にちょこっと頭をさげた。一礼をするとそれで気がすむらしく、すぐに踵をかえして来たときと同じ早足で立ち去っていった。花もしきみも線香も供えることなく、一日も欠かさずお参りするわりには、通りがかりの神社に手を合わせるそっけなさだった。どうみても素人にはみえないので、ホステスが世話になったパトロンに挨拶に来ているのだろうと当たりをつけたが、女の動作はぎくしゃくして、ぎこちなく、情のかけらもみえなかった。ちぐはぐな墓参があるものだと反撥しながらも引きこまれていると、女のつぎの動作が予測できるまでになじみ、その日その日のわずかな動きの差異を楽しむまでになった。その日も女はバタバタした内股で墓のまえまでやって来たが、距離をおいていた昨日までとは違って、墓の間近まで寄り、石をさすったり、戒名を読んだり、しげしげと墓石の点検を始めた。

しかし、すぐに弾かれたように身を起こし、思いきり憎々しげに墓に唾を吐きかけ、右足を高くあげて墓を足蹴にした。女の激情が度を越していたぶん、反動もまた激しかった。女は身体の平衡を崩すと墓の上に倒れかかり、一回転して地面に仰向けにひっくりかえった。手足をばたばたさせ、やっと半身を起こしたが、立ちあがれないらしく、下腹部に両手をあてて蹲った。墓場には他に人影はなく、ひっそりと静まりかえっていた。女は蹲ったまま動かなかった。傾いた初夏の陽ざしにどぎつくオレンジ色に染めあげられて、昔の変色した写真をみているようで、意識がぼんやりかすんできた。そのとき女が顔をあげた。救いを求める目だった。放ってはおけないと初めて慌て、室を出かけてから思い直して、病院の義兄に電話で急を告げた。義兄は報告を黙って聞き、墓の正確な位置を確認し、必要な処置をすぐとると、電話を切った。ものの五分とたたないうちに、救急車がサイレンを鳴らして現れ、救急隊員がふたり担架を手にして目指す墓へ迷わず走った。女は担架に仰向けに寝かされたが、担架がゆさゆさと持ち上げられた瞬間、こちらに首をひねって、困惑した微笑を浮かべ、かすかに手を振り動かした。顔は血の気がなく、はだけた脚に血糊がべっとりはりついていた。

オレンジ色の風景が薄墨色にぼやけても、女が倒れた現場から目が離せなかった。女の狂態がくりかえし思い起こされ、女が去り際にみせた凍りついた笑顔が貼りついて消えなかった。

玄関の戸がそっとノックされた。あたりをはばかる、ひめやかな音で、さきほどの女が早くも霊になって戻ってきた気配があった。思いきって扉を開けると、女とは似ても似つかない、がっしりした初老の男が立っていた。禿げあがった額がつやつやと血色よく輝き、いかにも強欲で、押しが強そうだった。目がきょろきょろと狡猾に動き、身体に漂う卑しさを際立たせた。男はあいまいな笑いを浮かべながら二度三度頭をさげ、大家の甘川ですと名乗った。今度はこちらが慌てる番だった。美輪子が越してきてから一緒に挨拶に行こうと先送りしていたので、釈明を始めると、大家は押しとどめ、おかげさまでこのたびは一命をとりとめましてとのし袋をさし出した。聞けば、墓場で転んだ女は大家の情人で、自殺した正妻に責任を感じ、墓参に通いつめての事故だという。自らに手をかけた女ですから近寄らない方が無難だと諌めたのですがね、と大家は憮然とした表情だった。どうやら女の蛮行は知らないらしい。むりやりのし袋を押しつけると、お辞儀をくりかえし、逃れるように立ち去っていった。

義兄から詳しい様子を聞き出そうと谷中の家に押しかけると、姉がちょうど夕飯の膳を並べ終えたところだった。あら、よかった。作り過ぎちゃってどうしようかと困っていたのと歓迎されたが、実際には作り過ぎではなかったとみえ、それから肉の野菜炒めを急いでこしらえていた。九時まで待ったが、義兄が戻らないので箸をつけたところに当人がのそっと現れた。いつものようにズボンで手を拭きながらの登場だった。義兄は手を洗ったあとタオルで入念に拭くのに、そのうえズボンでこすり合わせずにはいられなかった。姉はこの癖を嫌がってうるさく言ってきたが一向に直らなかった。違ったのはその後で、いきなり新聞を手にしないで、声をかけてきた。今日は人助けだったな。まごまごしていたら出血多量で危なかった。避妊リングのしめ方がいいかげんでね。膣裂傷だ。必要な事務報告でもする口調で一気にこれだけ言うと、初めて新聞に手をのばした。姉が給仕の手を休めて動かなくなった。致し方なく毎夕目撃した不可解な墓参の顚末を物語った。すると、夕刊を広げていた義兄が顔をあげて腑におちない声を出した。なんだ、お前、知らなかったのか。あれはお前の小学校の同級生のそめちゃんだよ。とたんに姉が活気づき、弾んだ声をあげた。そめちゃんも甘川の奥さんから借金をして首が廻らなくなった組よね。でも、そめちゃんが凄いのはご主人をたらしこんで、まんまと復讐をとげたことね。姉の言葉で金縛りになった。下田そめかは、家が斜め向かいだったので、小学校六年まで一緒に遊んでいた仲だった。父子家庭で、お針子の父が仕事場に行ってしまうと、ひとりで放っておかれるのでよく家に遊びにきた。構わずにいると、勝手に庭で遊んでいた。ひっそりとして、もの音をたてないので、居ても気にならなかった。大人しくて、分をわきまえた子ねと母は気に入って、食事を出し、風呂に入れるようになった。家にあがりこんでも、そめかは目障りにも邪魔にもならなかった。彼女のいるところもの音は鎮まって、ひそやかな気配が漂った。子どもなのに落ちつきはらっていて、よほど悲しいめに会ったに違いないと母はしきりに同情した。しかしある日、夕食の時間になって、どこを探してもみつからないので、もう帰ったのかと椅子をひいたら、食卓の下の暗がりでさまざまなペーパーナフキンを使って夢中に鶴を折っていた。一心不乱というよりなにかに憑かれたようで、母は眉をひそめた。確かに、そめかのまわりにばらまかれたたくさんの鶴はいまにも飛び立ちそうにふっくらとふくらんで、ふしぎな力にあふれていた。その勢いには美よりも魔が感ぜられた。同じころ、そめかの身体にも似たような眩暈を覚えた。一緒に入浴しているときだった。屈んで身体を洗っていたそめかが短い叫び声をあげた。そろそろと立ちあがり、明り窓の方へにじり寄り、しげしげと下半身を覗きこんでいた。どうしたのと近づくと、みないでときびしい声を出し、股を両手で隠して、前屈みの姿勢になった。困惑しきった表情なので、怪我でもしたのかと股をおおっていた手を引きはがした。血が流れているわけでもなく、傷ができているわけでもなかった。怪訝な顔をすると、そめかはゆっくりと股を開き、こんなところに毛が生えているのと途方に暮れた声を出した。みると、下腹部にふわふわと軟い産毛が一面に萌え出ていた。春に芽を出した芝生の勢いだった。芝草に転がる気分で顔を近づけていくと、草に隠れた奥に赤い地割れがみえた。ナイフでざっくりと裂いたような深い傷で、血が噴き出していないのがふしぎだった。それにしても痛いだろうなと唇を押しあてようとすると、嫌と目をふさがれて押し戻された。そのときの両手の闇雲な感触が蘇り、さきほど目にした内股の血の汚れが目先にちらつき、二十年たった今日、その手を払いのけて、そこから迸り出る血を口で受けている幻覚にとらえられた。口の中のご飯が急に生臭く臭い、呑みこみかねて目を白黒させていると、姉が笑いをこらえながら義兄に語りかけた。

「そめちゃんのお父さんて、科をつくっては女言葉で、変わってたわね。あなたは迷惑を蒙ったんでしょ」

「ああ、電車のなかで、見知らない奥さんのコートの綻びを断りなく縫い出して、痴漢と間違えられ、警察につき出されたことがあった。あのとき身元引受人にさせられたな」

「それもそうだけど、ほら、亡くなるときよ。腸閉塞で七転八倒の苦しみなのに、あなたの科に入院したいばかりに陣痛だと言い張って、手遅れになったんでしょ」

「あれは可哀想だったな。まさかほんとうに腹が痛むんだとは思わなくてね。なにしろ風邪薬までおれのところへ貰いにくるんだからな。内科へ行ってくれと言うと、妊娠しているかもしれないから先生のお薬じゃないと安心できない、だってさ」

「じゃ、今日はそめちゃんの一命をとりとめてお父さんの死を償ったわけね」と姉は本日の件はこれで一件落着といった調子で言い放った。しかし、墓場の女が幼なじみのそめかだと説き明かされてもすぐには納得できなかった。二十年まえのそめかはひっそりと息をひそめた女の子だった。クラスにとけこもうとしないで、いつもひとりでぽつんといた。卒業写真でも、最後列の左端にみんなから心もち離れて立ち、ひとりそっぽを向いていた。おまえのお友だちはなにかすなおじゃないね、と母は写真をみてまた眉をひそめた。卒業謝恩会の舞台姿から想像しても、あの墓場の過激な女は浮かびあがってこなかった。謝恩会にはわれわれのクラスは土地柄にふさわしく『たけくらべ』を劇化上演することに決めていた。キャストを投票で選んだところヒロインの美登利役に勉強ができて目立ちたがりの副級長ではなく、そめかが選ばれた。この番狂わせにクラスがわき立ったが、だれよりも選ばれた当のそめかが気の毒なほどおろおろし泣顔になった。しきりに尻ごみするそめかをむりに舞台に立たせたのは父親の熱意だった。父親は娘の晴れ舞台にすっかりとり乱し、得意な針で花嫁が着るような極彩色の衣装を早早に縫いあげた。舞台稽古のたびに教室に現れ、娘にセリフの言い廻しから身のこなしまでひとつひとつ注文をつけた。もっと目を使いなさいよ。身体の線をやわらかくしなくちゃだめよ。嗄れ声で女言葉をねちねちと吐き出す父親の出しゃばりにはクラスのみんなは失笑したが、それでそめかはいよいよ暗く沈みこんでいった。上演当日には頬がこけ、顔面蒼白で、いまにも倒れそうだった。演技どころではなく、舞台に立っているのがやっとだった。父親は大役を台なしにした娘のふがいなさを盛んに嘆いたが、父兄の間ではそめかの評判は悪くなかった。花街に身を沈める少女のものうい悲しさが抑えた仕草で身体のすみずみにまでにじみ出ていて、小学生らしからぬ表現と評価された。そめかが面倒臭そうにのろのろ動くのを、楽屋裏を知らない観客は、造られた演技と受けとめたらしかった。われわれはそめかがいつ舞台を放り出すか気が気でなく、芝居を楽しむどころではなかった。ただ、修行に出ていく恋人の信如と別れる幕切れで、思いがけず熱いものがこみあげてきた。ぶじに舞台が終わった安堵感もあったが、行ってしまった信如の後を惚けたようにみつづけるそめかの目に異様な光がこもっていて、そのいまにもあふれ出しそうな力に耐えている彼女の身の細さが哀れだった。

　いったんもえ出したそめかの目は消えることなく灯りつづけ、さまざまな思い出をあぶり出した。その光に導かれるようにして、事件から四日めの朝、登校する足でそめかの病室を訪ねた。思ったほどのときめきも胸騒ぎもなく、ぼんやりと機械的に足は動いた。朝の八時では早過ぎたのか、そめかはまだ深い眠りのなかにいた。頬がこけて、血の気がなく、一瞬遺体と向き合っている錯覚を抱いた。見知らぬ女だった。かすかな嫌悪感をこらえながらみつめつづけていると、呼吸がすこし乱れてきて、口をもごもごさせたかと思うと、ふいにのけぞった。叫び声をあげ、左手に刺さっていた点滴を右手で勢いよく払いのけた。血が腕から滴り落ちた。慌ててナースステーションに駈けこむと、小肥りで眼鏡をかけた中年の看護婦が、また、やってくれたの、ともの慣れた様子で病室にやって来た。そめかは大きく目を見開いていたが、看護婦が話しかけても、天井をみたまま答えなかった。期待した光はなく、なにもみていない虚ろな目だった。それでいて、看護婦が傷の手あてをすませて点滴を刺し直そうとすると、急いで手を毛布のなかに引っこめた。ふつうどの患者さんも点滴をよろこぶんだけどね。腕が痛いの、と看護婦は子どもを諭すような甘い声を出したが、そめかは知らぬふりだった。点滴しないと元気出ないから、腕がだめなら脚にするわよ、と看護婦が毛布をめくりかけると、そめかは引っこめていた腕をにゅっと出して、にやりと笑った。ぞっとするほど下品な笑いだった。点滴のたんびに、やれ、寝巻だ、シーツだと汚されちゃ、洗濯がたいへんなのよ。なにそんなにうなされるの、とつられて看護婦もぞんざいな口調になった。真っ黒なこうもりが飛んで来て腕から血を吸うのよ、とそめかは一転して怯えた声を出し、点滴から首をそむけた。入口にはりついていた自分と初めて目が合った。けげんそうに眉をひそめ、目を鋭く光らせた。あの幼いときの妖しい目だった。ひきこまれて、ベッドに近寄った。

「元ちゃん。なんでここにいるの。足はあるわよね。三十年も生きていると、片づいたと思った過去がひょっこり顔を出すんだ」

二十年まえのそめかは自分のなかに屈みこんでいてめったに言葉を発しない子だったが、いまは箍がすっかりゆるんで、なにもかもが外にもれ出すとめどのなさだった。血の汚れを始末して、看護婦が室を出ていくと、そめかはいちだんと饒舌になり、事情に通じていない者には理解不能な私事をねちねちと語りつづけた。懐かしさはなく、酒場でたまたまとなり合わせた酔っぱらいにからまれてしまった不快さがこみあげてきた。そめかは自分が困惑しているのに気づくと、かえってなれなれしくもたれかかってきた。元ちゃん、悪いんだけどさ、三日もお風呂に入ってなくて背中がかゆくてしょうがないの、かいてもらえるかなと毛布をはねのけ、身体を浮かせた。寝巻の上からかこうとすると、じかにかいてよと鼻声を出した。真夏の太陽にやかれた砂浜を思わせるかさかさに乾いた肌だった。そめかの肌に触れるときめきよりも立入り禁止区域に入りこんだ具合悪さからおずおずと指を動かしていると、しっかり力入れな、もっと上、もう少し右、行き過ぎ、としだいに声がヒステリックに上ずってきた。こちらの手がその高ぶった声に反比例していよいよのろのろとしか動かなくなると、そめかは笑い崩れた。元ちゃんはちっとも変わっていないね。あい変わらず不器用だね。いまでも女の急所を一息に摑めないんだ。覚えているかい、木更津へ潮干がりに行ったときのこと。あたしが舟酔いで苦しみ出すと、すぐに背中を優しくなでてくれた。それはありがたかったんだけど、なでながらよけいな説教をするんで、うるさくてね。黙って一心になでろと叫びたかった。小学校五年の夏、そめかを誘って木更津へ家族旅行をしたのは覚えているが、そめかの舟酔いの一件は記憶の外だった。そめかは口真似までして、その説教とやらを再現してみせた。やけを起こしたらだめだよ。すっかり出しちゃえば楽になるから。人生、苦しいときばかりじゃない。楽しくて小躍りする場面もきっとくる、だってさ。舟酔いで苦しんでいる少女になんで人生論を説くの。ほんとうに元ちゃんは見当外れの人だよ。ここまで言われて思い出したのだが、あのときそめかはたんなる船酔いに苦しんでいるのではなく、抑えがたい悲しみに突きあげられているようにみえた。後尾の手すりから半身を乗り出し、海へ向かって苦しげに口をぱくぱく開いていて、いまにも頭からもんどりうって海のなかへ飛びこみそうだった。そっと近づき、ワンピースのベルトに指をひっかけて、背をなで、言葉をかけ、それとなく励ましたつもりだった。この一件ばかりではなく、いつもそめかのドラマの立会人を振りあてられ、はらはらさせられてきたのだった。病室の窓から朝陽に照らされた墓地がみえ、そめかの行くすえまで見届けさせられそうな予感がした。

「窓からお墓がみえるって落ちつくでしょ」

「終着点が目のまえにぶらさがっているから」

「これが交差点でもみえていたら、社会復帰のことが頭から離れなくて焦るんじゃないかな。死ってさまざまな思いを誘って、心を鎮めるよね」

「元ちゃんはあい変わらずのんきだね。あたしみたいになん人も人に死なれてみると、死はばたばたして騒がしいもんだよ」

義兄が廻診で顔を出したので、それをしおに病室を出た。うす暗い病院から外に出ると、初夏の日差しに目を射られ、首根っこを抑えこまれてふらふら歩いた。二十年ぶりの対面にしては呆気なかったが、そめかがすっかり露骨な大人に脱皮していて、過ぎ去った時間をひとまとめに手渡されたようにずしりとこたえた。

美輪子の引越しは予定より一月遅れて六月半ばに延びた。荷物が多過ぎて、身軽になる必要があったが、その整理が容易ではなかったのである。天井まで積みあげられた古雑誌、古新聞すら簡単には処分できなかった。捨てるには惜しい記事があるのと言うから、それではその記事をスクラップにしようと提案すると、黄ばんだ新聞を一頁一ページ端から端まで目を通して、わたしにとってはあれもこれもどの記事も大事な記憶なのと言い出すしまつだった。この新聞を読んだ朝のコーヒーの匂い、あの事件を知った午後友だちと交した会話など、ひとつの古新聞を開くと、その日のさまざまな顔が息づいてくるという。日記をつければいいではないかと返したら、日記は記憶を意識化し、方向づけるから嘘だと答えた。巳年生まれだからか、蛇のぬいぐるみ、おもちゃがおびただしい数で床にまで転がり、なかにはリアルな作りのものがあって、足に引っかけては悲鳴をあげた。まさか本ものは飼っていないんだろうなとぶきみになって念をおすと、舌をぺろぺろ出しながら腕に嚙みついてきた。段ボール五箱にもなるマスコットをアパートで広げるわけにもいかないから、ふたつ、三つ残して、あとは実家に送っておいたらと言ってみると、わたしが蛇身にならないお守りで、その時どきでご利益が違うから、どれひとつとして他所へやるわけにはいかないと言い張った。食器類も衣類も独身の女性にしては不必要に多い数で、ご飯茶碗が五碗もあったりしたが、問えばまたそれなりの理由が返ってきそうなので黙ってダンボールに収めた。おかげで、新生活に向かって身ひとつで飛び出していく新鮮なときめきはなく、過去のガラクタを引きずって夜逃げしていく身重な引越しとなった。おまけにじとじと雨まで降っていた。運送会社のふたりの青年は露骨に不機嫌だった。身体を大儀そうにのろのろ動かし、気合を入れるところで溜息をつき、トラックに乗りこんでからは、運転手の青年は生あくびをわざとのように連発し、となりの助手も黙りこんでやたらに舌うちばかりした。気を引きたてようとお愛想を言ってみたが、はかばかしい返事ひとつかえってこないので、思いきり無愛想に閉じこもった。美輪子は知らぬふりで、こちらの肩に頭をもたせかけ車の震動に合わせてがくがく揺れながら規則正しい寝息をたてていた。

引越しは午後三時には片づくはずが、なんとか荷物を入れ終わったときには夕刻六時になっていた。本棚二棹とダンボール三十箱を引きとらされたが、よく坐る場所が確保できたと思うくらい雑然として、倉庫にいる息苦しさだった。外は雨なのに、埃りぽくてやたらに咳が出た。その夜はダンボールの間にやっと横になったが、墓穴に寝かされた具合でいまにも土がかけられそうで寝入るどころではなかった。遠慮がちに扉をたたく音がした。てっきり好色な大家が美輪子の品定めにやってきたのだと思った。いつかのノックと同じ、ひそやかだが、まとわりつくしつこさだった。しばらく放っておいたが、苛立つこともあきらめることもなく、同じ強さでノックは続いた。喧嘩を売る勢いで扉を引いたら、パジャマ姿の美輪子が枕を抱えてしょんぼり立っていた。ごめんなさい、こわくて眠れないの。床も壁も天井も薄っぺらで、戸外で横になっているみたいなの。となりで寝かせて。ふたり分のふとんをしくスペースはないと断ったが、どんどんあがりこんできて、枕を端にずらすと自分の枕を横に並べてさっさと身を横たえてしまった。となりに身を滑りこませると、すぐにしがみついてきた。梅雨の冷たい雨をたっぷり吸いこんで凍えきった身体で、病にかかったようにがたがた震えていた。えびのように丸まって、顔をこちらの胸に埋め、ぐいぐい全身をこすりつけてきた。抱きとめてこらえていると、やがて美輪子の身体にほんのりと温みが戻り、同時に濃い体臭がむっと鼻をついた。頭から陽にやかれた乾し草のむれた匂いがわきあがり、納屋に隠れて野合している想像にかられた。血が野趣に荒ぶれ、美輪子を抱きしめる腕に思わぬ力が入って、腹部と腹部に切迫したリズムが生まれ、そこにはさまれていた根がたちまちもえあがった。けいれんが収まって、大きく息をつくと、美輪子が顔をあげ、目を見開いて、けげんな面もちになった。冷たいとぬれた腹部を気味悪げにみつめ、なに、これ、嫌だと絶え入りそうな涙声をあげた。立ちあがらせ、パジャマをぬがせて、湯でしぼったタオルで上半身をなでるようにゆっくり拭いた。腰がくびれて、ひきしまった胴だった。汚れたへそのあたりをとくに入念にこすると、くすぐったいとすこし出べその腹をへこませて身をよじった。下ばきだけを身につけて横になり、あらためて抱き合うと、美輪子はすぐに安らいだ。こうして肌を接していると温くて、いい気もちねと満ち足りた声を出した。たしかに美輪子の体温がじわじわと伝わってきて、温泉につかっている心地よさだった。墓穴に埋められた圧迫感は消え、穴のなかで冬眠している熊の安楽さを覚えた。引越しの不快な疲れはすっかり癒えていた。美輪子がゆったりと語り出した。わたしって、夕陽をみるのが好きでね。あのマンション西向きだったから気に入っていたの。自分のなかに閉じこもって濃くよどんでしまった、あの毒毒しい血の色がたまらないのよ。信濃川の河原でよく落日をみたわ。沈みきるまで長いことみつめていると、しまいには目の底がもえてきて、夕陽がわたしの身体のなかに沈んでいく幻覚にとらわれるの。自分が海になったみたいで、涙がひたひたと潮のようにあふれてきてね。悲しみが真赤に染まって、ふつふつと煮えたぎって、どす黒く生きていけそうな気になるのよ。美輪子の話を聴きながら、タワールームで夕陽に照らされた彼女の顔に涙が流れ出したのを思い出した。あのときも、こちらとの関係の気まずさではなく、思いがけず陽を浴びた幸福に感極まったのかと思いあたり、美輪子の茫洋さに包みきれない無力を感じた。河原でひとり夕陽と対している彼女の影が濃くせり出してきたが、それにつれ深い共感がこみあげてきた。この冬、朝六時に起きて、日暮里から田端の丘を歩きまわって、いろいろな場所から日の出を拝んだのだった。冬の太陽はゆっくりと穏やかに昇って、落ちこんだ心にみあった、つつましい凛凛しさで輝いていた。いま生まれてきたみずみずしさで心が洗われたが、そのはにかんだ光を受けて、あちこちのビルのガラス窓がつぎつぎと白色に瞬くので今度は心が弾んだ。ビルがあいついで目を覚まして、互いにエールを交換しているようにみえ、体内からも光が誘い出されそうだった。夕陽に魅入られた女と朝陽にすがる男か。

このとり合わせはその微妙なかけ違いで絶妙なハーモニーを醸しそうでもあり、おぞましい不協和音を生じそうでもあった。美輪子はこちらのこんな思惑には無頓着で、首から肩にかけて鼻をひくひく押しつけていた。男のひとの肌ってひなた臭いっていうけど、先生は雨後の河原の臭いがする。それで夕陽を思い出したのかなとぼんやり呟いた。その口で、どんな味なのか試したくなったらしく、そっと舌を押しあて、さらに歯をたて始めた。思いをこめた、きつい噛み方で、痛みは頭の芯まで届いた。鋭い痛みに耐えていると、美輪子が抱える痛みを託されたようで、快感を覚えた。美輪子のつぎの牙を待つ構えになったが、すると彼女の噛む力があいまいにぼやけた。うっすらと口を開け、兎のように上の門歯を二本つき出して、寝入っていた。よく寝る子だなと微笑を誘われ、そのそり出した歯に口づけしようとすると、夕飯に食べた引越しそばの薬味ねぎの臭いがした。盛りそばを硬いフランスパンみたいにくしゃくしゃ根気よく噛んでいて、いかにも不味そうだった。つるつる食べると喉につっかえるのよと口を尖らせたが、野暮を隠そうともしないのが純朴にみえ、その肉体のみずみずしい硬さを際立たせた。下腹がまた張ってきたが、狂暴な力にまでは荒れ狂わず、ゆったりと全身に満ちて、眠気にかたまっていった。重く、息苦しい眠りだった。狭いトンネルを這って進んだり、深い海の底をあえぎながら泳ぐ夢をみた。美輪子を抱いた左腕のしびれで目を覚ました。かたい頭で二の腕が固定され、標本にされた不自由さだった。美輪子の身体が火の玉の熱さで、じりじり焼きつくされそうだった。外はほの明るく、細目に開けた窓から雨が霧状に吹きこんでいた。腕を引き抜いて大きく息をつくと、眠っていると思った美輪子が目を閉じたままぼそりと言った。男の人と一緒にいるって疲れるものね。ほどよい距離がなかなかとれないわ。食いこみ過ぎたり離れ過ぎたりのくりかえしだもの。このかけ違いを刺激的と楽しめないと一生つれそえないんだ。すでに倦怠期を迎えたような感想で、一晩そい寝をしただけでここまで追いこんでしまったのがなんとも情けなかった。

引越してきてから一週間ほどは、美輪子は探しもので自室とこちらの室を往ったり来たりした。ダンボールをひとつひとつ開けて、どこになにが入っているかを確認するのではなく、そのとき入用なものを手あたりしだいがさがさと探すので、日がたつにつれ室は散らかるばかりだった。食器とかタオルとか洗面道具とか用途別に仕分けされ、それぞれ別べつに収められているのだが、美輪子の頭のなかではチューブの容器に入っていれば、歯みがきもメイク落としもからしも靴ずみも同類に分類されるらしく、探し方が引越し屋の整理法と合っていなかった。トイレットペーパーを探してノート、メモ類が入ったダンボールをかきまわして茫然としているので、トイレ用具を収めた箱から引っ張り出してみせると、トイレって、いいアイデアがひらめくのでメモ用紙に使うことが多いのにねと不服そうな顔をした。

一週間が過ぎ、ダンボールがすべて開封されると、開けっぴろげの乱雑さのなかで美輪子はどっしり腰を落ちつけた。自室にひとりで寝るようになり、あまり顔を出さなくなった。食事も各自勝手にすませ、終日顔を合わせなくても気にならなくなった。夏休み前の試験期間で助手の仕事がふえ、大学に終日つめなければならない日が続いていた。キャンパスは学生であふれ、夏の光をまばゆく反射して、若さにむせかえっていた。学校というより雑踏するターミナルに紛れこんだ花やぎがあった。女子学生を行きずりの女として眺められた。とくに試験場では、退屈しのぎに、監督にこと寄せて、気になる女の子を好きなだけ観察しては、陰湿な背徳の味を噛みしめていた。机の下に無防備に投げ出された脚がみえたりすると、実際に舌なめずりした。脚を開いてパンティまでみせている開放的な坐り方があり、脚を組んで線の美しさを強調している思わせぶりな腰かけ方があった。大地をしっかり踏みしめている力強い足があり、飛ぶように早そうな引きしまった足があった。ひとつとして同じ色も形もない、さまざまな脚をみくらべているうちに、美輪子の脚に思いは集中していった。彼女の脚は腓骨がきれいに通っていて、すっきりと整い、鹿の脚を思わせた。美輪子の脚を抱き、指をしゃぶり、ふくらはぎに齧りつきたかった。教壇でぶざまに勃起した。飛んで美輪子のもとへ帰りたかったが、校門のところで老教授につかまってバーへ連れていかれた。お前は帰ってきた当座はフランス女に精を吸いとられたらしくぼっとしていたが、この頃はまたやけにぴりぴりしているな。好きな女でもできたのか。日本の女は小顔になって、脚の形のいいのが出てきたが、胴長なのはあい変わらずだな。フランス女の身体に慣れていると、間誤(まご)つくだろうと例によって得意の猥談を始めた。アパートに帰りついたときには深夜で、美輪子の室は明かりも消え、雨戸をたてて息をひそめ、とっかかりがなかった。彼女も試験で明日は早出かもしれなかった。致し方なくそのまま寝床にもぐりこんだが、それこそ日本的で、すこし猫背な美輪子の背をなでさすりたくて、眠るどころではなかった。せめて気配にでも触れたくて、押し入れにもぐりこみ、壁をたたいてみた。始めは遠慮がちだったが、なんの応答もないので、不安にかられ、しまいには拳固で思いきりたたいていた。鉄板の外階段を荒々しく踏み鳴らして登ってくる足音が響いた。階段を登りきると、登ってきた勢いをぶつけるように激しいノックで室を揺さぶった。下の階に夫婦で住むトラック運転手が血相変えて立っていた。なんだって真夜中に壁をがんがんたたくんだ。びっくりするじゃねえか。寝入りばなをたたき起こしやがって、明日居眠り運転で事故を起こしたら、てめえの責任だぞ。いままで黙っていたんだが、もう我慢ができねえ。どういう料簡でてめえは毎晩ウロウロ室のなかを歩き廻るんだ。ミシミシ、メリメリ、うるさくて寝られやしねえ。トラックを運転しながらどなり慣れているのか、腹から声が出てなかなかドスのきいた啖呵だった。細身だが筋肉質で、喧嘩は強そうだった。しかし、荒んだ感じはなく、逆に、神経がむき出しで、傷つきやすい心が透けてみえた。話を聴いてもらえそうなので、思いきって日頃の不満を口にしてみた。ほぼ毎晩九時台に下のテレビがとてつもない大音量で三十分ほど鳴り響くのである。耳にうるさいというより腹にこたえる音で、本を読むことはおろか、椅子に坐っているのも苦しかった。自分が熊みたいにうろつくとすれば、それはお宅のテレビのせいではないかと返したのである。金髪のトラック野郎はそれまで興奮のあまり顔を紅潮させ、身体を震わせていたのだが、張り過ぎた糸が切れたみたいに不意にへなへなと身体の線を崩した。だって、あんた、あのときに女に声を出すなとは言えないだろう。あの声を消すのに他にどんな方法があるんだね。おれだって、それなりに気を使っているのさと吐きすてるように言うと、登ってきたときとは似ても似つかない軽い足どりで階段をおりていった。間もなくこれまでとは比較にならない音量でテレビの音がわきあがり、十分ほどしてふいに途絶えたかと思うと、今度は女の嬌声が切れ切れに立ちのぼってきた。声は徐々に高まって、絶叫にまで登りつめ、炸裂して、果てた。あとは二度トイレの水を流す音がして、ひっそりと夜の静けさにかえった。こちらの身体も波はおさまっていた。女の声はあまりに思いがこもって切なかったので、官能をかきたてるよりも悲しみを醸し出した。これまでいく人かの女に声を出させてきたが、どの場合も力ずくでしぼり出してきたので、下の女のように自らを駆りたてる一心な声を耳にしたことはなかった。男と並んで励まし合いながら走っている感じで、はしたなさはなく、けなげな熱気が弾けていた。美輪子にあんな声をあげさせたいなと願ったが、彼女の声音の記憶がなく、具体的な音には響かなかった。美輪子はお喋りで、立ち入った話をずいぶん聞かされたが、そのときどんな声だったのかまるで覚えがなかった。美輪子の実をとらえていない空しさで、目のまえがすっと暗くなった。

翌朝、目を真赤に充血させて、美輪子が現れた。昨夜はおそろしくて一睡もできず、ふとんをかぶって震えていたという。墓場から骸骨が訪ねてきて、扉を開けろとこつこつたたくの。骨の乾いた音が頭に響いて辛かったわ。それも一体の骸骨だけじゃなくて、もう一体やって来て、おれがみつけた獲物だと喧嘩になってね。骨が力一杯ぶつかり合ってかーんかーんと歯が浮くような音が立って、気が変になりそうだった。

ちょうどコーヒーが入ったので、こんがりと焼きあがったクロワッサンをそえて出すと美輪子は救われたような笑いをもらした。いそいそと畳に坐ってコーヒー茶碗を口に持っていったが、そこで動きはとまって戸まどった表情になった。こうやって机なしで畳からじかに飲み食いしていると、犬になった気分ね。おかげで、コーヒーもパンも浅ましいほどおいしい。クロワッサンをたちまち三個平らげ、冷蔵庫からとり出したロースハムをパックから手で引きずり出してはつぎつぎと口のなかに放りこんだ。ワンパックのハムをことごとく食べつくし、ことさららしく音をたてて指をなめ、挑むようにじっとみた。思わず手をのばしてその場に押し倒しそうになったが、力まかせに声をあげさせそうな闇雲な高ぶり方なので、かえって呪縛されて踏み出せなかった。動けずにいるのをみて、美輪子はうっすらと馬鹿にしたような笑いを浮かべ、立ちあがった。今日の予定を訊くと、学校の図書館へ行って眠ってくるという。

「閲覧室って、眠れるのよ。たくさんの人が並んでいるのに、それぞれの思いに屈みこんでいて、互いに無関心。その孤独が頭にのしかかるのかしら」

「机に向かっていながらいぎたなく眠りこむなんて、とても大学生のすることには思えない」

「わたしは犬になりたい」

美輪子はそう叫ぶと、不意に身体を持たせかけてきた。受けとめかねて、仰向けにひっくりかえり、冷蔵庫の角でしたたかに頭を打った。大丈夫と後頭部を両手でさすりながら、美輪子は笑いころげた。その解き放たれた笑い声に誘われるようにして昨夜の激した嬌声が蘇り、ふしぎとよく似たふたつの声は折り重なり、もつれ合って、いつまでも耳の底で響いていた。

美輪子が登校してからしばらくして下に降りていくと、下の階の住人がちょうど出かけるところだった。目があうとちょっと恥ずかしそうに笑った。朝の光でみると、耳にピアスを光らせた、楽器でもいじりそうな青年だった。そばに色の浅黒い小柄な女がはりついていた。青年の背に隠れるように女は身を縮めていたが、三十代も終わりの、和服が似合いそうな、古風な顔だちだった。青年の伯母といえばさまになったが、ふたりが不釣合いなので、かえって男女の結びつきを色濃く露にしていた。寺のまえの空地に廃材を積んだトラックがとめてあった。男はそれに乗りこみ、車を発進させる前に窓から手をさし出した。女は両手でその手を包みこみ、これが永の別れのようになんども揺すってみせた。

下の夫婦はわけありだなとその晩美輪子に目撃した情景を勢いこんで話すと、彼女はなにをいまさらとうんざりした顔をした。下の奥さんとは銭湯でよく一緒になるの。午後三時の一番風呂って、水商売の女性しかいなくてね、堅気はふたりきりだから自然と口をきくようになったの。あの奥さんね、夫も子どもも捨てて駈け落ちしてきたんですって。まるでわたしの立場を知っているみたいに、その経緯をくどくどと話して釈明するのよ。正直言って腹が立ったけれど、いわゆるおのろけとは違って、それは深刻で難解なの。愛情一途の日蔭の日日を細ごまと分析するんだけれど、それが妙に醒めた客観的な語り口でね。まるで死人が終わってしまった生涯を振りかえっているみたいで、聞いているとぞくぞく寒気がしてくるの。あの人はしたいことをしたのに、幸せそうじゃないわね。思いきって跳んでみたら、荒野におりたっちゃった感じらしいの。洗場で身体を洗っているところなんて、自分のなかに屈みこんでいて、そのまま固まりそう。気になって放っておけないの。みていると、いろんな人が反応して、おもしろいわ。奥さんのそばにわざわざやって来て水をかぶってみたり、奥さんはぬるい湯が好きなのに、水道の蛇口の下に知らん顔して陣どっていてうめさせなかったり、みんなあれこれやるの。なかで、色の白い、粋な年増がいちばん積極的で、煩がられているのを承知で、そばにはりついて、しきりに話しかけるの。よく通る声なのでなにを言っているか筒抜けなんだけれど、それがびっくりする内容でね。芸者に出るようにすすめているのよ。日本髪が似合う翳の濃い顔立ちだし、小造りで均斉のとれたプロポーションだし、胸が豊かで、肌が陽をたっぷり吸いこんだ黄金色だから、男が群りそうだって。遊ばせておくのはもったいないとか言いながら首とか肩に手をやるの。あの人は同性愛かしら、女衒かしら。ふしぎなのは奥さんの反応なの。きっぱり断らないで、もう男もお金もいいんです、果てまで来て穴のなかに落ちた身ですからとまともに返しているの。女衒はここぞとばかり勢いこんで、だから、身を起こして広い世間へ出なければなにもみえてこない。男だって、裸でつき合うとひとりとして同じ味なのはいいないとけしかけているの。そうしたら、奥さんは、いいえ、自分でしでかしたことですから自力で這いあがらなければなりません。いまさら他人さまにすがるわけにはいきません、なんて真面目に答えているのよ。

この話を聞いてから、夜のくすんだ浴場ではなく、昼の光にあふれたむき出しの銭湯に行ってみたくなった。七月初旬の土曜日、美輪子と連れ立ってすこしときめいた足どりで風呂屋へ出かけた。まだ陽の高いうちに女連れで湯を浴びに行くのは面映かったが、自堕落な自分を白日のもとに曝す小気味のよさもあった。街は仮借ない真夏の光に炙られてもの憂く眠りこみ、好奇の目はなかった。アスファルトの道はパン焼き窯の蒸れ方で、銭湯までわずか五分ほど歩いただけで眩暈がした。こんな太陽に焼かれると肌に悪いどころか、身体の芯から溶け出しそうね。大人になると、太陽は恵みではなく、敵になるのね、と美輪子は気だるそうに呟いた。浴場のなかは大きな樹木の傘に入ったすがすがしさで、汗がすっと引いていった。天窓が大きく開かれていて、立ち昇った湯気が逃れていくのがみえたが、空調も作動しているらしく、さわやかな冷気が流れていた。浴場にはふたり先客がいた。洗場に並んで腰をかけていたが、兄弟といってもいいくらい似た雰囲気を漂わせていた。ふたりとも肩から背に白いタオルをかけていて、スパーリングをすませて一息ついているボクサーにみえた。とくに三十近い年上の青年の方は逸る思いをじっとこらえるように屈みこみ、ときどき全身をぶるっと震わせた。いまひとりはまだ幼さを残した少年で、目上の兄貴にかいがいしく仕えていた。兄貴はそれが煩いらしく苛立ちを隠さなかったが、それでも少年が石鹼を手渡したり、湯をかけたり、なにくれとなく世話をやいていると、女みてえにちょろちょろ動くな。身体の真中に重しがぶらさがってるんだろ。いつ殺しになるかわからないんだ。身体をしゃんと立てておけと意外に高く張った声で雷を落とした。すかさず女湯から、ヤッホオ、殺しは一発で急所をそらさず粋に頼むよ、と歌うように応じる声があった。兄貴が女湯の声を無視してむっつり黙りこんでいると、代わって弟分が大声をあげた。姐さん、ご心配をかけてすいません。あっしがドジで、血だらけです。今度は応ずる声はなく、いきなり境の壁をこえて水が桶一杯投げこまれた。水は兄貴の足もとに雪崩れたが、兄貴は身じろぎひとつせず、坐禅を組んだようにじっと前を睨んでいた。弟分が慌てて、肩のタオルを外し、飛沫のかかった兄貴の頭や顔を拭きにかかった。露になった背に彫りかけの入れ墨が凶々しく現れた。龍の頭だけが朧に彫られていたが、未完成なだけに、雲の間からいま顔を覗かせた生なましさがあった。

先に出て、風呂屋の前で美輪子を待っていると、少し離れたところで兄貴がバイクに跨がって動かずにいた。眉をひそめ目を伏せているので、一心に思いをこらしているようにみえた。

強烈な午後の日射しを浴びて黒ぐろとした影にかたまっていて、身構えた獣の殺気が漂っていた。近づきがたい険しさなので、弟分はだれにともなくぼやいていた。

「女は湯からあがってからが長いんだな。なんで化粧なんかするんだろう。おれは小さいときからおふくろが鏡のまえに坐るのが嫌だったな。着飾って出て行くと、あとで家が荒れてね。とうとうこわれちゃったけど」

兄貴は弟分に鋭い目をくれ、口を開きかけたが、ふっと深い溜息をもらしただけで言葉をのみこんだ。ごくりと喉が鳴ったので、のみこんだ思いの重さが知れた。そのとき女湯から、洗髪を肩になびかせ、朝顔柄の浴衣をざっくり着て、乳白色の肌を惜しげもなくみせた女がすっと姿を現した。まるで舞台に立った華やかさで、思わずみとれていると、女の目がかすかに動き、こぼれるような笑顔が開いた。元ちゃんと身体をねじるようにして前へ出てきたが、その独特なしぐさで二十年まえの幼いそめかをはっきりと思い出した。あのとき風呂場で立ちつくしていたそめかがいま気もちを整えて外へ出てきたありさまだった。謝恩会の舞台でおどおど戸まどっていた美登利がいま度胸をすえてすくっと立ち、観客の視線を釘づけにしているようにもみえた。墓場の女のときには衣裳と化粧のこってりした造りばかりが鼻につき、操られた人形のようだったが、風呂あがりのいま、そめかの肌はたっぷりと養分を吸いあげて大きく開いたあじさいの妖しさだった。

「この間はありがとう。ご挨拶がのびのびになっていてごめんなさい。間もなく元ちゃんのところのアパートへ引越すので、そのとき一緒にと思っていたもんだから」

そめかの言葉は、内容も意外だったが、声音が思いがけない響きで、耳に残っている病院でのかすれた声と重ならなかった。つややかに潤い、鶯の谷渡りを思わせる滑らかな高調子で耳に心地よいはずだったが、底に粘りつく濁りがあって、ざらついた感触を残した。口臭の強い息を吹きかけられた不快さと親しさとが入り交じって、そめかに対する距離を計りかねた。戸まどって返礼しかねていると、兄貴が近づき、行くぞとそめかを促し、エンジンをかけた。後ろにそめかが横ずわりに坐ると、すぐに発進した。別れ際にそめかは左手を胸のところで小刻みに振ってみせた。墓場で担架に乗せられたときと同じ動作だったが、右手を兄貴の胴体にからませ、体重を預けた恰好は頼りきった安心感をにじませ、薄幸な彼女がつかのま休らいでいて、ほのぼのと温かった。とにかく、兄貴のやることは過激過ぎるよな。すこしは廻りと調子を合わせないと、いまに血が流れるんじゃないかな。置いてけぼりをくった弟分がとなりに並んで、話しかけるともなく、呟いた。なにかといっては血にこだわるんですねと言葉をかけようとしてとなりを振り向くと、ぼんやり立っている美輪子の姿が目に入った。そめかをみた目には、垢抜けない、いかにも土臭い少女だった。目線を追って美輪子に気づいた弟分はほっと肩で息をつき、弾んだ声をあげた。姐さんと仲良く話してたでしょ。姐さんは今日はご機嫌でしたね。あれで、頭に血がのぼると見境もなく血祭に及ぶんでね。弟分は肩をすくめ、血の幻を追い払うように頭を二、三度大袈裟にふり、兄貴を追って走り去った。

美輪子は弟分に声をかけられても反応せずぼんやり立ちつくしていた。頭にタオルを巻いていたが、怪我で包帯をしているように痛々しくみえた。近づくと、唇を強く噛んでいて、放心しているのではなく、一心に耐えているのだった。並んで歩き出すと、忍耐の糸が切れたように身体を震わせ始めた。なんなの、あの女。下の奥さんだけじゃ足りなくて、わたしにも売春をすすめるのよ。女はいろんな男に抱かれないと身体の線がすっきりしない。とくに二十過ぎて処女でいるとよけいな脂肪がついて身体のきれが鈍くなる。男を紹介するから美容と蓄財のために励んでみないか、だって。癪だから、わたしは身体の線より心の線をすっきりしたいと努めていますと答えてやったの。そうしたら、あなたの心臓はめずらしくいい形をしていそうだから、バレンタインの日にステーキにして恋人に食べさせたらとけらけら笑うの。失礼だわ。許せない。そめかに対する美輪子の反撥には、からかわれたという以上に、女性特有の微妙な感情のもつれがありそうで、安易に首は突っこめなかった。そめかがアパートに引越してきたら面倒になりそうだなと気は重かったが、妙に下腹がむずむずしてきて、足どりは軽かった。

七月半ば、そめかは賑々しく引越してきた。荷物は夜具とタンスと鏡台と机とが運びこまれただけで、兄貴と弟分のふたりで瞬く間に片づけられたが、そのあと深夜まで祝いの客が引きもきらず、騒ぎは長く尾をひいた。訪ねてくるのは女ばかりで、それも朋輩の芸者衆らしく、下駄をがらがら鳴らしながら二階の奥の室までたどり着き、そこで足音に負けない大声を張りあげて祝いの口上を述べた。別々な女が訪ねてきているはずだが、足音と声音とはだれもが同じに聞こえ、ひとりの女が賑やかしに一定の時間をおいてくりかえし祝いに来ている錯覚を抱いた。似たような祝いの言葉がくりかえされるのを聞いているうち、そめかの室はこの世にふたつとない、特別に選ばれた場に思えてきた。客はすべて玄関先で帰ったが、五人連れの一組だけは室にあがりこみ、三味線を鳴らし、長唄「七福神」を唄い出した。踊りが始まると、どすん、みしとアパート全体が軋み、そのままぐにゃりと倒れこむのではないかとなんどもひやりと肝を冷やした。極めつきは祝いのしめくくりに深夜訪ねてきたただひとりの男客だった。踊り手一行が賑やかに引きあげて、表向きの祝いの行事がとどこおりなくすみ、いまにもそめかが笑顔をみせるかと外の気配を伺っていると、男の重おもしい靴音がそっと階段をあがってきた。足音をしのばせていながら、一足ごとにわざとらしく咳払いをし、手にした扇をぱちぱち開けたり閉じたりして合図を送っていた。階段の上まで出迎えたそめかをいきなり抱き寄せたらしく、もつれた男女の足音が鉄板の廊下でたどたどしい足拍子を踏んだ。そのまま、室のなかに倒れこむ音が派手に響き、あとはかすかにアパートが軋みつづけた。男女の切迫した息づかいが壁をひしひしと押してくる気配が迫り、圧力が頂点に達して壁が崩れるかと緊張した瞬間、ふっとガス洩れが生じて、膨張していた熱気はたちまちしぼみ、だらけた夏の夜にかえった。男は腰が抜けたような、ふわふわした足どりで帰っていった。墓場で蟬がじいっと一声啼いて、そめかの引越し騒ぎはこれで幕かとほっと胸をなでおろしたとき、こつこつと階段に押し殺した足音がした。じっと耳を澄ましていると、足音は廊下を奥まで行き、そめかの室のまえでとまった。扉がひそやかにノックされ、男の囁く声が聞こえた。それがすぐに男女のもみ合う騒ぎとなり、いいかげんにしろ、助平じじい、とそめかの金切り声があがった。廊下にたたらを踏む音が乱れ、扉に思いきりぶつかって、男がたたきに倒れこんだ。大家が尻もちをつき、痛い、痛いと腰をさすっていた。手を貸して助け起こすと、ひどいめにあった、信じられない女だと例のねちねちした口調で訴えてきた。大家の話によると、そめかは、大家の妻が自殺してから世話になるのを嫌がり、子どもを親戚に預けて、芸者に出たという。派手に客をとり、たちまち根岸一の売れっ子芸者と評判になったが、身を売る女の心意気とかいって、一匹狼の若い組員を燕にして物議をかもしている。この青年は清水次郎長を俠客の鑑と仰ぎ、その遊俠道を説いては幹部に煙たがられている。いいかげんにしないと処刑される恐れがあるのに、そめかは青年をますます煽りたてるばかりである。わしの顔をみるのも嫌だと言っておきながら、あてつけにアパートを借りたり、やることがことごとく挑戦的で、いつ血が流れるかわからない。みかねて忠告に及ぶと、ありがたいとも思わないで、この騒ぎだ。大家はうんざりした口調で嘆いたが、その身体からはそめかに対する未練がありありとみてとれた。そめかは大家をこちらに托すと、後をみずにさっさと自室に引っこんでしまった。

次郎長気どりの青年やくざはそめかの送り迎えを勤めているらしく、バイクの音を響かせながら毎日現れた。青年が室にあがると、昼夜に関係なく熱した声がはじけ散った。しかし、それはすこしも嫌らしくなく、発声練習でもしているみたいにあっけらかんとして大らかだった。他人の耳を意識した遠慮がなく、快感を思うさま歌っている身勝手さが微笑ましかった。下の奥さんが自ら声をあげて波に乗り遅れまいと必死なのに対して、そめかは演者の技倆によっていくらでも奥深い音色で応える名器だった。

兄貴がひとりではなく、弟分や仲間を連れてやって来たときには、かえって耳障りな音が立った。時間にお構いなく麻雀が始まり、牌を混ぜる音が神経を逆なでし、喜んだり悔しがったり、むき出しの感情が突き刺さってきた。とくに下の奥さんが誘われたときには、座が不純に浮き立ち、その澱みが耳に粘りついて離れなかった。もう限界だなと抗議に出向こうとしたとき、事態が急転回した。戸が勢いよく開き、廊下に足音が乱れ、弟分がめずらしく荒々しい声をあげた。

「なんだよ、生娘じゃあるまいし、負けたら身体で払うと言っただろ」

「みんなのみている前じゃ嫌」と下の奥さんが意外に冷静な声で答えた。

「恥ずかしがる身分じゃないだろ」

「違うの。私はこれしかないので、一回一回大事に集中したいの」

「ありがたいような、こわいような話だな」と弟分は真面目に返し、ふたりは静かな、落ちついた足どりで闇のなかに消えていった。

しかし実のところ、そめかがたてるもの音でいちばん気になるのは彼女のひとり言だった。そめかはひとりでいるとたえずぶつぶつなにごとかを呟いていた。それは絶え間のない、一本調子な声で、地の底からふつふつと沸きあがってくる重い暗さがあって、腹にこたえた。なにをあんなにしつこく、いつまでもぶつぶつ言っていられるのか、呆れるくらいの持続力だった。しかしそのうち、いくらなんでも呟きにしてはあまりに整然と言葉が滑り過ぎるように思われ、ひょっとして読経ではないかと思いついた。花柳界の女は信心深いというから、そめかもなにか呪文を唱えては内にこもった毒を吐き出し、外から襲いかかる禍を追い払っているのかもしれなかった。

ある朝、声を出しながら階段をあがってくる彼女に行き会った。熱心になにかを読んでいていまにも階段にけつまずきそうだった。階段をあがりきったところでこちらに気づき、夢からまだ覚めきっていない、陶然とした顔で微笑んだ。すごいラヴレター、もらっちゃってさ。最高に幸せ。元ちゃんにも少しおすそ分けしてあげるよ、とそめかはいそいそと手紙を読みあげた。お前と出会って、おれは女の正体をみた。女は火だ。お前の炎にやかれておれは清められ、次郎長親分にふさわしい玉になれた。もうこわいものはない。突っ走るだけだ。愛してるぜ。なるほど、組の改革にひた走る青年にふさわしい雄勁(ゆうけい)な恋文で、大時代だなとすこし引けたが、めずらしく真直ぐなもの言いには心に届く力があった。手紙を読むそめかの声も切迫していて、恋文というより遺言を読んでいるようだった。もっとも、そめかはなにを読んでも悲劇女優の詠嘆調で、新聞の三面記事も値段表も生死を賭けたドラマに聞こえた。あたし、女優を志していて発声練習をしたことがあるの。それで音読の癖がついちゃってね。どんな文章でも声に出さないと身体に入らないの。しかし、そめかの声はよく透るのでこれははた迷惑な癖で、声があがると、美輪子はもぞもぞ落ちつきを失くした。その日は雲の往来が激しく、朝から激しい雨がふるかと思うと強い陽ざしが照りつけ、湿気が立ちこめて、息苦しいほどの暑さだった。午後には天気雨が降りつづいたので、大気は空からの雨と大地からの湯気とで熱く靄った。その靄の微妙な動きを目で追っていると、ところどころに小さな虹ができては消えるのに気づいた。大きさもさまざまで、色の濃淡も一定せず、持続時間もそれぞれ異なっていたが、目をこらしていると、つぎからつぎへと虹はシャボン玉のように生まれては消えた。天の神さまが上機嫌で悪戯書きをしているようで、思わぬ方向が色づくたびに、胸が大きくときめいた。ひとりで楽しむのはもったいない気になり、このところ放ったらかしの美輪子に急を知らせに走った。美輪子は泣き腫らしたようなとろんとした目をして現れ、こちらの興奮した語り口にも乗ってこないで、足を引きずって窓の方へのろのろ引き返していった。気勢を殺がれてがっかりしていると、そめかの朗読の声が耳につき、彼女にも虹をみせてやりたくなった。そめかは話を聞くと、まあ、すてきと弾んだ声を出し、窓辺へかけ寄った。窓から身を乗り出してきょろきょろ外をみていたが、ウソ、虹なんかみえないじゃん、ときびしい顔でふりかえった。まさかと室にあがりこみ、そめかと並んで外をみた。陽ざしは消え、夕闇のなか降り残りの雨が未練がましく降っていた。

「あたしにふさわしい空模様ね。あたしは生まれてからずっと雨のなかを歩いてきた気がする。雨があがって虹がかかったなんて思いはしたことがない。それにくらべて、元ちゃんは雨に降りこめられても虹をみるラッキーボーイね。大学の先生になって人生を謳歌しているわけだ」

そめかの語調は皮肉っぽく、腹をくくった思いきりのよさがあった。

「なんでそんなにひがんでいるんだろうね。そめちゃんだって、オートバイのお兄さんと一緒にいるときなんて、虹のなかに昇天したような声をあげているよ」

「他人からみると、そんなに幸福そうにみえるのかしら。あたしの実感としては、傘なしでどしゃぶりの雨のなかに飛び出した心境なんだけれど、あの子とのことはそのとき一瞬一瞬だけで先はないの」

こう言うそめかの語調は軽く、淡淡としていた。尻をまくった晴朗さで、それだけ彼女が崖っぷちに立たされている危うさが際立った。

「あんたは一日中のべつ幕なしに街頭放送を流していてうるさくてやりきれない」

いつの間にか美輪子が玄関に立っていて、いきなり金切り声をあげた。そめかはゆっくりと美輪子の方に振り向き、忙しなく足踏みをしている美輪子をことさらにじろじろみた。

「そう、あなたみたいな男知らずのおぼこにはあたしの放送はいろいろとためになるはずだよ。

いい機会だから下のことをしっかり勉強していきな」

「いまの発言て、居直りで、許せない。不潔な現実、下劣な肉体にひれ伏して、恥ずかしくないの。心も精神も持ち合わせないあんたは人間じゃない」

「あなたって、思ったよりおバカさんだね。その程度のことをぬけぬけと口にするために大学まで行っているのかい。いいかい、女って子宮でものを考えるんだよ。股の間が女の花さ。いろいろな男に可愛がられてそこをぷっくりふくらましな」

「あんたこそ、よくもいやらしいことを平気で口にするわね。ぶつぶつ一日中呟いているのは子宮が沸騰してわきたつ音なの。はしたない声はもう二度と出さないで」

「ありがたいお託宣なんだから、股の穴かっぽじって謹んで承りな」

「あんたのきたならしい穴をわたしが塞いであげる」

言いざま、そめかに摑みかかろうとして、たたきに散乱していた履ものに足をとられ、前屈みにばったり倒れた。美輪子は両手をついた腹んばいの姿勢からかろうじて上半身を起こしたが、両膝をついたままわっと泣き出した。肩をしゃくりあげ、大粒の涙をぽたぽたとめどもなく滴らせた。そめかはぴくりと身を震わせると、駈け寄って、背中を優しくさすり始めた。ごめんよ。いじめるつもりはなかったんだ。あんたがあまりかわいそうだから目を覚ましてあげたかったのさ。元ちゃんにすがったってむだだよ。この学者先生は書物に描かれた絵空ごとにしか勃起しないんだ。他に男を探した方がいいよ。そめかは美輪子を抱え起こして美輪子の室につれ帰った。泣き崩れたあと、美輪子は意気地を失くし、大嫌いなそめかに身体を触られても、大人しく言いなりになっていた。むしろ甘えている節さえみえた。美輪子のこのもろさが痛痛しく哀れで、その場に釘づけになった。そめかの批判もよく効いて、強烈な光に射抜かれた虚脱感を覚えた。ふたりは室にこもったままなかなか出てこなかった。ふたりが語り合う低い声がもれ聞こえた。ぶきみなほど沈んだ声で、ふたりが交互に呪文を唱えて自分を呪っているように聞こえた。女ふたりの鞘当ても迫力満点だったが、このふたりに仲良く刃向かってこられては、とても太刀うちできないので、早早に自室へ引きあげようと戸口を出たところで、そめかと鉢合わせした。そめかは顔をひきつらせ、立ちはだかった。

「元ちゃん、あの娘をどうする気なの。どうしてきちんと抱かないの。欲求不満で頭がおかしくなっているよ」

「交わってことが運ぶのなら、とっくにそうしているんだけれど。今度はそうじゃなくつながりたくって」

「男と女の間に他にどんなつながり方があるの」

「ふたりでいるのが自然で、当たりまえな関係」

「それは長いことつき合ってから最後に至る境地じゃないの」

「最初に心と心で抱き合いたいんだ」

「なんだか雲を摑むような話だけど、とにかくもっとかまってあげな」

そめかの忠告にもかかわらず、通信教育の夏期スクーリングが始まって、それから十日ほどは美輪子の相手はできなかった。キャンパスはふだんと違って中年男女であふれ、コンサート会場のひめやかなざわめきが立っていた。木かげのベンチで休む婦人もゆったりと寛いでいて、時の流れが常になくたゆたって重く感ぜられた。人の動きがしっとりと落ちついているなかで、大人のなかにまぎれこんだ子どものように、自分ひとりせかせかと慌ただしかった。卒業論文の面接指導に追われ、読書会に引っ張り出され、コンパに誘われた。なかでも、こたえたのは大教室でマイクを通して朝と午後九十分ずつ十二回講義をさせられたことだった。これには食欲もないくらい疲れ果てた。フランスの恋愛小説を通して西欧的恋愛の実像を明らかにするというのが講義の趣旨だったが、話を重ねるにつれモチーフはぼやけ、出口のみえないトンネルに入りこみ手探りでよろよろともつれた足を運ぶ醜態を演じてしまった。喉がからからに乾いて言葉が出てこないことがあり、ふっと意識がかすんで話の筋を見失うことがあった。それでもなんとか最後まで持ちこたえられたのは、ためになる講義をしようという良心をかなぐりすてて、図々しく口から出まかせでその場を糊塗したからだった。生きていくって、こうやってほどほどに時間をやり過ごすことなんだと悟ったようにほくそ笑んだりした。いい気になって最後の授業で質問とコメントを求めたのがいけなかった。目鏡をかけ、ぎすぎすと神経をむき出しにした老婦人が立ちあがって、死刑判決を言い渡す裁判長のおごそかさで迫ってきた。

「私の息子のようにお若い先生にこんなことを申しあげるのは酷かもしれませんが、先生の今回のご講義はさまざまな知識がたくさんつまっていて、それを面白がって受けとめているかぎりそれなりに充実した内容なのかもしれませんが、正直言って私は拝聴していてほんとうにくたびれました。なぜこんなに疲れたのか考えたのですが、たぶんそれは先生のご講義が知識の断片から成りたっていて、それを統べくくる背骨がみえてこなかったからだと思うんです。私ぐらいの年になりますと、もうよけいなことは知りたくないんです。自分のもののみかたを変える見識だけを得たいと耳を澄ましているんです。この六日間そんな期待を抱いて先生のお言葉に対してきましたが、とうとう一度も心を動かされませんでした。徒労で疲労困憊いたしました。先生、しっかりしてください」

急所を刺され、蹌踉とアパートに帰りついたところで美輪子に出会った。まだ陽の残る六時なのにパジャマを着こんでだるそうに洗濯ものをとりこんでいた。美輪子の胸に顔を埋めて泣きたいと近寄っていくと、美輪子はおびえた顔になった。いや、酔っぱらいはいや、とあたふたと室に逃げこみ、鍵をかけた。

三日ほどごろごろ寝て過ごし、身体によどんだ疲労をやっと振りはらった。久しぶりに外へ出てみると、吹き飛ばされそうに身体が軽く、足がふわふわと地につかなかった。腰がおりない頼りなさで、戸口でもたもたしていると、となりから美輪子が顔を出し、まぶしそうに目を細めた。袖なしのブラウスを着て腕をむき出しにしていたが、肌が粉をふいてつやがなく、長いこと蔵にしまわれていた人形の臭いがした。底の底まで落ちこんでいるところだったので、美輪子の茫然と漂流している頼りなさが他人ごとではなく身にこたえた。自然と一緒にいることになったが、彼女の症状は比較にならないほど重かった。暑さのせいもあって、動作が緩慢で、ひとつの動作からつぎの動作に移るのがつらいらしかった。歩行はロボットのようにぎくしゃくし、食事のさいは、箸で食物をはさんで、口へ持っていき、咀嚼して、のみくだす、というなんでもない一連の動きがひとつひとつ引っかかって途切れた。いちど眠りこんだら、もう二度と目が覚めなければいいのに、と美輪子はひたすら身体を横たえたがった。しかし、横になってもなかなか眠りに包まれず、たまに眠りこんでも、安らげずにいた。眠りのなかの美輪子はたえず小刻みに身体を動かし、呻き声や溜め息をひっきりなしに洩らした。よほどこわい夢をみているのかと気がもめたが、無人駅の待合室でいつまでも来ない電車を待っていたり、行先不明の電車に乗って見知らぬ乗客にじろじろみられたり、とらえどころのない不安に苛まれているようだった。しかし、美輪子がおかれている状況からすれば、むしろわかりやすい夢だった。就職口がみつからず、来春からの生活設計がいまだに描けずにいた。さまざまな職種の会社に当たったらしいが、どこも門前払いで、ここだけは確実と思っていた幼稚園の教諭職すら断られていた。美輪子は子育てに関心があり、保母免許をとっていたが、その得意分野ですら道は開けなかった。幼稚園って遊びの場よね。しつけや手習い教室ではないわよね。遊びのなかで自分や他人とのつき合い方を学んでいくところよね。それをあの幼稚園はなによ。朝登園してきた園児を全員そろうまで大人しく坐らせておくのにあなたはどんな方法をとりますかなんてきくのよ。ばかばかしくって、腹がたって、と美輪子は面接にはねられたのを教育観が否定されたことに帰して、面接官の愚劣さに八つ当たりしていた。意気阻喪した美輪子を助け起こして一緒に並んで歩くのが自分の役割だとは思ったが、なかなか手が出なかった。美輪子にぴったりと寄りそうどころか、ともすれば冷たく突き放していた。ひた向きさが足りないのではないかとお尻をたたいてみたり、嫌な相手とも妥協が必要なのではないかとお説教をしたりした。おちこんでいる彼女がうとましく、その行動に対して不注意になり、不親切になった。一緒に並んで歩いていて、気がつくと、美輪子をはるか後方に残してひとりさっさと先を歩いていたりした。話はかみ合わず、すでに語りつくされた話題が唐突にむしかえされたり、それまでの話の流れとは無関係な話題がふいに持ち出されたりした。しかし、ある日、美輪子は波長を合わせる気がなく、一所に立ちどまって、ひとつのことを執拗に考えつづけているのだと気がついた。自分の生いたちについて語るときには、美輪子は生き生きと楽しそうだった。それが美輪子の定点だとわかったとき、初めて美輪子の素顔をみたような安心感をえた。

「家は創業三百年の菓子屋なんですが、父はそののれんを誇りにし、それを守るためだけに生きているんです。父の生き方は創造性がないと思います。自分が選んで、開拓した道ではなく、定められた路線を踏み外さないように歩いているだけなんです。人間は試行錯誤をさまざまくりかえし、最後に自分の正体をみつけて死ぬものでしょ。父は始めから死んでいるんです」

「お父さまは家業をつぐまえにさんざん迷ったと思うな。その迷いを断ち切って、お菓子づくりに身を捧げる決意をしたからこそ、思い入れが深いんじゃないかな。樋口一葉が明治二十六年七月五日の日記に書いているでしょう。『仏者の仏をとなへ、美術家の美をとなふる、捨て〱すてぬる後の一物やこれ』なんであれ、これ一筋という人はそれなりの覚悟ができているんだ」

「ずいぶん父を買いかぶってくれたわね。でも、父がそういう使命の人だったら、もっと他人に優しいんじゃないかしら。すくなくとも東京で自立の道を探しあぐねている娘に向かって、すぐに帰ってきて子どもを産めなんてセリフをぶつけないんじゃないかしら」

「お父さまはお嬢さまの行くすえが心配なのと、それに一日も早く孫の顔がみたいんでしょう」

身の上話は聞くのに距離をとるのがむずかしいが、美輪子は聞き手の戸まどいには無頓着で、なんども反芻したらしい手際のいい語り口で話を進めた。

「わたしが中学生のとき母は家を出て行ったんですが、今になって母の気もちがわかる気がします。家にいたら、自分を殺して箍だんごに仕えなくてはならない。父は母が生身の人間だとは理解できなかったみたい。一年中無休だから、元旦から大晦日まで三百六十五日判で押したようなくりかえしで、息抜きできないの。めずらしくある年お花見に行ったことがあった。母はわたしの手を引いてうきうきしていたんだけれど、父は満開の花をみても無心に楽しめなくて、この桜のはなやかさをなんとかお菓子で表現できないかと考えこんでいるの。ひとりで勝手に考えているぶんにはまだ我慢できるのよ。ところが、ひょっと思いついてはいちいち意見を求め、それに対してきちんと答えないと、いいかげんだとしつこくからんでくるの。仕事場にいるのとまるで変わりない。あげくの果てに、立入り禁止の貯水槽の柵内に新鮮なよもぎが生い茂っているのをみつけて、これで特約農家のよもぎを使ったのとは一味違うよもぎだんごができる、花見にきたかいがあったと大喜びで、わたしたちにも手一杯摘ませるんです。父はなにをしても、どこへ行っても、結局仕事になっちゃうんです。わたしに一言の相談もなく婚約者を決めたのだって、そうです。父に輪をかけて腕のいい職人なので、父は外へ出したくなく、わたしと一緒にさせたがっているんです。いまの時代にこんな結婚ってありですか。わたし、その青年をみていると、寒気がしてくるの。父にはまだ客の姿がみえていて、商売をしているという外向きの意識があるんですけど、その人ときたら、それこそ一日中仕事場にこもって、朝から晩まで黙々とお菓子をつくっているだけなの。若いくせに、なんの趣味もないし、世間の動きにまったくの無関心。新聞も読まないし、テレビもみない。子どもが砂場で無心に遊ぶみたいに、おだんごをつくりつづけているの。寡黙で、喜怒哀楽を顔に出すこともめったにないから、なにを考えているのかよくわからなくてぶきみなのよ。でも、それ以上にぶきみなのはそんな閉じこもりの彼がつくるお菓子がそれは絶品なことなの。甘さがきつくなくて、歯ざわりが優しくて、食べたあと口のなかにほんのり芳香が残って。世間ではさすが老舗の味と評判で、つくってもつくっても完売なの。あの若さでと思うと、なにか不吉で、鳥肌立ってくるわ」

「そうだな、お菓子の精の物語といったところかな。その青年のお菓子に注ぐ情熱はどこから生まれるのかな」

「なにも話さないからよくわからないけど、そういえば一度だけぼそりと妙な感想を洩らしたことがある。ふだんはあまり使わないグラニュ糖を仕事台に拡げたとき、手でさらさら感触を確かめながら、まるでガラスの粉みたいだな。胃にぽつぽつ穴が開きそうだと燥いでいた。黒い炎がもえている感じでぞっとしたわ」

「鋭い感性だな。ただ者ではないな。一緒に暮らしたら、はらはらして退屈しないかもしれない。美輪子ならいい理解者になれるんじゃないかな。創造の魔性に仕える巫女という役割も悪くはないよね」

美輪子は身体を震わせ、それまでのぼんやりした表情から一転して険しい顔に極まった。胸をふくらませ、頬を紅潮させて、いまにも噛みついてきそうな勢いだった。美輪子の生気にあふれた顔を久しぶりにみて、思わず顔がほころんだ。

「バカにしないでよ、わたしはまだ一筋道を急ぐ夕暮れの女じゃない。これから枝道をいろいろ歩いてみたい。腰の坐った一葉のまっしぐらな生涯よりも、小説を書いたり、女優になったり、アメリカまで男を追いかけたり、田村俊子の八方破れの生き方をむしろ見習いたい」

「いや、美輪子が独自な道を歩くというのなら、それはほんとうにすばらしい。ぜひ頑張ってください。田村俊子は自分が太陽だと確信できた幸福な女性ですよね。精進を説いた生真面目な一葉とは違って、『芸術は学問からは生まれないのよ。いくらたくさん学問したからって、いい芸術家になるとはかぎらない。天分が第一ですよ』と言いきったそうですね。美輪子も自分の才能を信じて天高く羽搏いてください」

「イジワル。就職に失敗し茫然としているのに、なんで冷たく突き放すの」

「すいません、ただ、田村松魚(しょうぎょ)の役まわりだけは願いさげです。暴力をふるって女に小説を書かせるほどお節介ではありませんから」

「要するに、立ちすくんでいるわたしを抱きとめるだけの愛情はないと言いたいんでしょ」

美輪子は切ってすてるような口をきいたが、語調は粘っこくて、すがる目だった。このまま放り出すのも後味が悪いので、和解のしるしに手をとり、肩を抱き、首筋に唇をあてた。美輪子はくすぐったそうに身を縮め、そのままずっと自分のなかに引きこもっていった。ひっそり静まった彼女の身体から湿布剤の臭いが漂ってきた。美輪子がふいに腰の曲がった老婆にみえ、踏みこみかねていると、縮こまっていたのが、首をもたげ、こちらの唇を吸い、やっぱり国に帰ろうかなと悪戯っぽく笑ってみせた。

このときの美輪子の短く乾いた笑いはその後思わぬときに耳につき、心にまとわりついた。それはたいがい美輪子のことを忘れて、雑事にかまけているときだった。約束に遅れそうになって変わりかけた信号を慌てて渡っていると美輪子の虚ろな笑いが聞こえた。白熱した議論のすえ相手をぐうの音も出ないほどやりこめて得意になっていると美輪子の嘲笑の声があがった。美輪子はまるで心に突き刺さった刺だったが、思わぬときに疼く古傷のようで、ふだん一緒にいるときにはかえって痛まなかった。彼女は放心していることが多く、そのかたわらで本を読み始めると、つい集中してしまったりした。小突かれて、われにかえり、彼女にもたれかかっているのに気がついた。

「先生って、本に入りこむと、まわりがみえなくなるんですね。すごい集中力ですね。その意気ごみで恋愛にのめりこんだら、心中まで行っちゃうのかしら。わたしみたいに平凡な女にはとてもついていけない道のりみたいね」

たしかに、美輪子に惹かれていながら、そのまま真しぐらに突走れない、歯どめがかかっていたが、それが彼女の凡庸さだとは思わなかった。彼女が複雑に入り組んだ内面を抱え、陰影に富んだ表情をしているからこそ、踏んぎりがつかずにいるのだった。身を寄せ合って肌を温め合っても、その奥に融け合えない心が冷たいまましこっているのでは、もはや満足できなかった。連れ立って外を歩くときは指をしっかりとからませていたが、それは親密なつながりを確かめ合うというよりも、そうして肌を接していればいつか思いが通い合うかもしれないというはかない期待からだった。その晩はいまにも降り出しそうな、むし暑い空だったが、いつになく人が出盛り、しかも涼みの客にしては足どりがせわしなかった。雨がなんでえ。しっぽり濡れてみる花火なんて乙じゃねえかとざわめきをさらに煽るように酔った声がわめいた。七月二十六日土曜日、隅田川川開きの日と知れた。人の流れに押されて浅草の方へ少し歩きかけたが、美輪子とふたりだけでひっそり花火をみたくなった。人気がなくて見晴らしのいい場所はないか、上野の山とか義兄の病院の屋上とか、あれこれ思い浮かべてみたが、どこも美輪子とふたりきりで空を仰げそうにはなかった。探しあぐねて「笹の雪」のまえまで来たとき、一カ月半まえ雨宿りしたクリスタルルームを思い出した。自分でも意外な思いつきだったので、興が動いてうきうきと美輪子を誘った。美輪子は強く誘われて身をひき、じっと窺っていたが、意を決したように、ことさらに大きく頷いた。クリスタルタワーの最上階の室を借りたいと言うと、前回と違う若い支配人は怪訝な顔をし、同じ値段でもっと落ちついた室を提供できると答えた。花火をみたいのでと正直に打ち明けると、支配人は一瞬きょとんとし、それからなにを勘ぐったのか、肩の線を崩して下品に笑い、鍵を投げてよこした。室に入ると、まだ暮れ残った空に間をおいて花火が打ちあげられるのがみえた。予想していたより遠く、小さかったが、ビルの上の空、ほぼ室の高さに花火の傘は開いた。始めは薄暗い空をゆさゆさと揺すって力ずくで顔を出していたが、間もなく濃く立ちこめた夜を背景に成熟した輝きで自在に躍動を始め、思いもよらないフォルムをさまざまに描いて、飽きさせなかった。しかし、あるときから見覚えのある図形がくりかえし現れるようになり、その出方に一定の法則があることもわかって、興味は急速にしぼんでいった。花火の眩(まばゆ)い変幻よりもその輝きを吸いこむ闇の深さにしだいに目が吸い寄せられていった。慌ただしく打ちあげられる花火はこの底なしの闇を押しのけようと必死にあがいているようにみえた。息苦しくなって、助けを求めるように美輪子をみると、ふとんの上で立膝をして顎をのせ、ぼんやり花火に目をやっていた。ホテルに誘ったときには生き生きと目を輝かせたのが、すっかり張りをなくして暗く沈みこんでいた。花火見物って、こんなに寂しいものだったかな、と半分ひとり言の語調で美輪子に声をかけた。美輪子は声が耳に入らなかったように身じろぎもせずにぼそりと答えた。距離が遠過ぎるのかしら、花火はもともと火の粉を浴びながら仰ぎみるものよね。こんなに離れちゃうと、現実感がなくて、夢をみているみたい。音が聞こえないのも、のめりこめない理由かな。花火の音って、お腹にこたえて、身体を突きあげてくるでしょ。その衝撃で目から火花が飛び散って花火になって開いたと思えないと心が震えないんじゃないかしら。自分のなかの汚いものが残らず打ちあげられて浄められた爽かさがきっと花火の醍醐味なのね。長岡の花火大会では最後に世界一大きい三尺五寸玉が打ちあげられるの。耳がつーんとおかしくなるような途徹もない音がして、目が痛くて開けてられない強烈な光が走るの。この圧倒的な光と音の洗礼を受けると、一年中身が引きしまって、道を誤まらない安心感が持てるの。美輪子の言葉は浮ついた花火に係るとは思えないほどしみじみと響き、雪国の女が一歩一歩凝った大地を踏みしめて歩いていく堅実さを彷彿とさせた。美輪子は意外に父親似だなと思わぬ拾いものをした気分で笑みがこぼれた。主婦になって家事に大童(おおわらわ)で専念するその滑稽なほど直向きな姿が浮かんだ。

「たんなる興行にしか過ぎない隅田川の花火大会にくらべて、長岡の川開きは戦時の空襲の業火に重ね合わされていて、影が濃いんだ。花火大会が観光に流れないで、京都の大文字並みに、ルーツを鮮明に保っている。気晴しではなく、文化だな。お父さまのお菓子づくりも伝統の味にさらに磨きをかけていて、これもまたひとつの立派な文化だと思う。美輪子はこの濃い血を受けついでいるから、東京に出てきても軽薄に流されない。都会に呑みこまれていないから、就職口とうまく出会えないんだろうな」

美輪子を元気づけようと、わざとらしいとわかっていながら煽ってみたが、底意を見すかしたように彼女は自分のなかに沈みこんだままだった。話のつぎ穂を失って、同じ趣向の花火があがりつづけるのを索然とみていると、美輪子が納得した声をあげた。

「仕掛けがまるでみえなくて、空高くあがる打ちあげ花火しかみえないので迫力がないのかしら。全体がみえないので、視野狭窄を起こしたみたいで不安になるのね」

「でも、花火を楽しむにしても、こうして人知れぬ片すみでこっそり盗みみるのが大都会の魅力なのかもしれないね。川原に見知った顔が集まって一体になって興ずるのではなく、それぞれの孤独を噛みしめながらばらばらな顔を並べているんだ」

「たしかにわたしは都会は肌に合わないけど、田舎もだめだわ」

美輪子は大きく溜め息をつき、しばらく足指をいじっていたが、思いきって身を起こすと、前回の内緒話と同じ、迷いのない口調で語り始めた。

「母は家をすてて東京へ駈け落ちしたの。わたしが中学生になったときで、相手はこともあろうに小学校六年のときの担任の先生なの。わたしはこのことでは徹底していじめられたし、苦しみもした。友だちは離れていくし、だれもまともに口をきいてくれなくなった。不良だけがオレトチンチンカモカモシヨウゼなんて気やすく声をかけてきて、なれなれしく身体にさわってくるの。やっとの思いで家に帰ってくると、背中にいたずら書きの紙がべったり貼られていて、〝わたしの母は担任の先生と出奔しました。わたしも母の後を追います。相手を探しています〟と書かれていたりした。わたしは父にこんな嫌らしい町から出ようと泣いて訴えたんだけれど、父は動じないの。おれたちは悪いことはしていない。被害者だ。臆することも恥じ入ることもない。父はわたし以上にひどいめに会っているはずなのに顔色ひとつ変えなかった。客足は遠のくし、表戸に貼り紙までされてね。〝女房に逃げられました。甘かったです。この甘さがお菓子に活きるといいのですが〟。父はこの落書きを剝がさないの。この通りだ。これからは今まで以上にお菓子づくりに励むんだと恰好いいこと言ってね。この事件を通してわたしは自分がひとりだなとつくづく悲しかった。母はわたしに声もかけずにすっと消えちゃうし、父は甘味の世界に閉じこもってしまうし。友だちはさっと背を向けた。わたしの手を握ってくれる人はなく、わたしと一緒に泣いてくれる人はいなかった。ひとりぼっちで耐えていた。死んだ方がましといくど思ったか知れないけれど、そのたびに意地になって頑張ってきた。いまにわたしの話を親身になって聞いてくれ、わたしを愛してくれる人に出会えるに違いないと信じてきた。先生にお会いしたとき、この理想の人にめぐり会えたかなと胸が騒いだ。この三カ月は期待と不安で胸が張り裂けそうな毎日だった」

美輪子は大きく胸をふくらませ、平手でぽんぽん叩いてみせたが、舞台の所作の大仰さで、真直ぐな告白が作り話めきそうだった。

「でも、もうおしまいね。わたしのことを優しくわかってくれる人とわたしのことを心から愛してくれる人とはかならずしも同一人物ではないのね。先生はわたしに優しいけれど、わたしを愛してはいないわよね。わたしを必要としていないもの」

「美輪子の身体を求めるから美輪子を愛しているとはいえないじゃないか。問題は心のつながりでしょ。そのつながりを真摯に求めているからこそ、われわれの関係は緊張しているんじゃないか」

「わかったわ。わたしたちは心がばらばらで、恋人のイメージからはほど遠いのよ。足もとをしっかりみてひとりで歩かないとね。先生はわたしの言葉を初めて真剣に受けとめてくれた方なの。それだけでもありがたく感謝しているわ」

美輪子は立てていた上体の線を崩すと、淋しく笑って、そそくさと立ちあがり、浴室に入っていった。湯船に湯を張り、身を沈めた。浴室の壁もガラス張りなので、美輪子の動きはことごとく手にとるようにみえた。美輪子はお構いなく勝手に振る舞っているようでいて、みられていることを明らかに意識していた。動作のひとつひとつが大きく、的確に決まって、身体の線の美しさを際立たせた。すらりと伸びた手脚のしなやかさ。ふっくらと盛りあがった乳房、臀部の円(まろ)やかさ。最後に、湯船に身を沈めてことさらにみせつけた、髪をアップにした首筋のなだらかさ。さきほどまで理屈っぽく骨張っていた美輪子がふいに豊満な肉の塊にふんわりと変身したのが、血を騒がせた。いつか女が湯に入るだけのショーをみたが、その単純な舞台が、ふんだんに使われた湯水のせいか、妙に煽情的だったのを思い出した。とくに女が湯船に身を沈めて、それまで陰部を隠していた手ぬぐいで首筋をさっとぬぐったときには、じっとしていられないほど高まっていた。裸になって、勃起した棒を大事に運ぶ恰好で美輪子の横に身を沈めた。風呂場からも正面に花火があがるのがみえた。クライマックスに達したらしく、これまでにない大輪の花火がひしめくように花開いていた。闇を完全に押しこんだ光と色の饗宴に興奮して思わず喚声をあげて立ちあがると、美輪子の顔が下腹にはりついた。重病人が酸素吸入器にとりついたような必死の吸い方で、思いの熱さを一息ごとにたたきつけられる激しさだった。花火がとめどもなくあがっていくのに呼応して、体内でも熱い塊が下半身から頭の天辺へどんどん打ちあげられていった。たちまち大団円がきて、大筒が三発巨大な花をあふれんばかりに咲かせた。度はずれに大きな花はさらにどんどん肥大して、目路の外へ広がるようにしてみえなくなり、後には漆黒の闇がせり出してきた。それにつれ、体内でも激しい震えが下腹から頭頂にかけあがり、頭に充満していた熱い塊を残らず引っ浚うと、めくるめく速さで火花を散らしながら落下した。目のまえが真暗になり、下腹から空気がどんどん抜けていった。美輪子はうっと呻き声をもらし、激しく噎（む）せ、白い液体を吐き出した。大急ぎで洗面台にとりつき、なんどもなんども嗽（うがい）をくりかえした。花火が終わったので、方々のビルにネオンが点き、薄明るんだ空に花火の硝煙がうっすらと棚引いていた。湯船のなかでは白い液体が濃く煮凝（にこご）り、蛙の卵のようにぶよぶよ漂っていた。美輪子は長いこと洗面台にはりついて口のなかを洗いつづけていたが、とうとう諦めると、口をぱくぱくさせながら、口のなかがぬるぬるで、饐（す）えた臭いがすると涙声で訴えた。顔を涙でくしゃくしゃにし、肌を黄土色に濁らせ、いく本もの皺を口のまわりに走らせて、一気に十も歳をとったような急激な萎えだった。ズボンのポケットに入れ忘れていたキシリトールガムをさし出すと、一遍に五、六粒も口のなかに放りこみ、がりがりと大きな音を立てて噛み砕いた。それですこし人心地がついたとみえ、そろそろと衣服を身に着け始めた。驚くほど緩慢な動作で、傷ついた獣を思わせた。

　外に出ても、足が地につかないらしく、もたれかかってふわふわと歩いた。泥酔しているか、汚されてぼろぼろに崩れた足の運びだった。着衣も奇妙に歪んで、身体にしっくり合っていなかった。一歩歩くたびに身体だけが前に出て、衣服が後に残る感じだった。一歩歩いては立ちどまって襟をかき合わせ、それからつぎの一歩を踏み出すので、まるで裸体で一歩歩いては慌てて衣服をまとっているようにみえた。花火見物帰りで浮かれた通行人が無遠慮な目を向けてきた。刺すような視線があり、抉るような視線があった。笑った目があり、義憤にもえた目があった。軽蔑して顔をそむける者がいて、欲望をむき出しにして顔を突っこんでくる者がいた。まさに百鬼夜行だったが、美輪子は歩くことに精一杯らしく無表情に前をみて雑踏のなかをちぐはぐに泳いでいった。よろける美輪子に腕をかしながら、野次馬の目から美輪子を守ろうという気はなく、逆に崩れた美輪子を衆人の前に突き出し、一緒になってなぶりものにしたかった。下腹にはりついて身体をがくがくにさせた女は殺したいほどカワイく、いっそこの場でずたずたに切りきざんでしまいたかった。言問通りを離れて、アパートに通じる路地に入ったとき、催眠術から解き放たれたように、やっと美輪子は自分をとり戻した。つらかったわ。じろじろみられて。長岡でいじめられたときのことを思い出しちゃった。夏って開放的で、賑わうとどっと雪崩れるから、こわい季節ね。せっかく花火をみたのに、暗がりに迷いこんでしまったみたい。同じように闇のなかをさ迷う同類として美輪子の感想は真直ぐ心に届き、このぶんなら心情的にも寄りそえるかなとときめいてきて、つい彼女の心のなかに探りの石を投げ入れてしまった。美輪子はお母さんに会いたいとは思わないの。言ってしまってから、聞くべきではなかったと後悔したが、すでに遅かった。美輪子は電流を流されたようにぴくりと震えて立ちどまり動かなくなった。目がすわってきて、その場にすっと崩れ折れそうだった。慌てて肩を抱きかかえると、大きく息をし、嚙みつくような声を出した。わたしが母に会うときは、母を殺すときです。勢いよく言いきってしまってから、自分が口にした言葉の鋭さに傷ついたように顔をしかめ、うなだれてとぼとぼ歩き出した。行き暮れた足の運びで、他人の同情も理解も入りこむよちのない、殻を閉ざした影だった。

アパートの前で火薬のはじける音と男女の派手な嬌声があがった。そめかと兄貴と下の夫婦の四人が玩具花火に興じていた。ちょうどねずみ花火が暴れ廻り、逃げまどうそめかの足もとで大きく三回破裂音を響かせたところだった。そめかは大袈裟にへたりこんでみせ、みんなの笑いを誘った。われわれふたりの姿を認めて、兄貴がいつに似ず満足そうな、しまりのない声をあげた。これで全員そろった。帰りを待っていたんだ。最後のお楽しみは最高に盛りあげたいんでね。これから線香花火で勝負をする。ふたり一組みになって、先に玉を落とした方が負け。罰はとっておきの恐い話を披露するという趣向だ。最初の組はそめかと美輪子だったが、呆気なく勝負はついた。火をつけたとたんに、そめかの花火は勢いよく星形の火花を四方に咲かせ、あっという間にしぼんで、玉も一秒ともたずにぽとりと落ちた。あたしなら一気にぱっといくと思ったよ、とそめかはやけくそに明るい声を出した。対照的に、美輪子の花火はぱっともえあがらない代わりに、いつまでももえつきず、玉になってからもしつこくぶらさがっていて、落ちたときには全員が安堵の吐息をもらしたほどだった。息をつめてみていたら、あまり長いので失神するかと思ったよ、とそめかはことさらしく深呼吸をしてみせ、だれに急かされたわけでもないのに、そそくさと語り始めた。

「あたしの場合、恐怖はいつも優しい顔をして襲ってくるの。悪いことをしたのにばれなくてよかったとほっと胸をなでおろしていると、そのとたんに発かれるの。食べてはいけないおはぎを食べちゃってね。食べた人は名乗り出なさい、と先生はきびしい声で教壇から咎めた。呼びかけに応えて六人の生徒が前へ出た。あたしも立ちあがろうとしたんだけれど、先生の声があまりに冷たかったので身体が動かなかった。先生は前に出た生徒の人数を数えて、ひとり足りないなと教室を見廻した。冷ややかな目でね。とても前へ出ていく気にはならなかった。先生は意地悪そうな笑みを浮かべて、こちらからお出ましを願わないとだめかと教壇をおり、生徒の顔をひとりひとり点検し始めた。そのときあたしは前に並んだ生徒たちの口がきなこやあんこで汚れているのに気づいた。急いで口をふいてもうこれで大丈夫と安心したところへ先生がやって来た。先生は、愛想笑いを浮かべているあたしをみて、顔を曇らせ、じっと睨みつけてから、怒りを爆発させた。お前だな、口をぬぐって、しらをきろうとしやがって。前へ出ろ。あたしの襟首を摑んで教壇に引きずりあげ、衣服を脱がせて、みんなの前に裸で立たせた。みろ、こいつの身体を。あんこでべとべとのうえ、きなこでざらざらだ。悪事を働くと、隠しても、身体に出る。みると、あたしの身体は全身あんこだらけで、きなこまみれなの。級友たちにどっと笑われて、夢から逃れるようにして目覚めるの」

そめかが語り終えても、だれもなにも言わなかった。日頃のそめからしからぬ話にみんなは完全に調子を狂わされていた。教室でのそめかの姿がありありと思い出された。そめかは鉛筆を削るのが得意な子だった。男の子に頼まれていつも一心に鉛筆を削っていた。小刀を操る手がしなやかで美しかったが、いまその手は拳固にきつく握られて膝の上にあった。司会役の兄貴は、面喰らってどぎまぎしていたが、美輪子は話の筋にすなおに反応したらしく、きちんとした返事を返し始めた。いまのお話、他人ごとではなく伺ったんですが、恐怖物語というよりどちらかといえば不幸物語ではないでしょうか。恐いより哀れだし、わけもわからずにひどいめに会うのではなく、それなりの理由がある。サスペンスというよりエロチックで残忍。美輪子のコメントに、今度はそめかが対応しかねて天を仰いでいると、兄貴がやっと立ち直って助け舟を出した。

「そめか姐さんは勝手者だが、見栄っぱりでしょ。自分さえよければいいんだが、他人から認められないと落ちつかないんだ。どっちつかずだから、そういう苦しい夢をみるんじゃないのかな」

「それは違うと思います」と美輪子が上ずった声をあげた。

「悪いけど、そめかさんにはどこかうしろ暗いところがあります。いまの生き方をいいとは思っていない。そんな罪の意識をむりに押さえこんで元気そうに振る舞っているから、つらい夢をみるんです。前から訊きたいと思っていたんですが、そめかさんはお子さんを預けて、芸者に出ているんでしょ。その子がかわいい、かわいそうと矢も盾もたまらなくなることはないんですか。母性愛を殺しているから、そんな罰当たりな夢をみるんじゃないですか」

「あんたにあたしの気もちがわかってたまるかい」

そめかは苛だちをむき出しにした。

「いいかい、その子はここの大家に孕まされたんだよ。憎らしい子さ。もともと育てる気なんかない」

「どんな事情で生まれてきたにせよ、その子に罪はありません。お願いだから、行きがかりはすてて、その子の面倒をみてやってください」

「あんたにそんなこと頼まれる筋合いはないね。あんたは人間の心というものがわかっていないね。その子をみていると、あたしはみじめに追いつめられてくるのさ。一緒にいたら、しまいに殺しちゃうよ」

「そめかさんの言い分、わたしなりにわかります。わたしもわたしをすてた母に会ったら殺したくなるでしょう。でも、それは母がわたしを殺したくなるくらい親身になってくれなかったからです」

「どうやら、あんたとあたしは逆な修羅場をくぐってきたようだね。あたしは母に殺されそうになったのさ。母は筋のいい三味線弾きだったけど、こうるさいおかまの父とは違って、あたしが悪さをすると、黙って三味線のバチで思いきりたたくんだ。どうしても欲しい本があって、あたしが万引きしたとき、母は怒りに震えてバチであたしの喉を本気でかき切ろうとした。まるでゴキブリを退治するみたいな力み方でね。血走った母の目をみて、あたしは生まれてこなければよかったとしみじみと骨身にこたえたよ。そのとき、いつもはぐずの父がめずらしく機敏に母を羽交いじめにして守ってくれたんだけど、あまり悲しかったので、心は完全に死んじゃったのさ。父はあたしを連れて本屋さんに謝りに行ってくれた。母は家の恥を世間に知らせたとそれが気に入らなくて、父と大喧嘩して家を出てしまった。もしあのまま家にいたら、母はろくでなしのあたしをみるたびに情けなくて、最後は手を出したと思うね」

「でも、お母さんとずっと一緒にいれば、お母さんはそめかさんを見直したかもしれないし、そめかさんの凍えた心も生きかえったかもしれないじゃありませんか」

「あんたはつくづく甘ちゃんだね。いいかい、人間ていうのは決められた道をひとりでとぼとぼ生きていくものだよ。人生、だれかとつるんで賑やかに弥次喜多道中というわけにはいかないんだ」

「私にも一言言わせてください」

下の奥さんが上気した顔で割って入った。

「私も家族をすてて出奔した女です。でも、私は後悔していません。それまで私は高校教師の夫とふたりの小学生の子どもと何不足ない生活を送っていました。でも、この人に出会ったとき、ただ毎日を無難にやり過ごしていただけだと気がついたんです。いまは身体の奥にぽっかり穴が開いて、汲んでも汲んでもこみあげてくるものがあるので、苦しいけれど張りつめた一瞬一瞬を過ごしています。生きるって力業なんだなと思い知らされています」

トラック野郎が照れ臭そうにもじもじと口を開きかけたが、

「無責任じゃないですか」

美輪子が尖ってかすれた声をあげた。

「残された子がどんなに苦しんでいるか、考えたことはないんですか」

奥さんは動じた風もなかった。

「子どものために自分を押し殺すのがほんとうに子どものためになるのかわからないでしょ。それより自分に正直に生きる方が大事だと思うの」

「だれもかれもがしたい放題を始めたら、この世は怪我人であふれてしまいます」

美輪子の方はいよいよ激してきた。

「そういうしっかりしたお考えなら、さっさと長岡へ帰って模範的な家庭をつくられたら」

奥さんはあくまで冷静に応戦した。美輪子は顔を歪めてよろよろ立ちあがったが、兄貴が慌てて割って入った。

「ふたりとも大人気ない。夏の夜の座興でしょ。こわい話を所望したのが失敗だったかな」

兄貴はこちらを促して線香花火ゲームを続けようとしたが、自分はその気を失くしていた。三人の女がそれぞれみせた秘密の顔が身に迫り、それに重なって過去に関係した女たちがつぎつぎと飛び出してきて、罪状を突きつけてきた。弟分が近寄ってきて兄貴に耳うちした。兄貴は大きく頷き、すいません、邪魔が入っちゃってとあたふた万寿院の方へ去っていった。狂言廻しがいなくなってみると、座はしらけて、みな黙りこんで花火のもえかすをひろい集め始めた。墓場で人の争う音が起こり、鋭い悲鳴が一声あがった。そめかが身震いして立ちあがり、転がりそうに走り出した。墓場から男が六人ばらばらと走り出てきた。そめかに出っくわすと、身を寄せ合い、墓場の入口を塞ぐ隊形をとった。そめかがひるんだ風もなく進んでいくと、群れは頭をさげ傍にのいた。われわれが後に続こうとすると、リーダーが遮った。ここから先は地獄だぞ。覚悟していけ。おれたちに楯ついた野郎は七転八倒の苦しみにのたうつんだ。がらがらに嗄れた声で、凄みがあるというより不快感が先に立ったが、顔をみると意外に童顔で、少年が背のびをして悪ぶっている愛嬌があった。つい気安くなって、兄貴は裏切りを働くような卑劣漢じゃありませんよと声をかけてしまった。相手は獰猛ながらがら蛇の正体をみるみる露にした。なんだって、もう一度言ってみろ。てめえも急所を引き抜かれてえのか。猛り立って突っかかろうとするところを背後左右から手下が抱きとめ、リーダー、早いとこずらかりましょうと引きずっていった。墓場に入ったところで、弟分が息せき切って駈けつけてくるのに出会った。救急車を呼んでください。兄貴が股間切られて血だらけなんです。病院に電話を入れると、運よく義兄が当直だった。またかといった応対だった。黙って説明を聞き終わると、この辺の組員の処刑は宮刑だからなとだけぼそりと言った。後はそめかのときと同じだった。すぐに救急車が来て、呻きつづける兄貴の股間にさらしがぐるぐる巻かれ、担架に乗せられて、運ばれていった。兄貴の汗にぬれた顔をそめかは小さく畳んだハンカチで優しくふきつづけていた。救急車に乗りこんでからは、兄貴の顔に屈みこんで、ガラスを磨いているみたいに、息を吹きかけては汗をぬぐっていた。

救急車を見送ってしまうと、美輪子はすとんと地面に坐りこんで動かなくなった。なにを聞いても、だれが声をかけても、下を向いたきり答えなかった。仕方ないので、下の夫婦にはお引きとりを願い、並んで坐りこんだ。何日も何日も歩きつづけてきてへたりこんだ、身体がとろけていく疲労だった。車の通り過ぎて行く音が潮騒に聞こえて、地の果ての砂浜に坐りこんだ心細さだった。夜気が頬に冷たく、北の荒い海風になぶられているうそ寒さを覚えた。学校辞めて長岡に帰ろうかな。ひとりで生きていく気力がなくなっちゃった。これといった才能があるわけではないし、どうしても貫きたい道があるわけでもない。美輪子がぼんやりした声で他人ごとのように呟いた。大事をうち明けられた自覚はあったが、頭脳は麻痺して動かなかった。

「卒業論文を書いてみたら、新しい道がみえてくるんじゃないの」

いかにも無責任な答えを返すと、果たして美輪子がむっくり身体を起こした。

「もう一葉さんはいいの。遠い人になっちゃったの。一葉さんて、覚悟の作家で、自意識の人よね。日記で小説家になる道筋をきちんと描いているし、作品は曖昧なところが少しもなく、究極で完璧。『にごりえ』のお力さんの居たたまれない悲しみも幼いときのエピソードひとつですずしりと伝えちゃうでしょ。『十三夜』も息苦しいほどむだのない、潔い悲劇ね。あれを漱石が書いたら、心の迷路に入りこんで、猥雑で濁った人間の実体を浮かびあがらせると思うの」

「だけど、一葉って、計算しつくした芥川型ではなくて、語りが生命の太宰型だよね。神経を張りめぐらせていながら、楽らくとみえるから憎いね」

「二十四で死んでるのに夭折という感じがないのね」

「死を自覚すると、どんなに若くても人間は自分の道を歩き切るのかな」

「わたしももうゴールかしら」と美輪子はすっと身をすぼめた。

「いまの話からすると、青春をしめくくるにふさわしい充実した卒業論文が書けそうだな。和田芳恵の評伝とか前田愛の時代背景研究とかはみごとな成果だけれど、そうした実証研究とは違って、作品の芸術性と向き合った鋭い論考になりそうだ」

美輪子の心を摑む有効なコメントが思い浮かばないので、またしても卒業論文にこだわった。美輪子は黙ったまま下を向いていたが、やがて念のために答えておくといった不承不承な口ぶりでぼそぼそ語り出した。

「もう終わったのよ。卒業論文を書いても事後報告にしかならないの。新しい発見はなにもなさそう。これからの人生はおまけ。その場その時で、その日暮らしをしていくわ。三百年の伝統を三百五十年に引きのばすためにね。駅伝のリレー選手よ」

美輪子の口調は、しかし投げやりではなく、静かに落ちつきはらっていて、みきりをつけてさばさばした頑さが哀れだった。美輪子が急に年をとった見知らない女にみえ、身なりも構わずなんの感慨もなく家事をこなしているくすんだ日日が浮かんだ。突きあげてくる空しさがあって、美輪子にむしゃぶりつくと、美輪子はあっと声をあげ、抱擁を振りほどき、「そめかさん」と、前屈みでふらふら歩いてくる病院帰りのそめかに駈け寄った。ふたりは抱き合い、互いの背をたたき合っていたが、やがて肩を並べてアパートに帰っていった。後ろからみると、双方が互いに寄りかかって支え合っている危うさだった。立ちあがって後を追ったが、腰が石のように冷えきって、足がもつれ、うまく歩けなかった。玄関にたどりつくのがやっとで、靴をぬぐ気力もなく、板敷に倒れこんだ。隣室でそめかと美輪子が話しこむ声が波のようにひたひたと届いた。その波にあやされて、真暗闇のなかにすとんと落ちた。猿が発するとしか思えない奇声が聞こえてきた。この辺にいそうだな。どこに隠れたって、臭いでわかるのにな。身体の真白な化物が二匹近づいてきた。身を縮め息を殺していたが、またたく間にみつかってしまった。みるもおぞましい顔だった。目がカンテラのように生臭くもえ、顔一面にごまをばらまいたように微細な吹出ものができていて、表情が動くと蛇の舌のような赤い肌がちょろちょろ覗いた。逃れようと暴れたが、手足を押さえつけられ、衣服を脱がされた。ほら、ごらんよ、皮かぶりだよ、女王さまがお歓びになりそうな一物だ。恥ずかしさが全身を貫き、それをバネに身を起こすと、そめかが目を光らせて戸口に立っていた。なんてざまで寝ているんだ。いまなん時だと思っているんだい。こんな体たらくだから、女ひとり幸せにできないんだ。美輪子さんは故郷に帰ったよ、と喧嘩腰で突っかかってきた。目を覚ましきらずにぼんやり呆けていると、口調はさらに毒毒しく尖った。元ちゃんは小さいときからなにを考えているのかわからない子だったけど、この頃はいよいよわけがわからないね。本ばかり読んでないで、自分の面でもしっかりみた方がいいんじゃないかい。最後はもう匙を投げたといった風に喉をのけぞらせて高笑いをした。笑いは尾をひいて、そめかが立ち去った後も、けたたましく響いていた。胸が痛んで、女に頬を張られたみじめな記憶が蘇ってきた。

一緒に死のうと約束して伊豆の湯治場を転転とし、資金もつきて、これまでと薬をとり出したときだった。青い結晶体の入った小壜をみつめたまま動かないのをみて、女はせせら笑った。いいよ。どうせ呑めないと思っていたよ。帰んな。あたしひとりで行くから。深ぶかと礼をして立ちあがると、女が追いうちをかけてきた。あたしみたいなあばずれにつき合ってくれたお礼に言うんだけれどさ。あんたは自分のない、卑しい男だね。得しよう、得しようと目先の利益ばかり追いかけていて浅ましいもの乞いだね。早く自分をみつけてシャンとしないと、犬死するよ。たしかに、熟れた中年女の肉体を餓鬼のように貪ってきて、青年らしい矜持も恥じらいもなかった。別れ際に女がみせた薄笑いに打ちのめされ、立ちあがれなかった。人前に出られなくなり、本ばかり読んでいた。フランスまで逃れて、慣れない言語にのめりこんでやっと女の馬鹿にしきった顔を忘れることができた。五年たって何喰わぬ顔をして帰国したが、傷は癒えているどころか、体内深くもぐりこんで、ねっとりと膿んでいた。膿が吹き出し、鋭い痛みが突きあげてきたが、同時にこの五年間強張り放しの肉体がゆったりと弛んでいく快感もあった。身体の奥からじわじわとわき出てくる衝動があり、心中を約束した女の乱れた姿態が目に浮かんだ。女は声をあげることはなく、しだいに息を弾ませていった。身体を大きく波うたせ、だんだんと苦しげに息を吸ったり、吐いたりした。女の震動に合わせて身体を動かしていると、沖に出て波乗りを楽しんでいるようで、ゆったりと痺れてきた。最後に、女は思いきり弓なりになり、この世の酸素をことごとく吸いこむ勢いで深ぶかと息を吸い、それを一時に吐き出して意識を失った。かすかに息をしていなければ死んだとしか思えない女の顔や首に唇を押しあてていると、愛撫に応えて女の身体は匂い出した。その強烈な体臭に包まれると、子宮に入ったように安心して、女の身体の上で眠りこんだ。このまま眠りつづけて覚めなければいいと念じていた。最後は溺死体となって砂浜にうちあげられる結末を夢みていたが、きまって汗に汚れ、嫌悪にまみれた目覚めがあった。女と気楽に心中など約束したのも、女の腹の上で二度と覚めることなく眠りこみたいと願ったからだった。死に損なってみると、女もまた死にきれず砂浜にぽかんと坐りこんでいる気がした。

室をふさいでいた美輪子の荷物はあっという間にとり片づけられた。そめかが下のトラック運転手をつれて現れ、二時間ほどでたちまち整理してしまった。送るまでもないガラクタばかりじゃんとトラック運転手は気の抜けた声を出した。美輪子がすてかねた食器も古新聞もマスコットも容赦なくすて去られた。送るダンボールは全部で十箱にもみたなかった。

「これで美輪子さんもすっきりするだろう」と運転手はさっぱりした顔をした。

「それにしても、なんでこんなにものをためこんだのかな」

「淋しかったんでしょう」とそめかはこともなげだった。

「母親が恋しくて、その思いが積もり積もったというわけ」と運転手は眉をひそめた。

「無邪気で、おそろしいめに会ったことがなく、ここの先生に甘やかされて、まるでひよこだからね」とそめかは吐息をついた。運転手はちらりと一瞥をくれた。

「おいらには関係ない、堅気の旦那方の話なんだ」

　美輪子の荷物がなくなってみると、かえって美輪子の肉体は色濃く迫ってきた。彼女のなんでもない仕草や言葉が脈絡なく思い出され、思い出されているうちに特別な輝きを帯びてきた。彼女はみごとな鳩胸で、豊かな乳房が盛りあがって上体をせりあげていた。うつむくとあごを乳房にのっけて一休みしている恰好で、なんとも可憐な風情だった。顔を起こしていると、ふたつの山の谷間のすぐ上の喉もとに大きなほくろがみえ、そこにもうひとつ乳頭があるような錯覚をあたえた。ピンク色に盛りあがったほくろで、眺めているとときに淫らであり、ときに愛嬌があった。そのほくろは日によって微妙に色合いが異なるので、最後の一週間は毎朝出会うと、あごをあげて、その日のご機嫌伺いにそこに口づけをしてきた。そのたびに美輪子は切なそうに身をよじったが、唇を嚙んでなんとか踏みとどまっていた。崩れ折れそうでいながら、一歩手前で持ちこたえる、その張りつめた緊張感が美しかった。あれから後もつづけていれば、いまごろは地面をのたうち廻っていただろうかと想像が働き、下着が冷たく濡れてきた。

そめかは毎晩お座敷帰りに顔を出すようになった。時間はまちまちで、ときには朝帰りのこともあったが、客や座敷の話はいっさいせず、もっぱら兄貴の変わりようをぼやいていった。兄貴は病院ですっかり覇気をなくし、自分ではなにひとつしようとはせず、ひたすら痛みを訴えて、だれかれ構わず甘えかかっているという。ただ虚勢を張ってただけなのかね。男なら、石にかじりついてもやりとげたいことがあるんじゃないのかい。それが、お母ちゃんとかママとか、あたしにべたべたしてきてさ。気色悪いからどやしつけたら、めそめそ泣き出してね。あそこまで崩れちゃうもんかね。あの子は、あたしが芸者に出たばかりのときの客なんだけど、思いつめた、こわい顔してあがってきて、これから自殺するんだなんて真顔で言うから可愛くて、思い切り可愛がってやったんだ。そうしたら、死ぬ気で生きてみると今度は殊勝なことを言い出した。言葉どおり、突張って頑張っているので、みどころのある子だとほれこんでいたんだけど、勃起していただけなんだ。そう言えば、死にたいわけというのが、リンチに合っている仲間を見殺しにして、こそこそ逃げてきたらしいんだよ。もともと、卑劣な奴なんだ。

言いつのるそめかの言葉はひとつひとつ胸に突き刺さった。死にかかっている女を放り出して逃げ帰った屈辱が胸苦しいまでにふくらんだ。死に損ないという烙印はどうあがいても消えないな、と追いつめられたみじめさに喘ぎ、女がなんとか生きていてくれればとすがる思いだった。

その日は朝から焼けるような暑さで、温室のなかに閉じこめられた息苦しさだった。水でしぼったタオルで吹き出す汗をふきながら、こんな暑さに苦しむことのない異国の男女の物語を茫然と読んでいた。すこしも身の入らない絵空ごとだったが、最後にきて、すてられた女が男の薬指に指輪をはめこんでしまい、それが抜けなくて、男があわてるところで、戦慄が走った。伊豆の女と別れて、帰りの電車のなかで、ふと左手の薬指に違和感を覚えた。みると、五、六本の髪がしっかりと巻きつけられていた。引き抜こうとしたが、指に食いこんでいて簡単には抜けなかった。やっと引き抜いて、つややかな髪の輪を掌にのせて眺めていると、隣りに坐っていた老人が前を向いたまま、罪づくりをなさいましたなと、ぼそりともらした。その後、おりにつけ薬指にしめつけられる感触が過ることがあったが、いまその痛みが激しく疼き、同時に女の豊かな髪の手ざわりがありありと蘇った。女はベッドではふだんアップにしている髪をほどき、身体の動きにつれてゆったりと波うたせた。肩にまわした手ですいていると、波とたわむれている心地よさだった。女と再会して、もう一度髪をいたぶってみたかった。薬指がゆるやかに疼いてきた。じわじわとしめつけてくる力がしだいに強まるにつれ、女がしっかりと生きのびていて、サインを送ってきているように思われた。下半身が小刻みに震え、頭が暗い潮にひたひたと満たされてきた。

気がつくと、陽が沈み、風がさらさら吹いていた。べっとりと汚れた下半身を湯でしぼったタオルでごしごしぬぐった。激しい空腹を覚えた。そば屋に入ると、頭の上のテレビが大文字焼きを映していた。小雨が降っているのか画面全体が煙ってみえ、あまり勢いのよくない大の字がゆらゆら揺らめいていた。威勢のいい隅田川の花火と違って、さすが京都ですな、おっとりしていて意気があがりませんな。目が合うと、そば屋の親父が待っていたように声をかけてきた。一見のんびり点っている大文字さんでも、間近で仰いだらすごい火勢なんだろうなと考えていると、カメラがアップで近づいていった。火が大きくうねるさまが一瞬画面いっぱいに広がった。それがまた快楽に身悶える伊豆の女にみえた。さすがに辟易して目をそらすと、空腹にかられてかきこんだ天ぷらそばがげっぷとなってこみあげてきた。アルコールをのんだわけでもないのに身体がだるく、頭がぼんやりして、足に力が入らなかった。アパートに帰って、がらんとした室に大の字に寝転がったが、胸のつかえはおりなかった。伊豆の女はとりついて離れなかった。このぶんでは再会してもまた愛欲の泥沼にはまりこみそうだった。それくらいなら美輪子との煮えきらない関係の方がまだ陰影に富んでいた。懐かしがっていると、美輪子は伊豆の女と一緒になって、唇をとがらせたり、片目をつぶったり、いつになく挑戦的なポーズで小馬鹿にしてきた。みじめに追いつめられて、ごろごろ転がっていると、体内の乱れと呼応するようにもつれながら階段を登ってくる足音が聞こえた。身を支えられないらしく手すりや壁にぶつかりながら長い時間をかけて登ってきた。あがりきったところでどさりと倒れた。そめかがうつ伏せに倒れていた。抱き起こしてなんとか室に連れ帰ると、苦しがってしきりに胸をかきむしった。帯をほどいて裸にすると、すこし人心地ついたとみえ、大きな口を開けて深呼吸をくりかえした。酒に爛れた息が室内に満ちた。顔も身体も朱に染まって湯あがりの赤子のようだった。喉がからからに渇いてひりひり焼けると訴えるので、半身に起こしてコップ一杯の水を呑ませると途端に気分が悪くなり、トイレに駈けこんで便器を抱えた。戸を閉めて様子を窺っていたが、とくに気になる気配はなにももれてこなかった。ときどき嗚咽とも悲鳴とも嘆息ともつかない鋭い声が立たなければ、眠りこんでしまったのではないかと思われるほど静かだった。最後に二度腹の底から苦しげな声をあげ、水洗の水がなんどもなんども流された。そめかは今度は青い顔をして這って出てくると、うつ伏せに倒れて動かなくなった。大きく肩で息をしていて、出産した妊婦の大儀さなので、ゆっくり背中をさすってやると、首をねじ向けた。とろんとした目にすこし光が戻って、恥ずかしそうな色が射していた。元ちゃん、ありがとう。元ちゃんにはなんど背中をなでてもらったかね。こうしてなでられていると子どもの頃にかえったようだよ。面倒なことはぜんぶ忘れて、さっぱりと洗い流された気がする。元ちゃんはあたしの裸をはじめてみた男だよね。あたしのきれいな身体を知っているんだ。あれから二十年たってあたしはめためたに汚れちまった。生きるって悲しいね。大人になるって嫌だね。元ちゃん、あたしを子どものときの身体に戻しておくれ、そめかはよろよろ立ちあがると、股をひろげてよちよち歩いてきた。あのとき萌え出した下草は、二十年たったいま、鬱蒼と繁茂して、さまざまな秘密を隠す奥深い茂みに育っていた。なかの割れめもふっくらと豊かに掘りさげられ、こんこんと芳醇な霊水をあふれさせていた。泉に顔をつけて貪り呑んだ。いつまでもいつまでも呑んでいた。そめかはこちらの頭を押さえ、髪を摑みながら喘いでいた。長いことかかったね。ずっとこのときを待っていたんだ。やっとけりがついたよ。そう言うと、意識をなくしてしなだれかかってきた。抱きとめると、か細く頼りない子どもの身体だった。かたく抱きしめ、夢中になって唇を吸った。酒の臭いはなく、代わってカルピスの懐かしい味がした。小学生のとき、おやつには大きなコップにカルピスをなみなみとつくって、ふたり同時にストローを突っこみ、一緒に呑んだ。どちらが一息にたくさん呑めるか競い合ったり、息を吹きこんでぶくぶく泡をたてて遊んだりした。カルピスを呑みほしても、そのままそめかと顔を突き合わせていて、今度はにらめっこをした。そめかの百面相は変化に富んでいて、明るい笑顔で輝くかと思うと、眉をひそめて曇り、幅広くさまざまな思いを浮かびあがらせた。そめかの演技にすっかり惹きこまれて、表情が微妙に移るのを感嘆して追いかけていた。それに、どんなに顔が崩れても、いつも変わらず澄みきって動かぬ一点があって、その点をみつめていれば、吹き出さずにすんだ。そめかの目は深山の人知れぬ奥にひっそりと横たわる神秘な湖のように深く静かだった。いま一度その清浄な景色を仰ぎみたくて、そめかの身体を揺さぶると、目をぱちりと開いた。しかし、その目は落ちつきなく不安げに動き、白いもやがかかって澱んでいた。純粋さに輝く少女の晴れやかな顔ではなく、激しい風雨に叩かれて小皺としみを一面に吹き出させた中年の女の顔がそこにあった。熱く熟れたアルコールの臭いがまとわりついてきて、そめかにすっぽり包みこまれたのを意識した。頭がしびれてきて、かすかな嫌悪が疼いたが、刺すような痛みではなく、生温い苦笑だった。荒れ果てたそめかがその惨状のままで貴かった。これまでのそめかの歩みをそっくり引き受けて、これから先死ぬまで一緒に歩いていこうと思った。これこそ探し求めていた道行きだと昂揚して、墓場までふたり手をつないで歩いていこう、とそめかの耳のなかに囁いた。そめかは一瞬目を大きく見開いたが、たちまち眉を曇らせ、嫌だよ、墓場は蚊が多くて散歩には向かないよ、と不服そうに呟き、すぐに首を傾け、正体なく寝入ってしまった。

あとがき

定年退職したら、どこにも行かずだれにも会わず、閉じこもって小説を書いて過ごそうと決めていた。そうして心のなか深く潜りこんで、自分の赤裸々な姿を彫り出したいと思っていた。だが、それならなぜいま流行りの自分史ではなく、小説なのか。

たぶんそれは自分が根っからの嘘つきで真直ぐ生きてこなかったからだと思う。三十五年間、学識もなく人格陋劣なのに、教壇に立ちつづけて世間を欺き通してきた。仮面をかぶった極悪人なので、その正体を暴くには小説という偽の鏡が要るのである。スタンダールは自伝で、マイナス×マイナスがプラスに変じるのが解せないと打ち明けているが、ぼくは小説を書きながら、自分がまさにマイナスだった自分の精神生活に虚構というマイナスをかけ合わせることで、文学作品というプラスを生み出しているのだと実感できた。

もちろん、そうは言っても、自分はコクトオが『詐欺師トマ』で描いたような隙のないいかさま師ではないし、また、プルースト『失われた時を求めて』の主人公マルセルのような骨の

あとがき

髄からの芸術家でもない。大学の同僚や学生には自分のいいかげんさはとっくに見透かされていたし、のめりこんで書いた作品の大半は編集者から突っ返され、埃にまみれている。

それでは暗く沈んだ老境なのかといえば、それは当たっていない。自分の非才や不運を嘆くことはめったになく、むしろ逆に自分は恵まれているともったいなく思うことの方が多い。曲がりなりにも大学は定年まで勤めあげさせてもらえたし、気のいい編集者にめぐり会っていくつかの作品が日の目をみ、思いもかけない激励や叱責をいただいた。

そして、このたびはこの書物である。ぼくが個個にあげてきた産声をひとつに束ねれば、濃艶なハーモニィを生むのではないかとかねての夢を口走ったのをおふたりの方が真剣に受けとめてくれて、論創社社長・森下紀夫氏を説得してくださった。永井佳乃さんのご尽力を得て、ここに具体的な形をとることができた。

このようにあり余るご厚意を身に受けて感謝の日日である。

ほんとうにありがとうございます。

二〇一七年七月

古屋 健三

【初出誌一覧】

「虹の記憶」『文學界』二〇〇二年十月号（文藝春秋）
「老愛小説」『文學界』二〇〇八年八月号（文藝春秋）
「仮の宿」『三田文學』二〇〇五年秋季号（No.83、三田文学会）

※右記初出より、仮名遣いを改めるなど新たに編集を施した。

❖著者略歴

一九三六年東京下町生まれ。慶應義塾大学名誉教授（文学部・仏文学専攻）。グルノーブル大学文学博士。『三田文学』元編集長。著書に、『「内向の世代」論』（慶應義塾大学出版会）、『永井荷風、冬との出会い』（朝日新聞社）、『青春という亡霊』（NHKブックス）、訳書に、スタンダール『赤と黒』（学習研究社）、『パルムの僧院』（講談社）、ゾラ『野獣人間』（電子書籍版、グーテンベルク21）など多数。

老愛小説

二〇一七年一一月二五日　初版第一刷印刷
二〇一七年一二月　一日　初版第一刷発行

著　者　古屋健三
発行者　森下紀夫
発行所　論 創 社
〒一〇一－〇〇五一
東京都千代田区神田神保町二－二三　北井ビル
電　話〇三－三二六四－五二五四
FAX〇三－三二六四－五二三二
web. http://www.ronso.co.jp/
振替口座　〇〇一六〇－一－一五五二六六

装　幀　奥定泰之
編集・組版　永井佳乃
印刷・製本　中央精版印刷

ISBN978-4-8460-1633-3